De volta para mim

BRUNA VIEIRA

Série MEU PRIMEIRO BLOG

Volume 3

De volta para mim

ROMANCE

1ª edição
1ª reimpressão

GUTENBERG

EDITORAS RESPONSÁVEIS
Carolina Minardi
Flavia Lago

EDITORAS ASSISTENTES
Samira Vilela
Natália Chagas Máximo

PREPARAÇÃO DE TEXTO
Carolina Minardi

REVISÃO
Natália Chagas Máximo

CAPA
Diogo Droschi

ILUSTRAÇÕES DE CAPA E MIOLO
Malipi

DIAGRAMAÇÃO
Waldênia Alvarenga

Dados Internacionais de Catalogação na Publicação (CIP)
(Câmara Brasileira do Livro, SP, Brasil)

Vieira, Bruna
De volta para mim / Bruna Vieira. -- 1. ed.; 1. reimp. -- São Paulo : Gutenberg, 2025. -- (Meu Primeiro Blog ; 3)

ISBN 978-85-8235-841-2

1. Ficção brasileira I. Título. II. Série.

25-274719 CDD-B869.3

Índices para catálogo sistemático:
1. Ficção : Literatura brasileira B869.3

Cibele Maria Dias - Bibliotecária - CRB-8/9427

A **GUTENBERG** É UMA EDITORA DO **GRUPO AUTÊNTICA**

São Paulo
Av. Paulista, 2.073 . Conjunto Nacional
Horsa I . Salas 404-406 . Bela Vista
01311-940 . São Paulo . SP
Tel.: (55 11) 3034 4468

Belo Horizonte
Rua Carlos Turner, 420
Silveira . 31140-520
Belo Horizonte . MG
Tel.: (55 31) 3465 4500

www.editoragutenberg.com.br
SAC: atendimentoleitor@grupoautentica.com.br

Para Inha e Ella,
que para sempre vão ocupar
um espaço no meu coração.

Seu futuro "eu" está te observando agora
através de memórias.
(Autor desconhecido)

O que interessa da vida não é prever o
perigo das viagens, é tê-las feito.
(Agostinho da Silva)

A última coisa que eu fiz com 30 anos foi escrever o ponto final deste livro. Isso significa muito, porque o meu eu de 15 anos jamais imaginaria a jornada que seria criar a Anita, deixá-la ganhar o mundo todo através das telas no *streaming* e depois reencontrá-la aqui.

Querido leitor, espero que esta história te ensine como olhar para os acontecimentos do passado com mais gentileza, para o presente com mais atenção, e para o futuro com uma dose extra de curiosidade e esperança.

A vida que vivemos nunca será exatamente como a que imaginamos, mas sempre terão detalhes surpreendentes que jamais conseguiremos prever. Permita-se virar a esquina errada algumas vezes, ir pelo caminho mais longo e viajar sem um roteiro. Lembre-se de que você só vai fazer isso realmente aproveitando a experiência se estiver livre da sensação de atraso em relação ao outro, reparando sobretudo em si mesmo.

Todas as versões que me tornei com o passar do tempo foram importantes para que eu soubesse exatamente a ordem das palavras que vocês vão ler nas próximas páginas.

Tente não silenciar suas versões do passado.

Faça as pazes e crie com o que te aconteceu.

Com amor,
Bruna

1

Esse barulho são as coisas que eu penso

São Paulo, 6 de janeiro de 2017.

Naquela manhã, o despertador nem chegou a tocar. Eu estava morrendo de medo de perder a hora e isso me fez acordar várias vezes durante a madrugada. Por volta das oito, quando abri os olhos outra vez, foi como se eles ainda estivessem fechados. Através da escuridão, notei a clareza que antecede o despertar. Fui subindo lentamente até a superfície dos meus pensamentos, ainda confusa, escalando das palavras soltas até a primeira frase se formar e começar a fazer algum sentido. Tentando diferenciar o que era sonho da realidade, mas já conformada com o fracasso: meus sonhos permeiam minha vida o tempo todo e frequentemente eu não sabia o que era real, o que havia sido criado pela minha própria imaginação, e o que pertencia a uma realidade que não existia mais. Fiquei deitada na cama por mais alguns minutos, imóvel e no escuro.

Chegava a ser curioso como os pensamentos que afastam meu sono à noite e os primeiros que me esperavam na manhã seguinte pareciam não ter nenhuma relação clara. Eu adormecia flertando com um tipo estranho de angústia, mas sabia que lá no fundo, aquilo tudo escondia e cobria uma parte do que realmente me preocupava: será que essa memória é minha ou aconteceu numa linha do tempo que não existe mais? Era um ciclo sem fim que se repetia há mais de um ano, mas que eu tinha silenciado como quem descobre um jeito de fugir de si mesma.

Nesses minutos ainda na cama, senti um vazio e um alívio estranho. A sensação de que a minha existência era insignificante, então todos os meus problemas consequentemente também eram.

Um barulho longo de buzina interrompeu meu fluxo confuso de pensamentos. *Tá vendo só? A cidade não precisa de mim para ser barulhenta e rabugenta.* Seria bom ter passado o começo da minha juventude já sabendo que aquelas sensações que me guiaram até aqui como se fossem borboletas no estômago, me fazendo ir pra lá e pra cá no tempo em busca do que eu chamava de amor ou paixão, eram feitas de pura ansiedade. Aquele grafite que vi no muro ontem enquanto esperava para atravessar a rua tinha um ponto.

"Eu deveria começar a fazer terapia."

Mas qual terapeuta tem especialização em viagem no tempo?

Ali da minha cama, enrolada num edredom com estampa floral de gosto duvidoso mas extremamente macio e confortável, percebi o trânsito se formando em uma das avenidas mais movimentadas da cidade. Eu estava morando em um dos cartões postais da maior capital do Brasil e adorava falar isso em voz alta. Era como se estivesse presa no lugar onde as pessoas viajavam horas só para vê-lo por alguns minutos.

Olhei as horas no meu celular de novo. Atrasada? Apenas o suficiente para ainda poder culpar o trânsito, o elevador, o tempo. Qualquer coisa, menos eu.

Eu tinha o hábito de permanecer o máximo possível no breve momento em que o mundo de dentro ainda não sofreu interferências de fora. Ou será que o mundo que vivo foi totalmente construído pelas interferências que sofri ao longo do tempo?

Durante aqueles quase doze meses, eu havia passado todo meu tempo livre completamente sozinha. Primeiro porque qualquer interação social me deixava exausta por dias. Encontrar alguém exigia mais de mim do que eu podia oferecer na maior parte do tempo, então todas as minhas interações com outro ser humano eram feitas de forma ensaiada e calculada. Fazia porque precisava trabalhar, e trabalhava porque era a única coisa que ainda me deixava minimamente empolgada. É o que ocupava a minha cabeça e afastava pensamentos ruins. Quero dizer, se eu pudesse, teria uma capa invisível e me ausentaria do ambiente apenas para conseguir observar a cena e registrá-la com minha câmera. Seria bom pular a parte chata e social de vender minha arte. Para falar a verdade, queria que ela se vendesse sozinha. Não que eu fosse conseguir isso sem sair da minha cama.

O celular vibrou na mesa de cabeceira e fez meu coração disparar. Era só uma nova notificação, mas, de algum modo, meu cérebro queria se preparar para fugir de um tigre na floresta, produzindo uma quantidade enorme de cortisol. *Calma*. Era uma mensagem do grupo que criamos para colocar o projeto de pé e facilitar toda a logística. Eu não era a mais ativa na troca de mensagens, mas estava sempre de olho tentando acompanhar todas as decisões e burocracias.

Pulei da cama logo em seguida e lembrei que aquele era um dia realmente importante, não apenas para mim, mas para todos os artistas que conheci e convivi nos últimos meses.

Para que uma exposição de artistas independentes acontecesse no bairro mais nobre da cidade, perto de quem de fato teria como pagar pelas obras, foram necessários meses de tentativas frustradas. Era meio irritante pensar que para o meu sonho dar certo, eu dependia de tanta gente que não se importava com nada que me importasse. Mas se essa era a única forma de chegar um pouco mais perto da estabilidade financeira, valia a pena tentar ao menos. Para falar a verdade, minha vida estava sendo uma longa lista de tentativas. *Looooonga*. Mas não tão longa quanto às tarefas que deixei para depois e estão salvas nas notas do meu celular.

Até tinha me convencido de que, inevitavelmente, quando a grana que juntei acabasse, eu precisaria voltar pra vida no escritório e pronto. Ser CLT tem suas inúmeras vantagens e benefícios. A estabilidade te poupa um tanto de estresse. Mesmo que te façam crer que a vida é melhor quando você faz seus próprios horários, vai por mim, ter você mesma de chefe é se cobrar de um jeito que ninguém mais faria.

Coloquei todas minhas fichas nessa oportunidade e no primeiro "sim" que recebi em meses. É importante frisar que ele só veio porque haviam aprovado uma lei municipal que obrigava esses espaços de eventos privados do Jardim Europa, o bairro mais caro da cidade, abrirem ao menos uma vez por mês para artistas que estavam começando. Como artista, tecnicamente eu estava mesmo começando. Era isso ou aprovar uma nova lei que permitiria o comércio de bares e restaurantes na região. Mas pelo visto os moradores não queriam tantas pessoas de fora circulando nas ruas arborizadas, onde os carros importados adoravam desfilar. Nos finais de semana as pessoas ficavam na calçada esperando para fotografar os veículos como se fossem celebridades. É sério. *Engraçado e triste ao mesmo tempo.*

Eu e os outros artistas enxergamos essa oportunidade da exposição como a maior vitrine das nossas carreiras, porque poderia abrir novas portas de verdade. Muitos ali também trabalhavam com publicidade, mas ter algum reconhecimento pelo nosso trabalho autoral era o grande sonho. Eu ainda estava bem longe disso, mas provavelmente o mais perto do que já estive, e isso era o suficiente para me fazer continuar tentando.

Tomei um banho quente, daqueles de deixar a pele bem vermelha, e aproveitei para dar uma choradinha rápida, daquela que também lava os sentimentos. Só depois disso eu estava pronta para encarar o dia. Quer dizer, o máximo de *pronta* que conseguiria estar.

Meu apartamento tinha pouquíssimos metros quadrados e as coisas ficavam quase sempre espalhadas e fora do lugar, mesmo já morando ali sozinha há alguns bons meses. Provavelmente a bagunça e a disposição não planejada dos móveis dava a sensação de que ele era ainda menor. Era pequeno no nível "de qualquer lugar você consegue ver todo o apartamento", mas ainda assim, era confortável estar ali no meio da bagunça que eu mesma fiz e lembro de ter feito. A sensação de saber muito bem onde deixei cada uma das minhas coisas me dava conforto. Mesmo isso significando morar em um lugar que minha mãe jamais pisaria.

Depois de ser demitida pela minha irresponsabilidade de largar meu trabalho sem dar satisfações e ter sido expulsa pela proprietária do meu último apartamento, decidi juntar parte das minhas economias para pagar o seguro caução e realizar um sonho antigo de chamar o Edifício Copan de casa. Às vezes o que a gente realmente precisa é um sonho novo, menor, mais possível, sabe? Para ver graça na vida de novo. Meu objetivo era ir de apartamento em apartamento do prédio, até conseguir grana o suficiente para alugar a unidade maior com mais metros quadrados, luz e vista. Por enquanto eu me contentava com o menor e provavelmente o mais xexelento do prédio todo. Era horrível. *Eu amava.*

Ver sua vida inteira em caixas te ensina que você não precisa de uma lembrança física para cada momento importante, para cada pequena conquista. Quem vem de uma realidade mais dura na infância quase sempre tem esse impulso de acumular histórias por meio dos objetos. É como se aquilo fosse uma prova, algo palpável, de que as coisas realmente mudaram. Já cheguei a achar que isso me garantiria algo, que eu mostraria aqueles objetos para os outros como um troféu – mas entendi que aquilo era apenas eu gastando fortunas com bugigangas. Por isso, no último ano, vendi boa parte das minhas coisas na internet e fiquei apenas com o que tinha a ver comigo, com quem me tornei. Essa também foi uma forma de não ficar pensando em tudo que aconteceu. Em cada coisa que tentei mudar. Em cada erro que cometi quando coloquei na cabeça que poderia viajar no tempo e resolver a vida de todo mundo. Minimalismo? Não. Falta de espaço físico e mental para lidar com as merdas que eu fiz.

Vasculhei o guarda-roupa em busca de algo para combinar com o blazer azul que comprei mês passado, e acabei escolhendo uma saia plissada num tom parecido, um coturno com salto tratorado. Prendi meu cabelo com um coque, deixando apenas a franja cobrir uma parte generosa do meu rosto.

Olhei no espelho e constatei: aquela não era minha versão mais bonita, mas era a mais atrasada.

Eu fechei a porta do apartamento? Eu fechei a porta do apartamento? Eu fechei a porta do apartamento?

Foi o que pensei ao descer no elevador e cruzar com outros moradores do prédio. Tanta gente entrava e saía dali diariamente. Um pouco pela quantidade gigantesca de apartamentos, mas também pelos aluguéis de temporada. Era como ter novos vizinhos o tempo todo. O prédio tem uma área comum que quase parece um shopping ou um bairro. Honestamente, essa era minha parte favorita de morar ali. Ter quase mais gente que Imperatriz só na área comum, na calçada de casa.

Nessa época do ano, o ar de São Paulo era uma ameaça invisível. Enquanto caminhava algumas quadras até o metrô, senti o sol aquecer minha pele e pela primeira vez no dia, parei de pensar no que estava pensando e percebi meu corpo. Senti o sangue circulando nas minhas coxas enquanto me movimentava, uma perna esbarrando suavemente na outra a cada passo, e isso me trouxe alguma sensação de paz. Que logo foi embora quando vi um gatinho no muro de uma casa abandonada. Ele me encarava com um olhar de julgamento como se soubesse de tudo. Era um gato todo preto como a Catarina.

Me perguntei se algum dia nossos caminhos se cruzariam outra vez, se ela foi resgatada por outra pessoa e se estava viva, segura e recebendo amor. Em uma das viagens que fiz, sem me dar conta de que essa seria uma das consequências, mudei o dia em que fui até a pet shop adotá-la. Mesmo indo inúmeras vezes nos últimos meses, jamais descobri o paradeiro da gatinha que mais me fez companhia ao longo da vida. Você já tentou espalhar plaquinhas de "procura-se" de um gato preto sem ter uma foto do gato preto? O trauma era tão grande que me recusei a adotar outro bicho. Ainda assim, quando escutava um miado ou avistava um gatinho nas janelas teladas dos prédios, meu coração se apertava e eu quase deixava escapar uma lágrima.

Decidi colocar uma música no fone para fugir daquele sentimento e pensar em outra coisa. Encontrei uma playlist com as músicas da minha adolescência e dei uma risadinha de canto ao perceber a ironia de como mentalmente meu gosto musical parou na década passada e essas seguiram sendo as músicas de conforto para momentos como aquele. Saber cantar a letra de música, adivinhar a próxima palavra sem esforço algum e lembrar como aquela melodia já foi trilha de épocas em que a vida era feita de primeiras vezes era como um abraço.

A estação Santa Cecília parecia abandonada, como se o tempo tivesse parado ali. Fiquei esperando alguns minutos pelo metrô, encostada numa pilastra. Observando as pessoas indo e vindo, a mancha na parede onde todo mundo se apoiava, a luz que piscava quase no mesmo ritmo dos passos de alguém subindo as escadas, e algumas amigas que passavam contando um segredo alto o suficiente para que eu ouvisse só uma parte. Um rapaz perfumado me pediu licença e saiu andando apressado. Fiquei me perguntando se ele ia encontrar alguém importante. Depois um senhor oferecendo balas. Comprei uma de tangerina.

Eu me encantava pelas nossas diferenças. Às vezes passava tanto tempo dentro de casa editando fotos que quando voltava pra rua, me impressionava com o ritmo único de cada um e como a vida estava sempre em movimento. Alguns andavam acelerados, outros pareciam ver tudo em câmera lenta.

Estava distraída quando o vagão finalmente chegou. Vi um assento vazio do outro lado, caminhei até lá e me acomodei.

Olhando para os outdoors pela janela em alta velocidade, os pensamentos voltaram como uma enxurrada. Uma vontade imensurável de poder perguntar se mais alguém se sentia assim... meio corrompido. Como se uma parte de mim não fosse mais minha. Como se minhas memórias estivessem se apagando aos poucos, e junto com elas, quem eu era. Toda vez que tentava me lembrar de tudo o que passei na fase em que vivi as viagens no tempo, era como se meu cérebro pedisse para não fazer isso. Como se estivesse me protegendo de algo. Já li na internet que esse é um mecanismo de defesa para lidar com traumas.

Depois de fazer baldeação, finalmente desci na estação Fradique Coutinho, na linha amarela. De lá caminhei até o endereço da casa-galeria pelas calçadas arborizadas do bairro Jardim Europa. As ruas com nomes de cidades e mansões com muros altos traziam uma falsa sensação de segurança, uma vez que as guaritas e calçadas quase sempre vazias entregavam como a falta de pessoas na rua tornavam o bairro menos seguro. Era uma vizinhança feita para quem está dentro do carro ou dentro de casa. Eu não estava em nenhum dos dois.

A galeria ficava em uma mansão bem na esquina de uma rua com nome de cidade e tinha um portão de ferro enorme e imponente na entrada. Me identifiquei para o segurança, que buscou meu nome na lista e então liberou minha passagem com um sorriso no rosto. Ele certamente não se lembrava de mim. Eu estive ali duas ou três vezes nas últimas semanas, mas em horários diferentes.

Com a luz do dia, aquela casa parecia cenário de um filme europeu. Logo que atravessei a porta dei de cara com um lindo jardim cheio de plantas exóticas que deviam ter vindo de muito longe. Entrei e lá estavam todas as pessoas que eu mais falei virtualmente nas últimas semanas. Cumprimentei a Alessandra, uma artista de seus 55 anos que tinha conseguido juntar dinheiro o suficiente trabalhando como advogada para perseguir sua verdadeira paixão: escultura em madeira. Apesar do frio na barriga, foi bom reconhecer o rosto das pessoas e perceber que eu não era a única colocando todas as minhas fichas naquele evento. Todos andavam apressados de um lado para o outro, carregando caixas, fazendo os últimos ajustes nas peças e direcionando os spots de luz.

Minha sala era a de número 15.

O tema da minha mostra era "Fotografia e a arte de poder viajar sem sair do lugar". Não, não escolhi esse título como uma forma de confessar secretamente tudo o que vivi. *Ou talvez tenha escolhido?* A verdade é que a nossa arte muitas vezes mostra, de um jeito ou de outro, as coisas das quais tentamos fugir. O que tanto nos afetou que jamais conseguiríamos ser da mesma forma se não expressássemos aquilo. A fotografia era a intercessão entre mim e o outro. O que eu escolhia registrar era algo com o qual eu tinha me conectado, me reconhecido e achado que ficaria ainda melhor em uma moldura, ao lado de uma história.

Essas cenas do cotidiano sempre me chamaram atenção, como se registrá-las, para mim, fosse quase inevitável. Enquanto as pessoas à minha volta viviam, eu as observava. E agora, aos 31, me sentia sortuda por finalmente poder mostrar para o mundo o mundo que eu enxergo através das minhas lentes. Elas não eram mágicas, mas gostava de fingir que eram.

Por acreditar que a fotografia reverberava tanto na gente, decidi trazer para esse mostra um pouco de movimento. Com a ajuda de alguns projetores, mapeamento digital e animações feitas a partir das fotos reais, a experiência de atravessar a sala se tornou ainda mais imersiva e interativa. Era como se as fotos estivessem ganhando vida através da luz, sombra e projeções. Parei para observar o fruto de meses e meses de trabalho.

A primeira foto da exposição era de um prédio. Em destaque, duas sacadas em andares diferentes. No andar superior era possível ver uma mulher mais velha, entre seus 70 e 80 anos, sentada em uma poltrona com um semblante tranquilo. Ela segurava uma xícara em uma das mãos e um livro na outra. Repousava, observando a vizinhança. Na segunda, através do vidro, via-se uma jovem com um corpo nitidamente magro, olhando-se no espelho e com um celular na mão. A tela iluminava seu rosto, os olhos pareciam arregalados. Era possível ver alguns objetos espalhados pelo cômodo, muitas caixas de papelão e sacolas de compras.

Fiz esse registro enquanto visitava apartamentos logo antes da minha mudança, e essa cena ecoou em mim por dias. Elas se conheciam? Já se trombaram no elevador? Qual a diferença de idade? Uma já ouviu o barulho da outra? Que conselhos a senhora daria para a moça? Qual a diferença de idade entre elas? Como foi crescer sendo mulher em épocas tão diferentes? O que uma sabe que a outra ainda vai descobrir? Fiquei pensando na frase: "Você ainda não conhece todas as pessoas que vai amar".

A segunda foto era meio rosto de duas mulheres, com bochechas coladas, uma com o dobro da idade da outra. Mãe e filha, dividindo o espaço milimetricamente na imagem. As duas olhavam para a mesma direção, mas as expressões eram diferentes. Enquanto a mãe sorria, a filha parecia preocupada, mas disfarçava.

Essa foto era sobre o fantasma silencioso que nos assombra na vida adulta. Tirei na rodoviária de São Paulo, prestes a embarcar para Imperatriz. Nada é tão assustador quanto perceber que nossos pais estão envelhecendo, que o tempo deles não é mais o mesmo que o nosso. É um sentimento tão conflitante. Uma vontade de viver coisas que eles não conseguiram viver e ao mesmo tempo parar tudo por medo de que eles partam antes do planejado. Minha relação com minha mãe nunca foi das melhores, mas ao envelhecer, consegui compreendê-la um pouco melhor. Não como mãe, mas como mulher.

A terceira imagem era a sobreposição de duas fotos tiradas com anos de diferença. Duas amigas se abraçavam em uma cena e na outra apareciam de mãos dadas num casamento. Essa peça representava a evolução das amizades ao longo da vida, e a importância das relações de afeto que sobrevivem às fases da vida. Algo que particularmente eu sentia muita falta.

A quarta foto era da ruga do olho direito do meu pai, uma foto que ele tirou por engano e que eu nunca tive coragem de apagar. Fiz um trabalho digital com textura e pintura. Essa ruga se formava toda vez que ele sorria, e o barulho da gargalhada do meu pai era algo que me fazia falta todos os dias. Por anos nenhuma piada teve graça, porque eu sabia que nada faria aquele som ecoar outra vez.

Quanto pesa o vazio? Por que é tão difícil carregar a falta de alguém? Cada pessoa lida com o luto de um jeito diferente, e descobrir como levar esse sentimento para a próxima fase da vida é uma tarefa solitária. Mesmo sentindo falta da mesma pessoa, eu e minha família enfrentamos a morte do meu pai de maneiras bem distintas. No meu caso, por exemplo, não consegui expressar quase nada no momento da perda e minha família provavelmente estranhou minha reação silenciosa. Até que um tempo depois, caí no choro ao sentir o cheiro de um carrinho de pipoca numa esquina movimentada que meu pai sempre costumava me levar. Às vezes você olha uma foto antiga e percebe que aquela parte da sua infância, aquela versão sua, morreu junto com a pessoa – porque era ela quem te dava liberdade para ser exatamente como você era.

A quinta foto era de uma mulher deixando um prédio, logo após assinar o divórcio. Como fotógrafa, eu já fiz alguns ensaios de casamento e fotos lindas de cerimônias, mas essa ainda era a minha favorita. Era de Lúcia, uma mulher que viveu um relacionamento abusivo, e o processo de separação foi bem complicado – com advogados, disputa entre familiares e todo o resto. O desgaste emocional foi tanto que ela precisou de ajuda psiquiátrica. Sua emancipação veio junto com a permissão para começar de novo, e ela me contratou para capturar e eternizar esse momento.

Eu fui das pessoas que cresceu acreditando que o casamento e a união entre duas pessoas era algo tido como certo e eterno, uma escolha para a vida toda. Depois de ver pessoas próximas lutando por relações completamente sozinhas, entendi que muitas vezes o "felizes para sempre" vem depois do "eu não te amo mais". Foi assim para Lúcia quando ela enfim se libertou do seu companheiro tóxico e narcisista. Fiz o ensaio inspirado na clássica foto da foto da Nicole Kidman feita por um *paparazzo* em 2001. Celebrar o fim de algo que não te faz bem e deixar o universo saber que você está pronta para viver algo novo é importante.

A sexta foto era de uma garota de 10 anos, sorridente, na praia. Ela não usava a parte de cima do biquíni. Na foto alguns homens de diferentes idades caminhavam pela calçada e olhavam em sua direção. Uma criança sendo observada por homens adultos.

Aquela cena me fez tomar consciência do quão cedo tive que aprender a prestar atenção no que homens pensavam, na forma que eles me olhavam, e como eu deveria me comportar perto deles. Essa não é uma experiência individual. Toda mulher já foi uma garota e toda garota foi ensinada desde cedo a ter medo do mundo e das pessoas. Isso já me fez sentir raiva, tristeza e solidão. Me pergunto o quanto isso nos faz buscar muito cedo relacionamentos como uma tentativa de fuga inconsciente, para não precisar mais se importar com o que os outros homens lá fora pensam. Simplesmente porque, se estamos com um deles, os outros se comportam de uma forma diferente.

A sétima foto da exposição era um registro bem antigo, uma foto que tirei na formatura do ensino médio, na despedida do IFET. Eu ainda tenho um espaço especial no cérebro só pra guardar os acontecimentos que me traumatizaram no ensino médio – não preciso nem dizer que não adiantou voltar e tentar consertar tudo com a cabeça de hoje. Ainda assim, naquele fatídico dia, uma lembrança que quase me escapou foi perceber como todos ainda tinham sonhos, vontades, histórias e uma vida inteira pela frente. Da época em que as escolhas não eram tão definitivas e não eram feitas com tantas responsabilidades. Tirei essa foto logo antes de irmos embora, quando a pista de dança estava cheia. No fundo da foto havia uma garota, a única que parecia não estar se divertindo.

A última foto era uma dupla exposição, que misturava a silhueta de um casal, com o *skyline* de duas cidades diferentes. São Paulo e Paris. O contraste da mulher na foto era sutilmente maior, e a minha ideia ao juntar as duas fotografias, tiradas em lugares e momentos diferentes, era justamente mostrar a solidão de viver um amor que não tem a possibilidade de se desenvolver. Sei que sempre é uma escolha. Às vezes a gente se apaixona, então a vida acontece, e dois corpos que tanto se atraem precisam estar e funcionar em continentes diferentes, com prioridades diferentes. A projeção mostrava a mulher se levantando e indo embora.

Essa obra tinha uma inspiração clara, e seu nome era Henrique. Meu grande amor, em alguma outra vida. Meu melhor amigo, em outra. Quando descobri que ele sempre fora apaixonado por mim, mas que eu tinha perdido minha chance, tentei voltar no tempo e consertar as coisas. Quero dizer, se você descobre que alguém passou a vida toda te querendo secretamente, é óbvio que você vai querer que essa pessoa seja sua, não? Mas ao fazer isso, acabei apagando nossa amizade e criando uma outra coisa no lugar. Algo avassalador, mas olhando para trás, talvez apenas um jogo de luzes que faria qualquer pessoa parecer exatamente o que eu estava buscando. O que tinha sido aqueles dias em Paris, em Nova York? Quem era Henrique, agora, para mim? Quis ele mais que tudo, mais até que o meu próprio sonho. Eu me questionei tanto. Se Paris representava a realização de um dos meus maiores sonhos, por que não foi o suficiente estar lá? E por que depois de todo esse tempo, lembrar dele ainda doía tanto?

Tentei afastar aqueles pensamentos, uma prática que já tinha virado rotina pra mim. Como se se eu me dissociasse, me convencesse de que aquela vida não tinha sido minha, então, talvez as dores também não seriam.

Ver todas essas fotos emolduradas em volta de mim, com as luzes dando movimento às cenas estáticas, me fez perceber como consegui dar o ar mágico e surrealista que imaginei quando idealizei a exposição. Era como se minhas memórias e histórias estivessem ganhando vida de novo, mas agora de um jeito que todo mundo conseguiria entender e se identificar. Até quem nunca viajou no tempo. O resultado era íntimo, sensorial e abstrato ao mesmo tempo.

Pensei no que o meu pai falaria se soubesse que depois de tantos anos, eu finalmente dei uma chance para o meu trabalho mais artístico. Sentia falta dele todos os dias, mas em momentos como esses, era difícil não imaginar o que o sr. Antônio diria se estivesse aqui. Tenho quase certeza de que eu acordaria com uma nova mensagem no celular, que ele madrugaria só para ser o primeiro da fila e que faria um texto brega e emocionado nas redes sociais para contar pra todo mundo da exposição, fazendo com que esse dia importante pra mim se tornasse o evento do ano. Desde que ele morreu, foi como se o elo que unia minha família tivesse quebrado.

Saí da minha sala e fui até a sala principal do casarão. O sol já tinha começado a iluminar o local através da janela de vidro, destacando o chão todo de madeira. A casa tinha um cheiro de imóvel antigo misturado com perfume caro. Quando olhei no relógio já eram quase dez da manhã, horário previsto para a abertura da galeria e entrada do público.

Ao ver o horário, minha mente começou a acelerar novamente. Nos últimos meses, passei mais tempo conversando com as vozes da minha cabeça do que com outras pessoas. Digamos que isso tenha piorado minha ansiedade consideravelmente, sobretudo em situações como aquela. A real é que eu ainda me impressiono com a capacidade que tenho de criar cenários catastróficos para cada novo acontecimento. Em poucos segundos imaginei algumas possibilidades: absolutamente ninguém aparecendo, alguém jogando cigarro no jardim e pegando fogo na casa toda e os artistas falidos tendo que pagar a multa, alguém da internet gravando e fazendo um vídeo zoando os trabalhos. Enfim. Nenhum deles de fato aconteceu.

A minha sala precisava ficar com a porta fechada por conta do projetor para manter o ambiente escuro, então pensei que seria uma boa estratégia pendurar na porta um cartaz criando um mistério para quem estivesse passando na frente. Escrevi uma frase e imprimi:

"Essa porta talvez seja um portal, luzes podem piscar, turbulências são esperadas."

Mas nenhuma turbulência foi tão forte quanto a que estava prestes a acontecer.

***

O primeiro visitante havia chegado. Senti no ar um perfume estranhamente familiar. Não dava para ter certeza de quem era porque a única luz que iluminava o ambiente era a do projetor, mas reconheci o rosto de perfil, a postura, enquanto ele olhava atentamente uma das minhas obras.

– Foi nesse dia que vocês se conheceram? – Ouvi sua voz, meu corpo todo se retraiu.

Joel.

– Oi. – Foi o que consegui dizer.

– Oi. – Ele retribuiu me olhando fixamente. – Você fez um bom trabalho em sumir do mapa. Onze meses te procurando, e só te encontrei por conta da divulgação on-line de uma exposição de fotos. – A voz dele soou seca, ressentida.

Baixei os olhos. Talvez fugir sem dizer nada não tenha sido a forma mais madura de lidar com a situação. Mas, na boa, quem poderia me culpar? Depois de tudo que ele jogou em cima de mim? A cena no hotel em Nova York voltou com tudo na minha mente.

Estávamos no corredor do hotel, que dava para os quartos. Depois de eu ter fugido com o Henrique e estragado tudo. Joel estava me esperando num sofá ao lado da minha porta, e me disse as palavras que iriam virar tudo de ponta-cabeça de novo.

– ...Mesmo que você escolha mudar tudo de novo.

– Mudar tudo de novo? O que exatamente você quer dizer com isso?

– Você não precisa mais esconder as coisas de mim, Anita. Eu sei de tudo. Inclusive das viagens.

– Claro que você sabe das viagens! Foi você quem conseguiu esse emprego pra mim, e eu sou eternamente grata por Paris e por esta...

– Que droga, Anita! Das viagens no tempo! Entendeu agora do que eu estou falando?

Meu mundo tinha desabado. Eu não podia acreditar. Como ele poderia saber?

– O que você sabe? E como você sabe, Joel? O que você fez?! Me explica, isso tudo é uma armação? Quem é você? Estou ficando com muito medo de tudo isso. – Eu estava apavorada.

– Calma, Anita. Eu não fiz nada. Quer dizer, eu sei que você talvez não entenda agora, mas as coisas mudaram muito desde que te conheci melhor. Não consigo mais ficar vendo a garota que amo lidar com tudo sozinha, sendo apenas um observador. Eu me apaixonei por você, e eu não esperava que isso acontecesse! Mas não me importo mais com o que meu pai diz sobre manter distância e tudo o mais. Isso tudo sempre foi uma loucura, mas não quero passar o resto da vida assim. Eu quero ficar com você. Você é a mulher que amo.

– Mas, Joel, do que você está falando? Que pai? Quem é o seu pai? Acho que realmente não estou bem. Nada mais faz sentido.

E por que você está me dizendo tudo isso agora? Você é algum tipo de stalker, *é isso? – Comecei a chorar, muito nervosa.*

– Não, Anita, vou te explicar tudo no momento certo. Saiba que você não está louca e eu não sou um stalker. *Sou eu, o Joel de sempre, tá? Vou explicar e comprovar o que estou falando, e você vai ver que não sou um louco te espionando. Existe um motivo.*

E com isso, ele me entregou um código, que me permitiu acessar o painel de controle do meu blog, onde havia um rascunho de um post que não era meu.

Era de uma garota chamada Pietra. Ela parecia desesperada, sozinha. Pedia ajuda. E o mais importante: falava sobre viajar no tempo.

Eu não era a única.

Saí do quarto do hotel mais confusa do que tinha entrado. Joel se levantou imediatamente, esperando minha reação.

– Quem é Pietra? – Foi a única pergunta que consegui elaborar no meio de tantas e ele suspirou, pronto para finalmente revelar toda a verdade.

– É a minha irmã. Nós somos filhos do Lúcio, um amigo de infância do seu pai, e que também trabalhou com ele. A Pietra... desapareceu. Há mais de 10 anos, sem falar com ninguém. Todos acharam que era mais uma de suas aventuras e que em alguns dias ela voltaria para casa, mas isso nunca aconteceu. Quando acionaram a polícia e começaram a investigar, já era tarde. Não encontraram nada. Assumiram que ela estava morta, que tinha tirado a própria vida. Ela andava meio deprimida, então as pessoas pensaram... Mas eu sabia, sentia que não. Encontrá-la virou uma obsessão. Eu procurava pistas em tudo que ela deixou pra trás: nas roupas, nos cadernos... Até que abri o armário da faculdade dela, a UFJF, e encontrei respostas. Ou pelo menos, o começo delas. Eram diários, vários deles... onde ela falava sobre tudo.

Joel ficou um momento em silêncio, como se perdido em memórias.

– Tudo o quê? – perguntei, encorajando ele a continuar.

– Minha irmã viveu um período bem estranho quando estava na faculdade. Nosso pai vivia trabalhando fora da cidade e não percebeu, quero dizer, não levou a sério. Achou que era uma fase.

Eles sempre tiveram um relacionamento conturbado... Nossa mãe faleceu quando éramos crianças, então basicamente a gente só tinha um ao outro. Eu até concordei com ele no começo, pensei que ela estava vivendo a vida e sendo do contra simplesmente pra chamar nossa atenção. Mas a verdade é que eu não fazia ideia do que ela estava passando. Que ela cansou de se sentir incompreendida por tudo e por todos. Eu a entendo agora, mas na época eu achava que era mimada, escandalosa e arrogante. Eu me arrependo tanto das coisas que disse pra ela, Anita... A Pietra só estava pedindo ajuda. Do jeito dela, mas era um pedido de ajuda. Eu devia ter prestado mais atenção – Joel suspirou, arrependimento transbordando de seus olhos. – Nos diários, ela falava sobre viagens no tempo. Sobre como criou diversas linhas do tentando resolver sua vida, fez diferentes faculdades... No começo achei que era uma brincadeira, que ela estava surtando. Não podia ser real. Mas tinha coisas ali que eu jamais contei pra ninguém, e ela simplesmente sabia. Só tive coragem de contar pro meu pai, mas ele disse que eu estava vivendo a fase de negação e chegou a sugerir um psiquiatra. Então nunca mais contei pra ninguém.

Uma memória se ativou na minha mente. Eu tinha conhecido a Pietra e o Lúcio. Na minha festa de formatura do IFET. Meu pai tinha me apresentado os dois. Será que a Pietra já estava viajando no tempo nessa época? Ela era só alguns poucos anos mais velha que eu. Lembrei também de um detalhe aparentemente sem importância: um anel em sua mão esquerda.

– Eu já vi a Pietra, e seu pai. Há muitos anos atrás. Mas tinha esquecido.

O olhar dele se acendeu. Ele seguiu.

– Eu passei muito tempo lendo e relendo os diários. Todo ano, no aniversário do desaparecimento dela. Em busca de algo escondido, alguma pista que eu tinha deixado passar. E, no ano passado, encontrei. Um código que minha irmã criou, que eu finalmente decifrei, e que levava ao blog dela.

Joel pareceu pensar mais antes de continuar a história. Como se ele estivesse escolhendo cuidadosamente suas palavras.

– Através do blog dela... Eu descobri o seu.

– Como assim, você descobriu o meu blog através do dela?

– Acho que os dois devem estar conectados de alguma forma... não sei. – Algo soou estranho em sua fala. Como se ele estivesse escondendo algo. Não seria a primeira vez, *pensei.* – *O ponto é que eu descobri que havia outra viajante no tempo, alguém que poderia me ajudar a descobrir o paradeiro da minha irmã.*

Então era isso. Era isso que ele queria o tempo todo. Não me ajudar de verdade, não porque ele gostava de mim, mas porque queria um favor. Aquilo conseguiu quebrar em fragmentos ainda menores meu coração que já estava em frangalhos.

– Você me manipulou. E agora vem com esse papinho de paixão... Você não tem vergonha, Joel? Pra cima de mim? Eu não tenho mais 15 anos!

– Mas é verdade! Prometo, eu... no começo eu só precisava da sua ajuda, mas depois... Eu realmente gosto de você, Anita. Eu não estava te usando, eu te amo...

– Então por que você não me contou?! Você podia ter sido honesto.

– E você ia acreditar? Um cara aleatório te encontra e fala que sabe que você viaja no tempo e precisa encontrar uma irmã desaparecida há dez anos... Eu tive medo de te assustar, de você fugir. Precisava que você confiasse em mim primeiro.

– E agora você conseguiu destruir toda a confiança que eu tive em você. Parabéns.

Decidi que não queria ouvir mais nada. Estava cansada de ter minha vida bagunçada por homens, de colocar tudo a perder pelos motivos mais idiotas... Peguei o cartão e comecei a entrar de volta no meu quarto.

– Espera!! Anita. Por favor, me escuta! – Ele estava quase implorando.

– O que você quer de mim, Joel?! – Explodi.

– Que você me ajude. Volte no tempo, na época em que Pietra estava na faculdade, encontre ela, impeça ela de ir embora... Ou pelo menos descubra o que aconteceu.

– Você realmente acha que depois de você ter mentido pra mim, me manipulado, eu só vou esquecer tudo e te ajudar?!

– Você é minha única esperança, Anita... Eu amo minha irmã, sinto falta dela todos os dias. Eu errei com ela, só queria

uma chance de consertar esse erro. – Ele abriu a mochila. – Aqui, trouxe os diários dela…

– Sinto muito pela sua irmã, Joel. De verdade. – Interrompi. Não queria mais saber. – Mas não tenho como te ajudar. Esse problema é seu, e eu já fiz bastante estrago tentando consertar a vida dos outros com as viagens. Não funciona.

Ele ficou sem palavras. Acho que não que considerou a possibilidade de eu negar o seu pedido. De não retribuir sua declaração de amor e fazer exatamente tudo o que ele esperava. Mas a vida era minha, e estava na hora de retomar o controle.

– Por favor, não me procure mais. Você já me machucou o suficiente. Pelo menos me faz esse favor.

E bati a porta na cara dele.

***

Depois que voltei de Nova York, imediatamente comecei a procurar outro apartamento. Mudei meu número, fechei minhas contas nas redes sociais. Queria sumir, deixar tudo para trás. Queria que Joel não me encontrasse mais. Mas ali estava ele, um ano depois.

– Sumi porque sabia que você não ia esquecer dessa história. E eu precisava de paz. De um tempo sem pensar nessa maluquice toda.

Ele ficou quieto por um momento.

– É ela aqui, na foto.

Eu finalmente olhei para a foto que ele encarava e me aproximei. Ele apontou uma das pessoas. A garota triste na foto da minha formatura do colégio. Era Pietra. Nossos caminhos já tinham se cruzado antes, como eu me lembrara. Suspirei, um pouco mais calma. Olhei para o Joel, para o rosto dele, e percebi como ele tinha envelhecido nos últimos meses.

– Como eu te disse, eu não viajo mais. Não tenho como te ajudar, Joel. Não desse jeito. Eu sinto muito.

– Você toparia pelo menos conversar um pouco? Falar sobre tudo o que aconteceu… Acho que a gente merece um fechamento. A nossa despedida não foi das melhores. – Acho que pela minha cara, tinha ficado óbvio que eu não queria. Ele suspirou. – Prometo que depois disso, não te procuro mais.

Respirei fundo. Como pode uma pessoa com quem eu tinha tanta intimidade, que foi um grande amigo, parecer quase um estranho agora? Mas ele tinha um ponto. Uma conclusão para aquela história me faria bem, e seria uma chance de, pelo menos uma vez, eu parar de fugir e encarar as coisas.

– Tá bom. Me encontra aqui no fim da tarde e a gente toma um café.

– Promete que não vai usar a oportunidade pra sumir por mais onze meses? – ele disse, dando um sorrisinho de lado, tentando aliviar o clima.

Eu sorri de volta.

– Eu não vou a lugar algum, essa exposição ainda vai durar algumas semanas. De qualquer forma, anota aí meu número novo.

Joel agradeceu, virou as costas e foi embora. Percebi então que outras pessoas começaram a entrar na sala e resolvi me concentrar naquele dia tão importante. Quando alguém veio perguntar o preço de um dos quadros, mergulhei de cabeça na negociação – era melhor isso do que passar o resto do dia pensando em como aquela nossa conversa tinha sido estranha e maluca. Apagar as redes sociais não foi o suficiente para eu não ser mais encontrada. Como faço para ser uma pessoa off-line se o sucesso da minha arte depende também do quanto as pessoas se interessam por mim na internet? O meu perfil atual era apenas profissional e não tinha o meu rosto, nem o meu nome, mas ainda assim eu fui achada.

Joel permanecia uma incógnita para mim. Acho que uma Anita do passado talvez ficasse tentada a mergulhar nessa relação quando ele se declarou, aceitar todo aquele amor como uma forma de fugir dos sentimentos frustrados pelo Henrique e da falta que a sua companhia fazia. Mas ainda bem que tive o discernimento de dar um passo na outra direção e de me afastar. Sem grandes explicações. Não era como se eu devesse uma justificativa, afinal de contas, ele deixou bem claro que só se aproximou de mim porque acreditava que essa era a única forma de descobrir o paradeiro da Pietra. Me manipulou para eu não conseguir dizer "não". Mas, mesmo assim, eu disse. Eu sumi. O que configura *ghosting*, eu sei. Mas minha vida já era trágica e confusa o bastante para dar espaço para alguém que queria se aproveitar de mim, e provavelmente me deixaria de lado na sequência caso não funcionasse. Encontrar uma pessoa desaparecida? Eu não conseguia nem me entender com as pessoas que mais amava, relações de uma vida inteira, imagina alguém que simplesmente desapareceu. No fundo, talvez eu também tivesse medo de não conseguir encontrar nada e decepcioná-lo.

Era confuso e estranho lembrar do que vivemos e saber que boa parte de tudo que escutei tivesse sido inventado, calculado ou premeditado. Era bom demais para ser verdade. Eu deveria ter desconfiado. Ainda assim, toda vez que passo na frente do nosso antigo prédio, da época em que fomos vizinhos ou peço *delivery* em algum restaurante que ele me apresentou e entrou para minha lista de favoritos, fico pensando em todas as conversas que tivemos.

No fim da tarde, Joel estava me esperando na entrada da mansão. Fomos andando juntos até um cafezinho que eu tinha encontrado no Google Maps e parecia silencioso, perfeito para a conversa aparentemente horrível que íamos ter. Meu estômago se retorceu e minhas mãos suavam um pouco. Sentir o cheiro do perfume dele no ar me trazia lembranças de uma outra época da vida, de uma Anita que já não existia mais. No caminho, Joel puxou assunto sobre banalidades, e eu não pude não responder. Ele perguntou onde eu estava morando e contei do meu novo apartamento no Copan. Respondendo com o mínimo de palavras possíveis. Minha guarda estava alta.

Chegamos no local e pegamos uma mesa no canto. Ele começou.

– Quer dizer que você nunca mais voltou no tempo?

– Você pode falar baixo? Não é como se você estivesse perguntando como foi meu dia no trabalho hoje.

– As pessoas aqui vão achar que estamos falando de algum filme, sei lá, uma série da Netflix.

Bufei, mas aceitei.

– Não, eu não viajo mais. Essa parte da minha vida ficou pra trás. – Quando vi o olhar de questionamento nos olhos dele, dei uma risada amarga. – Deve parecer absurdo olhando de fora. Eu ter esse quase superpoder e me recusar a usar. Mas é muito mais uma maldição do que uma benção. As viagens acabaram comigo.

A gente não tem controle real de nada, e quando você acha que vai melhorar as coisas, percebe uma consequência horrível que nunca tinha imaginado. E eu aposto que sua irmã sentiu o mesmo.

– Ela sentiu. Foi o que ela escreveu nos diários. Os que você não quis ler. – Ele abriu a mochila. – Aqui estão eles. De novo. Caso você mudasse de ideia.

Eu não respondi, mas tentei deixar claro com o olhar que eu não adiantava insistir. Decidi tentar mudar de assunto, para um não muito menos desagradável.

– Posso te perguntar uma coisa? – comecei.

– Tudo o que você quiser.

– Eu passei um tempo com essa dúvida, mas já que estamos sendo honestos, queria entender… Era real esse papo de você estar se envolvendo comigo? Ou era parte do seu plano de se aproximar de mim, se declarar e depois conseguir minha ajuda?

Tomei o cuidado de não dizer a palavra *manipulação*, mas acho que ele entendeu o subtexto.

– Anita, eu… Nossa amizade foi real. Eu nunca fingi gostar de você, você sempre foi muito fácil de gostar. Não é porque tive um motivo pra virar seu vizinho que tudo o que aconteceu foi uma mentira. Eu não sou bom de mentir, se eu não gostasse de você acho que não conseguiria passar tanto tempo do seu lado.

Senti honestidade em sua voz. Pelo menos isso. Não diminuía o peso de me sentir enganada, mas ajudava saber que eu não era uma idiota total.

– Sobre a paixão… – ele continuou. – Eu não sei dizer, Anita. Talvez eu tenha me emocionado um pouco, misturado as coisas. Me deixado levar pela adrenalina dessa missão secreta, de estar com você em Nova York… Da química do nosso beijo. Eu estava desesperado, e acho que parte desse desespero virou paixão na minha mente, fiquei com vontade de te proteger, de te salvar… de cuidar de você. Talvez porque não tenha conseguido fazer isso com a minha irmã. Pelo menos foi o que minha terapeuta me disse.

Dei uma risada surpresa.

– Você contou pra sua terapeuta sobre as viagens no tempo?

– Dando uma mexida na história para ela não me mandar direto para o psiquiatra.

Sorri e me senti um pouco mais leve, como se conseguisse soltar só um pouquinho mais a tensão nos meus ombros.

– Mas eu consegui deixar isso pra trás. Mesmo. Senti sua falta, óbvio, mas entendi por que você não quis mais nada comigo, e sabia que de certa forma você tinha razão. Nenhum relacionamento saudável ia conseguir nascer de um contexto tão bagunçado. Mas o sentimento que nunca consegui me livrar, que nunca vou conseguir deixar para trás é a falta da minha irmã e a dor de não saber o que realmente aconteceu com ela.

Pela primeira vez, ouvi seu sofrimento sem minhas barreiras erguidas. Tentei imaginar como seria se a Luiza sumisse sem explicações, se eu também não entraria em desespero e me agarraria a qualquer chance de encontrar ela de novo. Será que faria qualquer coisa, mesmo que isso significasse mentir? Eu não sabia.

– Eu sinto muito pela sua irmã, Joel. – Dessa vez, falei de coração. – De verdade, sei como é difícil perder alguém que a gente ama.

– Então faz isso por mim. Pela amizade que a gente teve um dia, por qualquer sentimento ou momento bom que nosso encontro te proporcionou. Sei que você tá em outra fase, fico feliz por isso, mas eu continuo preso lá naquela época e sem nenhum desfecho. Eu não aguento mais viver esse *looping* de luto e esperança, reviver essa história em pensamento está me matando por dentro.

Eu só fiquei em silêncio. Ele continuou.

– Seria uma viagem rápida, sem mudar nada. Eu te digo exatamente onde a minha irmã vai estar, você vai até ela, conversa. Observa. Entende o que ela está sentindo, vivendo, pensando em fazer. Se ela estava se envolvendo com alguém perigoso secretamente. Não sei. Se achar arriscado, você só observa mesmo, volta e me conta.

– Joel, mesmo se essa fosse uma opção, qualquer coisinha que eu mudasse teria um impacto imprevisível na vida que eu tenho hoje. Eu não posso pôr essa realidade em risco. Para você entender, tenho tratado toda essa história de viagem no tempo como um surto. Um sonho maluco que eu tive e depois acordei. Aí você vem e me pede para fazer justamente o contrário de tudo que tem dado certo para mim. Eu estou bem, cara. Estou feliz. Do meu jeito, mas feliz.

– E se não for sobre você agora? Você podia fazer uma diferença enorme, Anita. Me dar a oportunidade de viver uma vida inteira sem a ausência da minha irmã, ou menos com a certeza do que aconteceu com ela.

– Desculpa. Tenho muitos problemas e responsabilidades que nem dou conta direito. Eu não posso salvar o mundo.

– Mas você pode me dar respostas, pode me ajudar a fazer as perguntas certas e também seguir em frente. Por favor.

Dessa vez, senti compaixão, e sofri com ele. *Que droga, por que não conseguia só suprimir a maldita empatia?* Pensei um pouco antes de responder.

– Olha, Joel, se você precisar de ajuda para conversar, para investigar, para passar o tempo, pode contar comigo. Eu consigo imaginar seu desespero, mas fiz uma promessa. Quer ajuda de quem eu sou hoje? Tudo bem. Te dou essa segunda chance. Mas minhas outras versões infelizmente não estão disponíveis. Essa é a única linha do tempo que existe. E agora preciso ir porque tá ficando tarde.

– Você pode ao menos pensar? Vou deixar os diários da Pietra com você. – então ele deixou alguns cadernos sobre a mesa. – Caso você mude de ideia.

É o que mais faço o tempo todo, pensei, mas não disse nada.

***

Voltei pra casa em silêncio. Dessa vez, nem prestei atenção nas pessoas no metrô, nos detalhes da paisagem. Estava dentro da minha própria mente mais uma vez, passando e repassando as memórias de um ano antes junto com as daquela tarde. É, Anita, você não tem muito *para onde fugir. Se quer ser artista, precisa ter coragem de se expor. Se quer se expor, precisa lidar com as consequências disso. Uma hora as consequências te encontram na internet e entram na sua exposição pedindo para procurar uma irmã perdida.*

Não podia voltar no tempo de novo. Minha vida era um frágil castelo de cartas que eu tinha passado um ano inteiro tentando equilibrar. Mas sabia que qualquer ventinho podia derrubá-lo, e voltar no tempo seria mais parecido com um temporal. Por outro lado, vi no olhar de Joel o quanto eu realmente signifiquei para ele. Na raiva acumulada, tinha decidido há um ano atrás que ele era um babaca mentiroso e que tudo que vivemos tinha sido manipulação. Mas no fundo, sabia que estava sendo injusta. No final daquela conversa, não podia negar que, apesar das mentiras dele terem me machucado – e de ele ter errado feio – não tinha sido *tudo* falso.

Também não conseguia deixar de pensar na minha própria irmã. Na verdade, em todas as pessoas que amei. E se alguém me dissesse que havia uma chance de meu pai estar vivo, e tivesse um jeito de encontrá-lo? Eu faria tudo para isso ser possível. Será que eu estava sendo egoísta ao me negar a ajudar o Joel? Será que seria tão arriscado assim?

Assim que girei as chaves de casa e entrei no meu maravilhoso apê com cheiro de "esqueci de levar o lixo para fora", meu celular tocou e me arrancou dos meus devaneios. Era minha mãe.

– Anita, tenho ótimas notícias! Seu sobrinho nasceu!

2

Eu olho pelas janelas das pessoas

Eu mencionei que minha irmã estava supergrávida do seu primeiro filho? Não? Pois é! *Nossa, como as coisas são rápidas no interior*, me lembrei quando ela deu a notícia e depois do chá revelação com toda aquela fumaça azul. Cof, cof. Acho que se tivesse me casado, esperaria mais alguns aninhos para engravidar. Ia querer viajar o mundo. Aproveitar a vida sendo dois antes de virar três. Mas a Luiza era diferente de mim, e as coisas aconteceram seguindo o protocolo do casal feliz do interior, do jeito que ela queria. E isso me deixava levemente engatilhada, mas ao mesmo tempo feliz. Quando minha mãe me ligou falando do nascimento, esqueci de tudo e de todos e só conseguia pensar no meu sobrinho.

– AI, MEU DEUS! Já?! Não era no final do mês?

– A bolsa estourou, e ele nasceu antes do previsto! É um garotão lindo. Você vem para conhecê-lo, né? Sua irmã está radiante. Douglas também. Que família linda, meu Deus! Fomos abençoados demais!

Meu impulso foi falar que já estava fazendo as malas para ir, mas eu tinha responsabilidades, em especial, com a exposição. Não podia só jogar tudo para o alto. *Infelizmente.*

– Putz, mãe… Eu me programei para ir no final do mês. Lembra da exposição? – Claro que ela não lembrava. – Bom, vai durar mais algumas semanas… Mas vou assim que acabar! Já vou até comprar a passagem. Estou tão feliz pela Lu, mãe! Vou ligar para eles!

– Faça isso, filha! No batizado você não pode faltar, ouviu? Vai ser dia trinta. Não vejo a hora de ser a sua vez! Quero a casa cheia e muitos netinhos. Imagina no Natal? Desde que vocês cresceram, o final do ano aqui em casa não tem a menor graça.

Respirei fundo e tentei não levar tão a sério. Minha mãe era profissional em projetar todos os seus desejos nas filhas. Ela só esquecia de perguntar se era o que a gente queria mesmo. Acho que nunca ouvi da boca dela o questionamento se eu sequer queria ter filhos – era algo que ela simplesmente assumira.

Desliguei e a ficha foi caindo. Eu era tia! E mal via a hora de apertar meu sobrinho, sentir o cheirinho de neném, tirar mil fotos. Voltar pra Imperatriz em geral era um peso, mas dessa vez iria feliz e curiosa com a novidade. Nenhum parente distante me perguntando por que eu estava solteira (para eles uma pessoa só poderia ser feliz casada) ou desempregada (eles não entendiam o conceito de *freelance*) iria tirar minha alegria. E quem sabe, colocar toda essa história do Joel de lado para ficar com a minha família me desse alguma clareza.

Mandei uma mensagem pra Luiza.

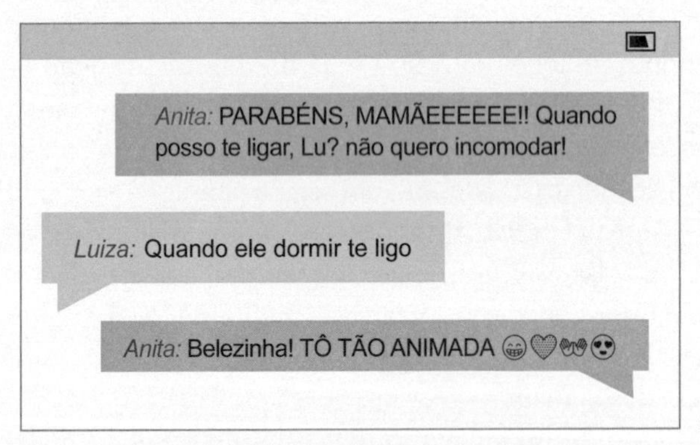

A mensagem da Luiza podia ter parecido fria, mas entendi na hora que foi o que deu pra escrever naquela situação. Eu não tinha filhos, mas podia imaginar o trabalho que um recém-nascido dava, ainda mais nos primeiros dias. Não queria criar mais nenhum inconveniente nesse momento tão frágil.

Decidi tentar dar um jeito nas caixas da mudança enquanto esperava. Pensei que se eu desmontasse pelo menos uma caixa por dia, a missão não seria tão terrível assim, certo? *Errado*. Eu sofria para achar um lugar para cada coisa naquele apê tão minúsculo, para decidir o que ia e o que ficava. Mas me arrastando ao som de uma playlist chamada "Faxina das boas", terminei a primeira caixa e fui salva de começar a esvaziar a segunda pela ligação da Luiza.

– PARABÉNS, LUUUUU! – Não consegui segurar o berro.

– Shhh! Dá pra ouvir seu grito daqui, o Bernardo vai acordar, sua sem noção.

Bom saber que minha irmã continuava uma *flor* e a maternidade não tinha mudado isso. Mas eu sabia que ela estava feliz de falar comigo. Comecei a gritar cochichando.

– QUE NOME LINDO! Como ele é?

Deu pra sentir ela sorrindo do outro lado da linha.

– Perfeito, Anita. De verdade. É muito maluco ver esse serzinho que morou dentro de mim no mundo. É um amor sem palavras. A gente não entende quando as mães falam isso, mas é real. Eu que fiz. Com meu corpo.

– Tô contando os dias pra ir conhecer ele. E pra te ver! Todo mundo fica dando atenção pro bebê e esquece a mãe, né? Como *você* tá?

– Exausta. Explodindo de alegria. Morrendo de medo. Sem me reconhecer direito no espelho, mas ao mesmo tempo me achando muito uma leoa.

– Uau. – Devia ser muita coisa.

– Ah, e com raiva da sua mãe.

– Da *nossa* mãe, você quis dizer? – Dei risada. – Barra pesada, imagino.

– Não faz nem dois dias e nada do que faço está certo. Aparentemente, ela é a autoridade absoluta de como cuidar de um bebê.

– Sabe mais que os médicos e que as enfermeiras, né? – Completei, brincando.

– Muito mais! – Ela começou a imitar a voz da nossa mãe. *– Esses médicos de hoje em dia não sabem nada! Formaram ontem e já acham que sabem de tudo.*

Rimos juntas, mas eu sabia que, por trás das piadas, a realidade era tudo, menos leve. Luiza ia ter que equilibrar a maternidade com uma mãe-helicóptero voando em círculos ao redor dela, pronta para opinar, julgar e corrigir cada movimento. Por outro lado, não dava para negar: ela teria ajuda. Minha mãe podia ser sufocante, mas também era presente, e se importava de um jeito que, no fim das contas, acabava sendo uma rede – mesmo que feita de nó beeeem apertado. Quase sufocando. Eu, ali no meu canto, agradeci em silêncio por ter colocado quilômetros de asfalto entre nós. Caso um dia eu decidisse encarar essa história de ter filhos, talvez tivesse que dar conta de tudo sozinha… mas pelo menos, as opiniões da minha mãe chegariam atrasadas, via mensagem ou ligação, com tempo suficiente para respirar fundo antes de responder.

Comprei a passagem para Imperatriz para a noite seguinte do último dia da exposição. Só de pensar na longa viagem que me esperava, minha coluna começou a doer. A cada ano que passava, ficava mais e mais chato passar a noite dormindo no ônibus. *Tô ficando velha*, pensei. *Cala a boca, Anita, você só tem 31 anos*, pensei também.

O resto do mês passou sem grandes reviravoltas – e que bom, porque a do primeiro dia já tinha sido intensa o bastante. Apesar de a exposição não ter lotado nenhum dia, teve um fluxo bom e várias pessoas entraram na minha humilde sala 15. No último dia, eu tinha conseguido vender seis dos oito quadros! Na verdade, quase foram sete, mas eu não consegui me desapegar da fotografia da ruga do meu pai, e decidi ficar com ela. Já tinha até pensado onde iria pendurar em casa. Minha vida seguiu em sua calma solitária habitual, com um pingo a mais de animação no trabalho, mas nem um pingo a menos de ansiedade. Os diários da Pietra continuavam enfiados na gaveta de um móvel, fora de vista, mas eu tinha consciência deles como se estivessem espalhados no chão da sala. Mesmo assim, não os peguei para ler. Estava postergando. *Novidade, hein, Anita?*

No dia da viagem, fiz uma mala para alguns dias, colocando o máximo de distrações possíveis para o trajeto no ônibus. Pedi um carro de aplicativo e lá pelas nove da noite, estava na rodoviária.

O ônibus interestadual tinha um cheiro bem característico de desinfetante cítrico velho. Suspeito que aquele ar-condicionado nunca tivesse sido limpo desde que ele entrou para a frota e as janelas jamais foram abertas. Toda vez que eu entrava, o ar frio arrepiava meu braço instantaneamente. Eu não conseguia ver porque era escuro de propósito, mas sabia que havia vestígios de cada viajante naquelas poltronas azuis aveludadas, que embora modernas, escondiam sujeira. Pessoas com rinite conseguem identificar o nível de limpeza do ambiente em poucos segundos. *Atchim.*

O motorista deu a partida e, com ajuda do meu fone de ouvido, de um tapa-olho e meu casaco-cobertor, consegui pegar no sono pela primeira metade do trajeto. Acordei horas depois com o ônibus freando. Estávamos na primeira parada, que acontece sempre na cidade que divide os dois estados. Decidi descer do ônibus para fazer xixi e comprar algum salgado superfaturado. Acabei pedindo um *croissant*. Enquanto sentia o gosto amanteigado e as camadas crocantes da massa, fiquei lembrando da última vez que fiz isso.

Foi em Paris, com o Henrique.

Ainda doía pensar nele. De vez em quando eu me pegava imaginando o que estaria fazendo naquele exato momento, se sentia minha falta ou já tinha seguido sua vida. Mas depois de quase um ano, a dor não era mais paralisante e sufocante, não era mais como se ele fosse um pedaço solto de mim andando por aí. Agora era mais como se ele tivesse se transformado em memória afiada, que me machucava toda vez que tentava segurá-la. Por isso eu evitava. Mas às vezes meu cérebro simplesmente jogava essa lembrança nas minhas mãos sem perguntar, abrindo de novo velhas feridas. Eu tentava deletar as memórias da minha mente, e não trazê-las de volta. Tentava apagar os detalhes do seu rosto, sua pele, sua textura. Lavei minhas roupas mil vezes para que não restasse nem mais uma molécula do cheiro dele. Me consolava pensando que um dia, Henrique não iria passar de um borrão. Sem forma. Primeiro eu esqueceria o som da risada dele, depois das notas do seu perfume, a covinha quando ele sorria e, por fim, do gosto dos nossos beijos.

Voltei para meu assento no ônibus, sem evitar pensar em uma história que o Henrique amava contar: que todos os funcionários desses restaurantes de estrada eram fantasmas de pessoas que não voltaram a tempo pros seus ônibus e foram condenadas a trabalhar lá pro resto de suas existências. Eu morria de rir e dizia que Henrique deveria escrever um filme de terror sobre isso. Ou uma música.

Chega, cérebro. Coloquei um podcast no meu fone de ouvido para evitar que qualquer música me lembrasse dele. No começo era difícil, mas com a prática aprendi a forçar minha mente a mudar o foco. Depois de uma hora, já estava totalmente imersa no episódio insano da série de *true crime* que eu estava ouvindo. *Sério, por que eu gosto desse negócio sangrento?* Eu iria ter que reouvir o final daquele capítulo, porque caí no sono antes dele terminar.

O sol já estava raiando quando o ônibus parou na rodoviária de Imperatriz. Fui caminhando com minha mala nas costas. Eu podia falar qualquer coisa da minha cidade, mas ela era linda de manhã. A luz aconchegante que batia na rua de bloquetes, o céu em tons de azul, laranja e lilás que o faziam parecer uma pintura de aquarela, o vento agitando as árvores, o silêncio de antes do dia começar. Eu sentia falta daquela calmaria. Em São Paulo, isso simplesmente inexistia.

Abri a porta em silêncio, porque minha mãe ainda devia estar dormindo – eram quase seis da manhã. Ela tinha deixado a casa destrancada para mim. Abri a porta do meu quarto de infância e me acomodei na cama: foi ali onde tudo começou. Decidi dormir mais um pouco, dessa vez direito e não o sono leve e sem qualidade do trajeto de ônibus.

Acordei algumas horas depois com um som que parecia uma manifestação de pássaros. Tive a sensação de que voavam em círculos bem em volta da janela do meu quarto e como a cama ficava encostada nessa mesma parede, além de entrar um pouco de luz, era como se estivessem dentro da minha cabeça. Não sei direito o que reivindicavam ou se aquilo era um ritual de boas-vindas para quem passou tanto tempo longe, mas antes mesmo de mexer um único músculo do meu corpo me dei conta de que aquele era justamente o som mais frequente e constante das melhores lembranças da minha infância. Era alto e estridente e, ainda sim, relaxante. Bem diferente das buzinas desordenadas que me faziam prender a respiração logo cedo. Senti a brisa entrando pelas frestas da janela, e saber que se tratava de ar puro era um convite para respirar um pouco mais fundo.

Em São Paulo, a vida era mais cinza e poluída. Sem nem sair de casa, sabia que as pessoas lá fora estavam sempre acelerando um pouco mais e que se eu não fizesse o mesmo, ficaria para trás. Acelerando a vida, para chegar no trabalho, para fugir dos problemas, para conhecer a próxima pessoa, para conseguir pagar as contas no final do mês. No interior era como se o tempo passasse em uma velocidade diferente e os acontecimentos eram sempre importantes, mas quase nunca urgentes.

Saí do quarto e fui em direção à cozinha, sendo recebida com um abraço da minha mãe e uma crítica de brinde.

– Você acordou tarde, filha! Perdeu o café da manhã delicioso que eu tinha preparado só pra te receber. – Eu *adorava* quando a crítica vinha recheada de chantagem emocional.

– Oi, mãe! Na verdade, cheguei cedo, você ainda estava dormindo. Saudades de você também.

– Sim, lógico! Filha, vem cá, ajuda a sua mãe. Não estou conseguindo entrar no meu *Feice*, acredita? Você criou pra mim, qual era a senha mesmo?

Suspirei e me preparei pra vários dias daquilo. Eu amava minha mãe, lógico, mas às vezes parecia que ela adorava manter todo mundo ocupado. Passei o resto da manhã ajudando-a a recuperar o acesso da conta. Obviamente ela não lembrava nem da senha do próprio e-mail, então algo que era para ser simples levou mais tempo que o normal. Disse ela que anotou em algum caderninho, mas não tinha certeza de qual. Depois de revirar todas as estantes da sala, finalmente assumiu que não tinha ideia de onde foi parar o que nos levou para as perguntas de segurança para recuperar a conta.

– Como a senhora não lembra o que colocou como resposta pra pergunta "Qual é sua cor favorita"?

– Como essa coisa de tecnologia me irrita. Seu pai era bom nessas coisas, provavelmente ele respondeu essa por mim. Ai, que falta ele me faz!

– Podemos resolver isso mais tarde, mãe?

– Não! Tem que ser agora, preciso criar o evento do batizado do meu neto!

Então ela queria chamar toda a cidade para conhecer o novo membro da família? Estreitei os olhos.

– Por acaso minha irmã sabe que você está fazendo isso?

– Ainda não, mas sei como anda a cabeça da Luiza. Vai me agradecer. Até porque se eu não cuidar dos preparativos, ela vai deixar tudo pra última hora, e aí corre o risco de não aparecer ninguém e ser um fiasco. Meu neto merece a consagração mais linda de todas, com a igreja cheia de gente e um belo almoço depois. Sei que você não liga pra essas coisas, mas o batizado, minha filha, é o ritual que simboliza a entrada da pessoa na fé cristã, que começa com essa primeira benção recebida na cerimônia.

– Hmmmm. – Eu já não estava mais ouvindo uma palavra, mas ela continuou falando.

– É quando o bebê é considerado oficialmente filho de Deus, discípulo de Jesus, tornando-se, assim, oficialmente um membro da igreja católica.

– Entendi, mãe. Só perguntei mesmo porque tem que ver se a Lu quer mesmo fazer algum evento. Quando falei com ela no telefone, ela parecia exausta... E um evento desses você precisa ficar fazendo sala um tempão.

– Claro, pra agradecer todas as pessoas!

– O Bernardo nem vai se lembrar de nada disso. A gente tem que falar com a Lu, mãe. O evento é pra ela, não pra senhora.

Ela resmungou mais algumas palavras ao pegar o notebook da mesa e ir para outro cômodo da casa. Eu dei de ombros e tentei respirar fundo. A Luiza já estaria irritada, seria melhor eu causar o mínimo de estresse possível.

Algumas horas depois minha irmã chegou para o almoço, com o Douglas e o bebê. Minha mãe deu um abraço enorme nela, e imediatamente quis pegar o neto.

– Ele não tá muito magrinho, não? Esse negócio de livre demanda é uma loucura. Tem que amamentar de 3 em 3 horas, que nem eu fazia. Você não fala isso pra ela, Douglas?

Eu contei no relógio. Não demorou nem dois minutos pra ela começar a, com todo respeito, *cagar regras*. Douglas tentou responder, mas Luiza já interrompeu.

– Mãe, já falei que a pediatra que recomendou. É meu filho, é assim que eu vou fazer. – A exaustão de Luiza pareceu crescer com o comentário.

– Gente, parou! Quero conhecer meu sobrinho! – Aproveitei a desculpa pra parar a briga.

Sentamos no sofá da sala, me acomodei com algumas almofadas. Luiza colocou Bernardo no meu colo. Eu o peguei com bastante cuidado porque era estranho demais segurar um ser tão pequeno, frágil e molengo. Ele mal abria os olhos, mas já esboçava um sorrisinho para as caretas que eu fui fazendo enquanto o ajeitava em meus braços. Não queria que ele chorasse comigo, e consegui. Na verdade, ele parecia bastante confortável todo enrolado em uma manta branca com estampa de ursinhos. Ao aproximar meu rosto do dele senti um aroma delicado, doce e atalcado. Sua pele era macia e branquinha como algodão. Ficamos alguns minutos juntos enquanto eu cantava uma musiquinha infantil. Tudo parecia bem até ele começar a chorar do nada. *Foi bom enquanto durou*, pensei. Mas bebezinhos eram assim. Sem perder um segundo, Luiza já foi colocando o peito para fora da blusa.

Eu fiquei toda boba olhando minha irmã amamentar o filho. Que loucura, né? Um dia estava batendo a porta na minha cara e brigando comigo pela vez de usar o computador e agora ela estava ali. Aproveitamos que nossa mãe estava ocupada na cozinha terminando o almoço e que Douglas foi fumar lá fora para conversar em paz.

– Como você escolheu o nome? – perguntei.

– Foi um dos poucos que sobrou. Você não imagina quantas pessoas você simplesmente não suporta até começar a pensar no nome do seu primeiro bebê. – Bernardo sugava o peito e resmungava ao mesmo tempo.

Dei uma risada alta, que logo foi silenciada.

– Credo, Luiza, isso nem parece que saiu da sua boca. Todo mundo em Imperatriz te ama, me surpreende você ainda não ser vereadora. Se eu sair aqui na rua perguntando, absolutamente todo mundo te conhece e te venera.

– E você acha que isso significa que eu gosto de todo mundo?

– Ué... sim?

– Em que realidade paralela você vive, Anita? Parece que esqueceu como é no interior. Não tem essa de simplesmente dar as costas pra alguém e nunca mais falar com a pessoa. Bloquear da sua vida. Você vai encontrá-la na padaria, no açougue, na fila da loteria, na igreja e nas festas agropecuárias. Prefiro que as pessoas gostem de mim, assim sei que elas não falam tanto.

– Entendi...

– Porque quando alguém fala, eu imediatamente fico sabendo. Nada cria laços tão rápido quanto contar fofoca que outra pessoa falou sobre você.

Por mais que eu tenha tomado decisões erradas, ouvindo tudo isso percebia que a escolha mais acertada foi sair da cidade pequena de onde vim. São Paulo tinha seus problemas, mas era um conforto enorme saber que eu era apenas mais uma no meio de uma multidão de gente. Completamente anônima.

– Mas você sabe que quando alguém fala da gente é mais sobre a própria pessoa, né? – tentei consolar.

– Talvez seja, talvez não.

Nesse momento, a minha mãe saiu da cozinha, de avental e colher de pau na mão.

– Tá quase pronto aqui, meninas. – Ela viu o Bernardo no peito da Luiza, e falou apontando a colher de pau. – Você vai deixar esse menino dependente de peito desse jeito.

E voltou para a cozinha sem nem esperar uma resposta. Luiza bufou, mas não parou de amamentar.

– Tá foda, né? – perguntei, totalmente empática.

– Ela está tão entediada que decidiu ser mãe de novo. Do MEU filho. Ah, e não só isso, resolveu também dar pitaco na relação com meu marido.

– É sério? Mas tá tudo bem com você e o Douglas?

– Tudo *ótimo*. Principalmente quando ele some o dia inteiro com desculpa no trabalho ou pra jogar futebol, mal segura o próprio filho no colo e defende minha mãe toda vez que ela me critica.

– Você já tentou dar um chega pra lá nela?

– Claro. Aí ela simplesmente começa a fazer as chantagens emocionais, sempre falando sobre a morte do pai, do quanto ela se sente sozinha, no quanto somos ingratas por isso e por aquilo. Do quanto a experiência de vida dela ensinou, que um dia eu vou entender.

Eu sentia o sofrimento da Lu. Lembrei do drama da minha vida quando decidi ir contra a vontade da minha mãe e prestar Artes Visuais e Fotografia em vez de Administração, e como isso inclusive deixou nossa relação mais fria no presente. Imaginei a dor de cabeça da minha irmã de contrariar nossa mãe, ainda mais quando dependia da ajuda dela – já que Douglas estava fazendo apenas o mínimo para cuidar do próprio filho. Ela deveria estar se sentindo muito sozinha.

Soltei a próxima pergunta por impulso.

– Lu... a gente nunca se falou muito de verdade, né?

Ela se virou para mim com uma interrogação no olhar.

– Você provavelmente é a pessoa que mais compartilha memórias comigo, mas é como se nunca tivéssemos conversado sobre o que realmente importa. Estávamos sempre uma na vida da outra, enfrentando os acontecimentos e lidando com eles, mas cada uma da sua maneira, no seu canto. Nunca tivemos abertura para falar exatamente o que estávamos sentindo e sei lá, isso nos afastou muito depois da adolescência. Somos irmãs de sangue, mas acho que nunca fomos amigas.

– E todo irmão precisa ser amigo um do outro? – Luiza perguntou.

– Não sei se existe uma resposta certa para essa pergunta, mas sei que gostaria muito de ter tido sua amizade, muito mais que sua companhia, ao longo da vida. Eu me sentia tão frustrada por não conseguir ser sua confidente. Triste por você não ter o mínimo de interesse pelas minhas.

– Você também não tinha muito pelas minhas. Cada uma estava imersa nos próprios problemas. É normal, você não acha? – minha irmã completou, um pouco surpresa.

– Não importa se é normal. Importa se foi o melhor pra gente. Você não gostaria de ter tido uma irmã mais presente?

Ela pensou por um momento. Demonstrar vulnerabilidade não era seu forte.

– Sei lá. Acho que sim. Mas agora já foi, né?

– Eu não estou morta, e até onde eu sei você também não. Exceto que você seja a Bella do Crepúsculo e tenha tido um filho híbrido...

– Você me pegou. Agora vou ter que te matar.

Demos risada juntas. Ela não me respondeu à pergunta, mas senti algo derreter em seu coração. Ela sempre foi durona, mas eu sabia que no fundo precisava de aliadas, de amigas – ainda mais num momento tão desafiador. Ela pode não ter dito com todas as palavras, mas eu tinha estendido a mão e ela eventualmente ia segurá-la.

Minha mãe surgiu lá de dentro com um pano de prato na mão e nos chamou para o almoço. Douglas finalmente terminou de fumar e se juntou a nós. Sentamos em volta na mesa de seis lugares, e todas encaramos e respeitamos o lugar que costumava ser do papai. As duas rezaram e eu movi os lábios repetindo o final de cada palavra delas. Depois começamos a almoçar. Era frango com quiabo, prato tradicional que a mãe fazia sempre que voltava de São Paulo. Não era tão comum encontrar essa combinação nos restaurantes da capital, mas eu amava.

– Ani, e como foi a exposição? Você nem contou direito pra gente. – *Olha só, minha mãe prestou atenção em algo que eu disse*. Fiquei feliz e surpresa com a pergunta. Sim, eu precisava de demonstração de afeto para ter certeza de que a pessoa realmente gostava e se importava comigo.

– Ah, mãe, foi legal. Consegui vender várias obras, e no dia seguinte recebi um e-mail sobre uma possível entrevista para um jornal importante. Não tem nada certo ainda, mas pode ajudar muito. Podem surgir novas oportunidades depois dessa.

– E qual seu objetivo com essa coisa toda de fotografia? Porque eu fico pensando se algum dia você vai conseguir fazer dinheiro de verdade com isso, sabe? Acho importante você se planejar, pensar num plano de carreira e no seu futuro. Aposentadoria. A avó de vocês sempre repetia que a juventude é o momento da nossa vida pra usarmos toda a energia porque com o tempo as coisas vão simplesmente ficando mais difíceis, as oportunidades mais raras e a disposição mais baixa. Eu vivi a minha vida e hoje entendo exatamente o que ela estava dizendo.

– Mãe, você ainda está vivendo a sua vida. Ela não acabou. E sobre a coisa do dinheiro, eu não peço nada há muitos anos. Por que você está falando isso pra mim?

– Ah, minha filha, você nasceu de mim. Eu te conheço como ninguém. Acho que você tem potencial pra ser tanta coisa nessa vida.

– E quero usar esse potencial pra algo que acredito.

– Pra mim você só vai ter a sensação de que chegou lá quando tiver segurança financeira. Propósito, você descobre depois. Para um pouco, filha. Estuda para um concurso. Imagina que privilégio? Ter um salário fixo, uma carreira estável, férias remuneradas e garantidas, essas coisas todas.

– Deus me livre. Em nenhuma linha do tempo eu viveria essa realidade sem me matar antes.

As duas me olharam com o mesmíssimo olhar que misturava reprovação e preocupação ao mesmo tempo.

– Não é nada, gente. É uma brincadeira. Vocês não têm senso de humor? Eu esqueço que não posso falar essas coisas perto de vocês que tudo tem um sentido muito literal. Tá tudo bem. É só o meu jeito de falar. Uma brincadeira.

– Vamos mudar de assunto? – Douglas tentou ajudar.

– Ótima ideia, querido. – Minha mãe já se adiantou. – Precisamos definir o cardápio da festa de batizado do Bernardo e pensei em encomendar as balas de coco da Minervina. Vocês ficaram sabendo que fizeram uma matéria sobre ela no Fantástico? Foi assunto na cidade toda por semanas. Depois disso ela até subiu o preço, mas pedindo com jeitinho eu tenho certeza que ela faz pelo antigo pra mim. Só estou na dúvida em relação à quantidade.

Luiza fuzilou nossa mãe com o olhar.

– Que *festa*, mãe? Não vai ter festa. Vai ser o batizado e pronto.

Ia começar. Eu já estava esperando, mas tinha um fio de esperança que na verdade Luiza ia ficar superanimada com a ideia de fazer sala por horas pra centenas de semidesconhecidos.

– Filha, as pessoas estão felizes por vocês. Elas só querem conhecer seu bebê. Todo mundo na cidade tá sabendo...

– E por acaso você perguntou para o bebê se ele quer conhecer as pessoas?! – Luiza começou a levantar o tom.

Olhei para aquele pequeno ser todo empacotado com um olhar curioso direcionado para um vaso de flores que ficava na estante da sala. Pobrezinho. Nem fazia ideia das infinitas discussões que ainda presenciaria nessa vida.

– Amor, ela só quer o seu bem... – Douglas tentou.

– E alguém aqui parou para perguntar o que EU quero? – Luiza gritou. – Porque parece que a única que se importa aqui é minha irmã.

Luiza pegou Bernardo no colo e se recolheu pro seu quarto de infância, batendo a porta. Uma atitude um pouco imatura, mas sinceramente, quem poderia culpá-la? Bernardo deve ter sentido a irritação da mãe, porque começou a chorar também. Se você está tendo um dia ruim, lembre-se de que provavelmente tem alguém passando por algo muito parecido, mas com uma criança chorando implorando por atenção.

Levantei da mesa e bati delicadamente na porta de Luiza. Lembrei da vez que eu tinha feito aquilo em uma das viagens no tempo, quando Luiza tinha tentado forçar o próprio vômito porque tinha recebido mensagens maldosas sobre seu corpo. Fiquei com ela e a consolei, mais ou menos como estava tentando fazer agora. Quando falei que era eu, ela me deixou entrar.

Ela estava chorando silenciosamente, tentando se acalmar e acalmar o filho ao mesmo tempo, mas sem sucesso. Eu abracei minha irmã, que encostou a cabeça no meu ombro e finalmente se deixou chorar de verdade. Conseguia imaginar que era o que ela queria fazer desde que o bebê nasceu, mas ainda não tinha conseguido.

Ficamos ali por alguns minutos, sem falar nada, eu apenas acolhendo e deixando minha irmã desabafar. Quando o choro cessou, tive uma ideia.

– Deixa eu levar o Bê para dar uma volta? O papai contava que o balanço do carrinho nos paralelepípedos ajudava a gente a dormir. E aí você tem um momento para você.

Luiza limpou as lágrimas do rosto e fez que sim. Me deu todas as instruções, disse pra não demorar, pra deixar o teto do carrinho sempre levantado, pra não deixar absolutamente ninguém estranho pegar no colo, essas coisas de uma mãe de primeira viagem extremamente cuidadosa e preocupada. Eu assenti, dei um beijinho na bochecha dela e peguei o meu sobrinho.

Ignorei os questionamentos da minha mãe e de Douglas do que tinha acontecido, e só falei para deixarem Luiza quieta um pouco e que ia comprar pão pro café da tarde com meu sobrinho. Eles se entreolharam, mas fui tão assertiva na minha fala que não sobrou espaço para discussão. Pus Bernardo no carrinho e saí.

Caminhando sozinha (ou quase sozinha) pelo bairro na mesma calçada que costumava desenhar amarelinhas com giz colorido, aproveitei para tentar entender como eu estava me sentindo. Em qual parte da minha vida eu pisava com um pé só e tentava me equilibrar. Voltar para a casa dos meus pais era como colocar a ponta do dedo em várias feridas ao mesmo tempo. Era constatar também que o luto não desaparece com os anos, e que eu nunca mais olharia para aquela casa da mesma forma pelo simples fato do meu pai não estar mais lá. Ter para onde voltar sempre me deu coragem para traçar caminhos novos. Não ter mais o colo do meu pai disponível me paralisava porque cada vez que tentava ir em alguma direção, era como se eu estivesse me afastando e deixando ainda mais no passado um momento que sempre doeria em mim como se tivesse acabado de acontecer.

Entrei na padaria e claro que na fila do balcão, um conhecido (não meu, mas da Luiza) já veio olhar o bebê, perguntar um monte de coisas, querendo saber quando seria o batizado. Respondi com educação, mas não dando muita trela para conversa. Fiquei excelente em fazer isso nos meus anos morando em São Paulo. Aprendi com os paulistas, aquele povo *simpático e acolhedor*.

Peguei os pães, leite, e um bolo de rolo de goiabada, que sabia ser o favorito da minha irmã. Tentei ser rápida porque sabia que, por mais reconfortante que fosse ficar sozinha por um momento, minha irmã logo ficaria nervosa de estar longe do filho. Na volta, constatei que a vida que eu construí para mim era bem diferente da qual fui construída, mas que inevitavelmente uma tem mais a ver com a outra do que eu gostaria de admitir pra mim mesma.

Quando cheguei, Luiza já estava mais calma. Os três estavam sentados no sofá conversando sobre uma notícia do jornal a respeito de dois empresários de tecnologia brasileiros, Douglas com o braço ao redor dos ombros da esposa. Acho que eles perceberam que ela estava precisando de uma trégua. Ainda bem. Coloquei o carrinho em um canto e já fui levando o bebê de volta para minha irmã.

– Olha só quem se comportou direitinho com a tia Nita!

Luiza pegou o filho com um sorriso. Eu lembrei que tinha comprado um presentinho na internet, e fui logo buscar. Dei o pacote pra Luiza, que desembalou: era um tapete com estampa de frutas acolchoado e interativo. Nele havia números que representavam os doze meses do ano. Com um círculo emborrachado que também serviria de mordedor, o tapete se transformava em um cenário perfeito para fotos. Assim, a mãe conseguiria fotografar a evolução da criança com a passagem do tempo no mesmo plano de fundo, apenas colocando o círculo-mordedor em cima do mês atual. Achei que o presente tinha a ver comigo, com ela e com ele. Como eu não estaria ali nos meses seguintes, seria uma forma de incentivar os registros do pequeno e de ter certeza que ela se lembraria de mim ao fazer isso.

– Pessoal, o papo está bom, mas eu preciso ir – jogou Douglas.

– Pra onde, Douglas? – Luiza estava irritada.

– Treino de futebol, amor. Tinha te falado que remarcaram pra hoje. Não lembra?

– Amor, é sério? A gente tá em família, a Anita tá aqui... Não dá pra pular hoje?

– A final tá chegando, o time vai ficar puto. Não dá mesmo. Mas à noite eu volto pra gente jantar! E lavo a louça!

Douglas deu um beijinho na testa de Luiza, despediu-se de mim e da minha mãe e foi. Luiza estava brava, mas dava para ver que não era a primeira vez, nem a segunda. E provavelmente não seria a última.

– Isso não tá certo. Família é prioridade.

Para minha surpresa, quem disse isso foi minha mãe. Luiza também se virou, espantada.

– Ele ama o título de pai, mas não tanto da função – minha irmã respondeu.

Aquilo pra mim era inaceitável. Eu fiquei imaginando como seria se eu pudesse viajar no tempo de novo pra falar sobre todas essas coisas antes dela decidir ter o filho com esse cara, aí eu lembrei das vezes que eu tentei fazer isso e não adiantou de nada. As pessoas precisam tirar suas próprias conclusões, e conselho nenhum muda a rota de alguém que precisa seguir o próprio caminho pra entender qual a melhor direção. Viajando no tempo ou não, isso tudo me fez olhar para minha própria realidade e pensar bem nas coisas que são definitivas. Nas coisas que eu posso mudar logo depois se eu quiser, e nas coisas que são pra sempre. Um filho é pra sempre.

– Bom, filha, eu vou ter uma conversa séria com meu genro. O pai de vocês sempre esteve presente e cuidou das filhas, e o pai do meu neto tem que seguir esse exemplo.

– Obrigada, mãe. Quem sabe você ele escuta – Luiza respondeu.

Meu coração aqueceu com o raro momento de paz e concordância. Acho que minha mãe sentiu isso, porque quando fui para o meu quarto dormir, mais a noite, ela levantou outra bandeira branca:

– Parabéns pela exposição, filha. Depois me mostra as fotos, tá bom?

– Claro, mãe.

– Amo você, querida.

– Também te amo.

Mães são difíceis, né? A gente não faz ideia do que elas passaram para criar a gente, e ainda assim elas são humanas. No fundo, eu sabia que minha mãe só queria o meu bem, o da Luiza e o do neto. Só estava fazendo as coisas do único jeito que ela sabia fazer, e lembrar disso me ajudava a ver ela com mulher, e não apenas como mãe. Não dava razão para o tanto que ela enchia a paciência da Luiza, mas pelo menos pensar assim ajudava a criar um ambiente um pouco mais pacífico.

Os dias passaram tranquilos e preguiçosos até o batizado. Com muita conversa e só alguns gritos, Luiza conseguiu convencer minha mãe a não chamar a cidade inteira para uma festa depois do evento, mas só os parentes mais próximos para um almoço em casa.

O batizado aconteceu numa manhã abafada, daquelas em que o ar parece pesar mais dentro da igreja do que lá fora. Imperatriz era especialmente quente nessa época do ano. Sentei no banco de madeira ao lado da minha mãe, que insistiu em chegar cedo – inclusive mais cedo que a Luiza – para falar com o padre e sentar bem na frente. A igreja estava decorada com flores brancas e laços azuis que pareciam ter saído direto do Pinterest, mas com um leve exagero típico da minha cidade. *Quase brega, mas de um jeito fofo.* Minha mãe olhava orgulhosa para o altar, como se tivesse ela mesma arrumado tudo, e ficava acenando discretamente pra conhecidos e parentes próximos que chegavam. A verdade é que em Imperatriz "só os mais próximos" já significava pelo menos cinquenta pessoas.

A cerimônia em si foi rápida, mas parecia se estender mais do que precisava na minha cabeça. O padre falou sobre a importância da família, da comunidade, da fé, e eu tentei me concentrar no Bernardo, que dormia tranquilamente no colo da minha irmã, alheio a toda pompa que acontecia ao redor. Quando o padre derramou a água benta na testa dele, Luiza segurou firme, tentando não demonstrar a tensão que sabia que ela sentia. Eu assistia tudo com um certo distanciamento, quase como se estivesse tirando uma foto mental da cena. Pensei em como aquele ritual carregava um simbolismo enorme pra minha mãe, pra cidade, talvez até pra Luiza, mas pra mim... era só mais uma cena que ia virar memória. E, por mais cética que eu fosse, desejei que aquela água trouxesse alguma leveza para o meu sobrinho, porque pelo que eu via do mundo, ele iria precisar.

Algumas horas depois, estávamos de volta em casa para o almoço de comemoração. Mesmo com todos os esforços da Luiza para manter tudo simples, a casa parecia ter se transformado: a mesa comprida improvisada com cavaletes no quintal, toalha florida por cima, pratos de plástico empilhados ao lado de panelões fumegantes de arroz, galinha caipira e feijão tropeiro. As crianças circulavam descalças entre os adultos, pegando brigadeiro antes da hora e derrubando guaraná nas toalhas, enquanto os tios e tias disputavam quem contava a história mais exagerada do passado.

Eu me sentei num canto da sala, onde tinha um ventilador de pé fazendo o esforço hercúleo de amenizar o calor. Foi ali que reparei na Carol, minha prima. A gente não era exatamente próximas, por conta de tudo que rolou naquela linha do tempo na época do colegial. Ela estava sentada no sofá, ajeitando o vestido clássico, mas estiloso, com o marido, o Eduardo, e seus três filhos por perto. Quinho, apelido de Marquinho, era o mais velho, já com uns 10 anos, e olhava curioso para o Bernardo no colo da Luiza, tentando puxar papo com o bebê. Maria e Júlia, as mais novas, corriam pela sala, quase esbarrando nos copos de refrigerante e nas travessas cheias de farofa. Minha mãe tinha feito um bolo lindo para a sobremesa, que todos elogiaram – eu era muito grata por ela ter sido abençoada pela Fada Mineira da Culinária.

No fim da tarde, a maioria das pessoas já tinha ido embora. Luiza insistiu que Carol ficasse um pouco mais para tomar mais um café: acho que ela estava precisando da companhia de alguém que soubesse exatamente o que ela estava passando. Como era possível a Carol, mais nova que a Luiza, já ter 3 filhos? Para mim era uma loucura. Entre um café e um bolinho, com as crianças dormindo ou distraídas e Luiza amamentando Bernardo, acabamos só nós três na sala. Tentei manter um silêncio respeitoso enquanto elas trocavam experiências.

– Ai, filho! – disse Luiza, tentando ajeitar o filho no peito. – Todo mundo fica falando que amamentar é lindo, mas ninguém conta como dói. Com você era assim também?

– Com todos os filhos. Depois que acerta a pega, melhora, mas o começo é assim mesmo – comentou Carol, girando a xícara entre as mãos. Luiza soltou um suspiro quase aliviado de quem finalmente encontrou alguém que a entendia pra compartilhar.

– Fora que parece que ele mama e mama e nunca é suficiente – seguiu Luiza. – Aí fico ouvindo minha mãe dizendo que eu devia complementar com fórmula, que ele está muito magrinho, e me sinto uma incompetente.

Carol abriu um sorriso solidário, os ombros relaxando um pouco mais no sofá.

– Ah, o clássico pitaco da fórmula. Passei isso com o Quinho. A tia disse que meu leite era "fraco" e ainda falou que, na época dela, as crianças dormiam a noite inteira com um mingauzinho de farinha láctea. Acredita que ela chegou a dar escondido para ele um dia? – Carol riu, mas com um tom meio irritado por baixo, que eu consegui perceber mesmo de longe.

– Juro que não duvidaria da minha mãe fazer algo assim escondido também – respondeu Luiza com uma risada amarga, baixando a voz ao olhar de relance para a cozinha. – Outro dia, peguei ela colocando mel na chupeta do Bernardo, dizendo que era pra acalmar. Aí, quando reclamei, ela se ofendeu e saiu dizendo que eu estava sendo ingrata.

Escutava aquilo com um nó estranho na garganta. Aquelas eram questões que eu provavelmente nunca viveria, pelo menos não assim, mas observá-las era como assistir um filme de terror do qual conhecia muito bem os personagens principais.

– E o corpo, hein, prima? Uma hora volta? – Luiza perguntou, baixinho, hesitante, tocando discretamente a barriga sob o vestido solto.

Carol ajeitou os cabelos atrás da orelha, parecendo mais desconfortável ainda.

– Nem lembro mais como era meu corpo antes da gravidez. É tanta estria, tanta flacidez... A gente tenta ouvir o que o pessoal fala sobre autoamor, autoaceitação, mas... o Eduardo não ajuda também. Vive reparando no que nem me incomodava até então. Vive perguntando quando vou voltar pra academia, que tá pagando à toa. Como se eu tivesse tempo de ir, assim sem ajuda e com três crianças em casa.

– Parece que é impossível para eles ter empatia, né? – Luiza soltou, com um tom indignado. – O Douglas não consegue entender que cuidar do próprio filho não é "ajudar". Sério, esses dias eu quase joguei uma fralda suja nele.

Carol riu baixinho, mas havia algo distante no jeito que desviou os olhos, focando em um ponto invisível na sala.

– Olha, pelo menos o Douglas parece que tenta, né? – disse Carol, quase em tom de desabafo. – O Eduardo sempre deixou bem claro que quem sustenta é ele, e que eu tenho o "privilégio" de cuidar da casa e das crianças sem me preocupar. Até parece que eu nunca tive vontade de fazer outra coisa. Quando eu estava grávida do Quinho, comecei a fazer um curso de corte e costura em Juiz de Fora, pra tentar trabalhar com isso. Mas ele só me desencorajava, dizia que "onde já se viu uma grávida ficar pegando ônibus para estudar"? Acabou me convencendo a desistir. Ele sempre tratou como *hobby*, coisa pequena. E depois nunca consegui voltar a costurar.

Eu sentia um desconforto estranho ao ouvir aquilo. Lembrei do casamento da Luiza, dois anos atrás, e da mancha roxa no braço da Carol, discreta, quase escondida. E sim, eu fui *totalmente surtada* de sair gritando sobre isso no meio do casamento da minha irmã. Mas minha preocupação com minha prima era real, e pensei que aquele talvez fosse um bom momento pra falar a respeito.

– Carol... – falei com cautela, hesitando. – Fica muito à vontade pra não responder, se não quiser... Mas sobre o dia do casamento da Lu... Aquela marca no seu braço...

Carol ajeitou o cabelo atrás da orelha, visivelmente incomodada. Seus olhos logo procuraram o chão. Mas ela não virou a cara nem se levantou furiosa, o que eu tomei como um bom sinal. Talvez precisasse falar sobre isso com alguém.

– Ah, aquilo... – A voz dela falhou por um instante. – Foi uma única vez, sabe? Ele estava estressado, coisas do trabalho. Ele me segurou mais forte. Não que justifique, claro, mas... passou. Depois daquilo nunca mais aconteceu nada assim. Não daquele jeito.

Luiza mordeu o lábio inferior, preocupada.

– Prima, você sabe que se precisar de alguma coisa, né...

– Eu sei – Carol interrompeu delicadamente, com um sorriso frágil que tentava disfarçar qualquer vulnerabilidade. – E desde aquele dia eu me questiono. Mas eu tenho três filhos, nunca trabalhei fora, nunca ganhei um centavo meu. Toda minha vida foi dentro de casa, com ele pagando as contas. Para onde eu vou se quiser sair disso? Não é tão fácil quanto parece.

Fez-se um silêncio desconfortável, do tipo que fala mais alto que qualquer conversa. Naquele instante, senti uma tristeza profunda por Carol, porque percebi que ela não só estava presa naquela vida, mas também acreditava profundamente que não existia outro caminho possível pra ela. E eu sabia que, por mais difícil que fosse minha vida, eu ainda tinha escolhas. Carol, talvez não.

– Prima... – perguntei, com cuidado. – Se você pudesse voltar no tempo e não casar com o Eduardo, você faria isso?

Ela considerou por um momento.

– Não – então falou mais baixo. – Pelos meus filhos. Não abriria mão deles por nada nesse mundo.

Ela não disse, mas deixou bem claro na ausência de palavras que não era por conta do marido. Bom, eu já tinha vivido essa história antes. Inclusive já tinha tentado separá-los, e só piorei tudo. Nesse ponto eu já sabia que a vida das pessoas depende das escolhas que elas mesmo fazem, e não dá para escolher por elas. Mas meu coração ficou pesado. Eu amava minha prima e realmente queria que tivesse algo que pudesse fazer pra ajudá-la. Então fiz a única coisa que pude.

– Carol, eu sei que a gente já teve nossos desentendimentos. Mas eu e a Luiza estaremos aqui sempre, tá? Pra qualquer ajuda que você precisar. Conte com a gente.

– E se o Eduardo relar mais que um mindinho em você de novo, você conta imediatamente que a gente vai tomar providências SÉRIAS – Luiza completou.

Ela deu um sorriso triste, mas sincero.

– Obrigada. Mesmo. Mas acho que a ajuda que eu realmente preciso, vocês não podem me dar.

Talvez fosse verdade.

A noite chegou e nos despedimos dos últimos convidados. Aquela era minha última noite ali, e aproveitei para passar o máximo de tempo com minha irmã e com meu sobrinho. Senti que, depois daqueles dias, da nossa cumplicidade silenciosa e dos chorinhos do Bê de hora em hora, algo de essencial mudou na minha relação com minha irmã. Ou talvez tenha simplesmente se encaixado. Contei pra ela um pouco sobre minha vida, minhas angústias, a pressão toda que eu sentia na nossa adolescência.

– Você era perfeita, Lu. Tudo que os pais sempre quiseram. E eu sei que não era culpa sua... Na verdade, você provavelmente era vítima disso. Mas doía. Eu sempre me sentia a versão piorada de você, que era como eu *deveria ser*.

Ela não se defendeu, apenas parou pra pensar um pouco.

– Vou te contar uma história que eu ouvi na igreja. Não lembro os detalhes, mas ela me marcou muito. Sei que você não é religiosa nem nada, mas talvez você precise ouvir isso agora. Era assim: quando um rei faleceu, foi recebido por Deus nas portas do céu. O rei, já esperando decepcionar, se adiantou e disse: durante minha vida, tentei ser como Alexandre, conquistar terras e reinos, mas não consegui. Depois, tentei ser amado como o rei João, mas também falhei. Por que eu não consegui ser que nem eles? Deus olhou com piedade e respondeu: Por que ninguém te pediu para ser como eles. A única coisa que eu queria é que você fosse você.

Essa história ficou ressoando na minha cabeça durante a viagem de volta para São Paulo.

Cheguei na rodoviária de manhã cedo. Atravessei o centro de São Paulo olhando para cima, reparando nos prédios antigos e imaginando quanta coisa aconteceu ao longo dos anos exatamente naquela avenida. Será que algum dia alguém atravessou a rua pensando se voltaria no tempo?

Empurrei a porta do meu apartamentico com toda a minha força porque ela vivia emperrada. Apartamento antigo, caindo aos pedaços. Sabe como é. Logo expirei o ar com o alívio de chegar em casa. Deitei na minha cama e olhei sem querer para o móvel ao meu lado. Onde, claro, ainda estavam os diários da Pietra.

Senti um aperto no peito. Tinha sido ótimo voltar para Imperatriz, conhecer meu sobrinho, ver minha irmã. Mas não dava para fugir pra sempre da decisão que eu teria que tomar. Sentei na cama e tomei coragem para me confrontar com as reflexões das quais estava correndo.

Joel também tinha uma relação conturbada com a irmã. Possivelmente bem mais do que a minha com Luiza. E ela sumiu antes que os dois tivessem maturidade o suficiente para refletir sobre o passado, assumir seus erros e se desculpar. Eu nunca conseguiria ter tido a conversa que tive com minha irmã naquela semana há 10 anos. Não conseguiria ter curado nossa relação, e passaria a vida inteira sentindo uma parte faltando no meu peito, a tal peça desencaixada.

De repente, pela primeira vez, senti uma curiosidade enorme de entender o que se passava na cabeça de Pietra. Qual conflito tão terrível com a família fez ela ir embora e deixar tudo para trás? E como outra viajante fez uso desse poder tão estranho? Será que ela se sentiu as mesmas coisas? Será que se eu entendesse ela, não me sentiria mais tão sozinha?

Num impulso, abri a gaveta e tirei os diários para ler.

Tudo o que está escrito nas páginas a seguir faz parte de um sonho maluco que tive e só faz sentido pra uma pessoa no mundo e essa pessoa sou eu.

Se estiver lendo e o seu nome não for Pietra, não leia.
(É sério)

Essa deve ser a vigésima vez que eu escrevo a primeira página desse maldito diário. Será que eu deveria chamar de planner? As outras folhas eu arranquei e ao mesmo tempo elas nunca sequer foram escritas. Acordar e assumir pra mim mesma através desses registros as merdas que tenho feito me ajuda a colocar a cabeça no lugar. Aqui nesses parágrafos consigo entender melhor como navegar sem maiores danos por essa confusão que eu me enfiei quando desobedeci ao velho. Escrever no papel é muito mais seguro, então vamos deixar o blog apenas para as viagens no tempo, ok? Ok.

Antes de mais nada, é importante lembrar que uma parte da minha memória não é mais confiável. Isso significa que essa coisa de seguir o próprio instinto é uma bobagem gigantesca. Eu só faço besteira quando penso de forma subjetiva sobre uma questão que é totalmente prática e lógica. Nessa nova linha do tempo que estou criando a partir de hoje e espero que seja a última com uma mudança dessa proporção, vamos seguir algumas atualizações de acordo com o que aprendi desde que comecei a ir e vir no tempo.

1. Sobre mudar os outros

Não. Você não pode interferir na tendência natural de outra pessoa. Nem se ela for alguém que você ama com todas as forças. Não tem nada que você faça, diga ou mude que altere isso. Independentemente do que foi feito, do que é considerado certo ou errado agora por você, os ciclos vão continuar se repetindo até que a própria pessoa caia em si, aprenda e mude de verdade. Nenhuma ação sua acelera isso. Pessoas possuem padrões de comportamento, questões que antecedem a sua chegada na vida deles, mais cedo ou mais tarde, o que tem que acontecer vai acontecer só que em uma situação diferente. Você vai se sentir culpada por não ter consigo controlar tudo, mas a culpa não é sua.

2. Não pegue membros da mesma família

Sei que essa cidade é um ovo e as opções são um tanto quanto limitadas, mas não é uma boa ideia se envolver com pessoas da mesma família. Pense bem antes de escolher o irmão porque é difícil demais separar os detalhes íntimos e ainda por cima conviver com os mesmos sogros estando com um filho diferente. É o tipo de confusão que você não precisa pra sua vida.

3. Não faça as dietas das revistas

Por mais que as revistas prometam resultados milagrosos em poucos dias, dietas restritivas não são uma boa ideia. Nem a da lua, nem a da sopa, muito menos se entupir de chá verde. Não devo me privar de comer as coisas que eu gosto porque pesar cinquenta quilos me deixa de mau-humor e sem energia alguma para estudar. Sem falar que a insegurança é transferida silenciosamente para outra área. Teve uma vez que eu emagreci e comecei a ficar encucada com minhas estrias. Outra vez, emagreci e comecei a pensar em colocar prótese de silicone porque me chamavam de tábua. Também já emagreci e comecei a inventar moda com o meu cabelo. O que nos leva para o próximo tópico...

4. Sobre suas idas ao cabeleireiro

Não cortar cabelo chanel em hipótese alguma. Nunca mais. Mesmo. Eu fico parecendo o Playmobil. Cabelo assim só fica bom na Natalie Portman.

5. Ande sempre com preservativos

Usar camisinha absolutamente todas as vezes em que eu for transar com alguém. Sem exceção. Nem se a pessoa implorar. Ter que viajar no tempo simplesmente pra evitar uma DST foi humilhante e o sexo com aquele cara não valeu todo o esforço que me foi exigido. Sinto vergonha só de pensar nisso e no quanto eu parecia uma idiota na ginecologista jurando que o meu ficante era fiel sendo que na verdade ele estava comendo a faculdade inteira e numa linha do tempo só enquanto me fazia acreditar que logo estaríamos namorando. Otário.

Lista de cursos que eu já fiz na UFJF:

Mudar tantas vezes de curso na faculdade e consequentemente o rumo da minha própria vida é um privilégio que só uma herdeira ou uma viajante no tempo teria, mas tenho certeza de que qualquer pessoa no meu lugar, se tivesse a oportunidade, faria exatamente a mesma coisa. Sei também que se eu continuar assim não vai sobrar nenhum curso na UFJF pra mim.

Arquitetura e urbanismo
Engenharia
Ciência da Computação
Estatística
História
Filosofia
Direito

Medicina

Geografia

E agora...

TURISMO.

Gosto muito da ideia de que mesmo já tendo vivido tanto aos 18 anos existe um mundo todo que ainda não conheço, por isso decidi tentar o curso de turismo dessa vez. É a minha última esperança. Quanto mais eu sei, menos as coisas fazem sentido para mim. Acabei de fazer minha inscrição e refiz essa prova do ENEM tantas vezes que meio que já decorei o gabarito, então agora é só uma questão de tempo e paciência pra tudo sair exatamente como planejei. Vai ser fácil. Difícil é aguentar a turma do cursinho de novo.

Para todas as pessoas que eu apaguei da minha vida

Sabe quando você toma a decisão de apagar tudo de uma pessoa que foi muito importante, mas pre-ci-sa urgentemente deixar de ser? Eu começava pelo contato no meu celular. Dói um pouco, mas essa sensação de desconforto às vezes era substituída por alívio quando eu apertava impulsivamente a tecla confirmar. Ao ver toda a lista de amigos sem o nome da pessoa ali no meio, lembro de cada um dos outros contatos que sempre estiveram ali e por um intervalo de tempo em que eu estava apaixonada e obcecada, pareciam não ter tanta importância como agora.

Se a tal pessoa estiver no plano de fundo, obviamente eu troco. Prefiro colocar algum animal fofo que tive na infância, a foto de um lugar do mundo que eu quero muito conhecer para ocupar esse espaço da minha mente com algo que realmente importa ou a capa do álbum da minha banda favorita do momento. Lembrete: nunca relacionar sua banda favorita com uma pessoa que pode te decepcionar. Nunca.

Depois eu vou direto para os arquivos das conversas do MSN no computador. Por que são tantos? Como é que tínhamos tanto assunto se agora não conseguimos ao menos olhar na cara um do outro? Vai entender.

Em seguida, aviso para os meus amigos e familiares que aquele nome é estritamente proibido de ser mencionado nas conversas do cotidiano, inclusive para piadas quando a notícia é dada para algum parente distante que acompanha a vida da gente enquanto devora a ceia do Natal. Lembro de decidir que, ao menos por um tempo, nenhum gatilho que me fizesse lembrar da pessoa era permitido.

Ao apagar definitivamente quem me fez tão mal, eu deixava espaço na minha cabeça para me lembrar de como me fazer sair daquela situação de merda que me permiti estar.

Bom, com as viagens no tempo, nada disso se tornou necessário. Eu não precisava mais fingir para todos que uma história que não foi bem-sucedida não tinha me afetado em nada. Eu poderia simplesmente mudar o momento em que eu me envolvi com a pessoa e impedir que aquela história de final catastrófico acontecesse. O que era ótimo porque eu não precisava lidar com o olhar de todo mundo.

O único problema é que, com o passar do tempo, eu basicamente tinha histórias não vividas com todos os caras e garotas da faculdade. Todo mundo era gatilho de algo e eles nem sabiam disso.

Lembrete importante: viajar no tempo por amor não vale a pena.

O fim também pode ser um começo?

Escrevo mais por hábito do que por esperança. Nada saiu como planejei – de novo. Apesar de gostar da grade do meu novo curso, tenho tido dificuldade em me concentrar nas aulas. Fico paranoica achando que estão cochichando sobre mim.

Por mais que eu queira acreditar na ideia de que é só uma questão de voltar e tentar mais uma vez, que não preciso lidar com a parte difícil, sei que o problema não é o que estou estudando ou por quem me apaixonei. A real é que eu me sinto sozinha.

Muitas vezes, observo as pessoas como se estivesse tentando encontrar traços de alguém que já conheci em outra realidade. Às vezes, menciono algo que nunca aconteceu sem querer e me olham como se eu estivesse ficando louca.

Fico paranoica porque acho que eles estão me olhando, mas sei que não se lembram de absolutamente nada. Sou invisível para todos então posso caminhar como se nada tivesse importância. Mas, se nada tem importância, o que mesmo eu estou fazendo aqui?

Minha cabeça dói.

Parece que nada mais tem graça.

Chegou a hora de colocar um fim nisso...

Noite passada eu estava indo visitar meu irmão e um carro da pista oposta perdeu o controle na estrada e veio com tudo bem na minha direção. Escapei por uma fração de segundos, mas o acidente desencadeou em mim pensamentos estranhos que não consigo simplesmente ignorar.

Pela velocidade que estávamos, provavelmente eu teria morrido na hora do impacto. Ninguém se feriu, mas o estranho é que por um breve instante eu me senti aliviada pensando em não existir mais. Enquanto observava as luzes se misturarem em um borrão bem na minha frente, imaginei que aquela provavelmente era a última cena que meus olhos veriam e senti paz.

Estava tão exausta, tentando controlar tudo, que aquela sequência inesperada de acontecimentos me deu alívio. Eu finalmente poderia relaxar e não pensar em mais nada porque eu não estaria mais ali para lidar com as consequências terríveis da tragédia. E nem seria culpa minha. Havia um medo grande da dor e do sofrimento físico natural do meu corpo como mecanismo de defesa, mas minha mente se apegou a ideia de alívio ao saber que aquela potencialmente seria a última dor da minha vida.

Eu quis viver todas as possibilidades pra ver qual seria o melhor cenário, mas adivinha? Falta espaço dentro de mim para tantas cicatrizes e histórias apagadas. É como se eu tivesse informação demais. Como se meu cérebro tentasse prever todos os acontecimentos para saber exatamente em qual momento dessa realidade preciso ficar. Mas não quero mais estar em lugar algum.

Nada

Me sinto perdida, não porque não sei onde estou, mas porque existem muitos caminhos para seguir e não sei qual deles é realmente meu.

Hoje, pra ser honesta, não fiz nada.

Fiquei sentada vendo as pessoas passarem por mim na UFJF como se eu fosse um adorno do banco de madeira. E talvez seja mesmo só um detalhe meio qualquer coisa que ninguém reparou. Talvez, depois de tudo, só tenha sobrado isso para mim: observar.

Depois, escrever aqui.

Não porque eu tenha motivos para querer me lembrar, mas porque preciso provar que existo para mim mesma já que isso aparentemente não faz mais diferença pra ninguém.

Família

Consigo alterar todas as minhas relações, menos as que tenho com minha própria família. Estar certa, provar meu ponto e ter razão em uma situação não muda muito o jeito que ele me trata, porque o problema é como me enxerga. Não tenho culpa de ser como eu sou. De ter nascido tão parecida com a minha mãe. Lúcio é um homem bom, eu sei, mas eu acho que consigo despertar o pior nele.

Meu irmão Joel e eu estamos tão distantes que acho que nesse momento da vida o moço da padaria sabe mais de mim do que ele. A real é que desde que ele voltou do intercâmbio, só quer saber dos amigos que fez na Inglaterra e passa o dia todo conversando pela internet. Quando eu falo com ele, é como se estivesse no mudo. Até o jeito que ele me olha mudou. Ridículo.

Vive fazendo tudo que o pai manda até quando não concorda porque sabe que isso significa que depois de um tempo vai pedir qualquer merda e vai conseguir na mesma hora. Esse comportamento já nem me surpreende porque sempre foi assim, simplesmente por ser homem ele era privilegiado em todas as situações possíveis quando morávamos na mesma casa. Por exemplo, adivinha quem ganhou uma viagem internacional e quem sofreu a maior pressão para passar na federal porque a grana da família de uma hora pra outra ficou contada? Queria poder voltar no tempo para nascer como o irmão mais velho. Ou melhor – nascer homem. Talvez assim, meu pai tivesse me dado a mesma atenção que deu para o Joel. Certamente eu não seria tão parecida com a mamãe.

Fico pensando... a diferença de idade entre nós dois não parecia ser um problema tão grande quando éramos pequenos, mas agora parece um abismo porque crescemos e enxergamos o mundo de formas completamente diferentes. Eu estou cansada desse jogo de acusações e desentendimentos que pra ele parece mais um dos seus esportes. Joel me julga o tempo todo por não seguir as regras, por não ser o que minha família espera, mas não é como se eu me importasse ou que isso fizesse alguma diferença na minha vida. Logo vou estar bem longe daqui e não vou depender deles pra nada. Só que o mais engraçado – ou trágico, talvez – é que toda vez que nos encontramos, parece que estamos em versões antigas de nós mesmos, brigando pelas mesmas coisas. É como se estivéssemos presos em um loop, onde tudo o que fazemos é gritar, nos afastar e depois tentar encontrar algum tipo de paz superficial que nunca dura mais do que uma semana. Eu já tentei entender o que aconteceu, mas talvez não seja uma questão de tempo. No fim das contas, ter o mesmo sangue só garante os jantares desconfortáveis – o resto é esforço. E ele nunca teve muito disso comigo.

Sabe, é engraçado, mas há uma sensação constante em mim, uma espécie de culpa invisível, como se estivesse errada simplesmente por existir. Quanto mais me dizem que pareço com ela, mais tento ser outra coisa.

Em todas as linhas do tempo, mesmo que mude tudo, eles continuam sendo os mesmos – e eu continuo a errar de um jeito diferente, porque está no meu DNA. Não sei por quanto tempo mais vou continuar tentando. A cada linha do tempo, eu me importo menos com a opinião deles.

Até quando passei em Medicina meu pai tinha opiniões sobre a área que deveria atuar. Eu estava cursando fucking Medicina.

Às vezes, me pergunto se alguém da minha família me percebe por inteiro, ou se a lembrança da minha mãe continuará vindo antes.

Eu sou importante porque me pareço com ela? Erro toda vez que tento ser diferente para finalmente ser notada?

Não quero passar a minha vida toda sendo um reflexo da vida de alguém que não está mais aqui. Às vezes sinto raiva da minha mãe por isso. Por ter me feito tão parecida com ela. Queria que ela fosse menos perfeita, assim eles deixariam ela no passado e me descobririam aqui no presente.

Eu sou a estranha aqui, a peça que não se encaixa, e cada vez que volto para casa sinto que já não passo pela porta. Há um tempo pensei em mudar o futuro de todos nós. Reescrever a forma como nos relacionamos desde o começo, mas talvez isso antecede a minha existência. Eu nem fui planejada. Não importa quantas vezes volte, a verdade é que nunca vou ter uma conexão verdadeira com meu pai e meu irmão. Eles são como estátuas que fiquei observando a vida toda, mas digamos que agora eu queria encontrar minhas próprias referências de felicidade.

Título: em branco
Status do post: rascunho

Oi!

Talvez seja perda de tempo, mas digamos que isso não é um problema para mim desde que tudo começou a acontecer. Não tenho certeza se alguém algum dia vai conseguir ler esta mensagem, mas preciso desabafar ou simplesmente anotar o que sinto, pois às vezes tenho a sensação de que estou ficando louca. Me assusta um pouco imaginar que talvez eu já nem exista de verdade quando você ler isto. Não sei se devo pedir socorro ou me despedir. É tudo tão melancólico! Na dúvida, vou contar um pouco da minha triste história sem fim.

Há um tempo, achei que estava muito próxima de encontrar a morte, então acabei mergulhando no meu passado para tentar encontrar uma solução. Achei que seria ao menos divertido poder *reviver cada segundo que tive antes de receber aquela notícia e ver minha vida ganhar um peso que simplesmente não conseguia carregar sozinha. Na verdade acho que me tornei um tormento para as pessoas ao meu redor, sabe? Queria voltar e deixar a vida deles mais alegre enquanto eu ainda não era o motivo de lágrimas caindo o tempo todo. Mas até quando? É o que me pergunto toda vez que tento encontrar algum sentido nisso. Era legal estar sempre em movimento, mas agora sei que esse não é o jeito certo de encarar a vida.*

A solidão é o preço que a gente paga por nunca estar no mesmo lugar.

Não queira o mesmo para você. Se tudo também estiver uma droga e você souber como me encontrar, por favor, não me deixe mais aqui sozinha, até que a morte me encontre.

Pietra

Minha. Nossa. Senhora.

Saber detalhes do que estava por trás daquele rascunho estranho e misterioso que li há quase um ano em um momento tão turbulento e decidi deliberadamente ignorar me deixou ainda mais angustiada. Aos 30 anos, eu sabia que o impacto das minhas primeiras viagens no tempo havia sido grande, mas é óbvio que seria ainda maior para alguém tão novinha.

O que senti foi um tipo diferente de angústia e alívio ao mesmo tempo. Aquela que você sente quando encontra outra angústia parecida. Ao mesmo tempo que era triste ler aquelas palavras, de alguma forma me identificava e sabia exatamente o que ela queria dizer. Era como se, pela primeira vez depois de tanto tempo, alguém entendesse meus motivos e tivesse descrito algo que eu não sabia como fazer ou não tinha coragem nem de organizar em pensamentos porque fora da minha cabeça não faria sentido algum.

Toda a ansiedade que passei pelo último ano, toda a confusão de ter criado várias realidades, de não saber diferenciar o que tinha acontecido ou não. A sensação de estar corrompida, a vontade de desaparecer e começar de novo... Nada disso era só meu. Agora eu sabia que tinha uma mulher em algum lugar do mundo que me compreendia mais do que ninguém – mesmo que a gente nem se conhecesse direito.

Será que depois de todo esse tempo ela encontrou alguma resposta? Alguma paz? Se ela encontrou, talvez eu também tivesse alguma chance.

Estava cansada de tentar fingir que minha vida estava boa, que eu podia simplesmente fechar os olhos para as coisas absurdas e inexplicáveis que tinham acontecido comigo. Todas as vezes em que acordei em um presente estranho, em que não reconheci meu próprio reflexo no espelho, que fui obrigada a inventar histórias convincentes para preencher lacunas de lembranças que não eram minhas... tudo aquilo foi exaustivo demais para carregar sozinha.

E eu estava sozinha. Por mais que tivesse minha família, sabia que ninguém jamais entenderia completamente o caos dentro de mim. Havia uma parede invisível entre nós, feita das experiências impossíveis que só eu vivi. Sentia falta de alguém que olhasse nos meus olhos e me dissesse "eu te entendo", sem precisar explicar mais nada.

Talvez estivesse na hora de parar de fugir de uma vez por todas.

Tirei as coisas que estavam espalhadas na mesinha de centro da sala e peguei meu notebook na mochila. Hesitei por um instante, as mãos suspensas sobre o teclado, sentindo um aperto crescente no peito. Se seguisse em frente, significaria aceitar de vez que não dava para simplesmente ignorar o que aconteceu. Significaria encarar todas as consequências das minhas escolhas e, talvez, descobrir verdades que poderiam mudar tudo outra vez.

Mas era tarde demais para voltar atrás. O rascunho de Pietra era a prova de que não podia mais me esconder. Se ela teve a coragem de colocar tudo aquilo em palavras, de admitir para si mesma e para o mundo que algo não estava certo, eu também precisava ter essa coragem. Talvez ela tivesse deixado aquelas palavras justamente para alguém como eu encontrar.

Sem pensar muito mais, apertei o botão e escutei o barulho de inicialização do Windows já sentindo o frio na barriga. Meu coração batia acelerado enquanto eu abria o navegador e digitava o endereço do blog na tela. Loguei no meu perfil com a senha que tinha recebido do Joel há tanto tempo atrás, e lá estava o rascunho da Pietra. De alguma maneira, nossos blogs estavam conectados. Ela devia ter escrito o post um pouco antes de partir para sempre.

Abri o rascunho e, por pura intuição, apertei "Publicar".

Tudo começou a girar. As coisas pareciam não ter mais formas, e as cores se misturavam ao meu redor. Depois de um ano sem viver essa estranha sensação, era hora de ser novamente uma viajante.

Deixei que o código me levasse de volta.

3

A curiosidade é a cura do medo

Fui abrindo um olho de cada vez, com um certo medo do paradeiro da minha própria consciência. Esperei a tontura habitual passar até me sentir completamente dentro de mim outra vez. Durante os últimos meses, tive tempo para entender e processar o efeito das viagens no tempo no meu corpo, sobretudo as consequências na minha mente.

Os primeiros segundos eram sempre os mais difíceis: eu acordava com todas as minhas memórias do presente, mas elas dividiam espaço com sensações que eu desconhecia e não conseguia mapear instintivamente. Era como um rastro, um vestígio de como me sentia naquela época sendo esmagado por tudo que me tornei. Eu não conseguia entender direito de onde vinham essas sensações, não sabia em que ponto aquela Anita do passado havia parado. Das outras vezes eu escolhi ignorar, mas agora era como entrar em uma montanha-russa e estar na cadeira da frente. Eu queria e precisava viver tudo com os olhos bem abertos para não cometer novos erros.

Senti medo de acordar perto de pessoas que eu não conhecia direito e surpreendentemente saberiam mais sobre mim do que eu mesma. Você tem ideia do que é descobrir tantas vezes pela boca do outro o que se perdeu da própria vida? A sensação de voltar no tempo é parecida com a de entrar num labirinto extenso, escuro e frio. Você até sabe quais caminhos levam a saídas bloqueadas, mas as chances de você errar de novo e de novo e de novo são grandes. Eu, a *Miss erros*, sabia disso mais que ninguém.

Tinha decidido voltar, mas agora tendo aprendido minha lição. *Cuidado, cuidado, cuidado*. Eu não podia estragar tudo dessa vez. Tive um ano inteirinho para julgar e analisar onde foi que eu errei, qual foi o movimento equivocado que estragou meus planos em efeito dominó. Se eu não queria alterar minha realidade no presente e seguir minha vidinha no meu apartamento xexelento do Copan em paz, eu precisava ser extremamente cautelosa com minhas ações e relações do passado.

Antes de fazer qualquer barulho tentei escutar e perceber se mais alguém estava ali no cômodo comigo. Olhei em volta com cuidado. Era o quarto da república que dividi com outras dez garotas na época de Juiz de Fora, na segunda vez em que vivi a faculdade, já tendo mudado o curso que escolhi fazer. Contrariando minha mãe e tendo a certeza de que aquela única escolha me faria plenamente feliz na vida adulta.

Nhoin. Fofinha, toda iludida ela.

– Flávia? – perguntei. Arrisquei dizer em voz alta o nome da pessoa que era mais próxima de mim na época.

– Acordou, Bela Adormecida?

Flávia apareceu na porta do quarto, xícara com a cara da Britney Spears em uma das mãos. Lembrei de como ela era linda: cabelos cacheados na altura do ombro, pele escura e muito charme ao se expressar. Assim, sem esforço algum. Tentei parecer normal.

– É… eu dormi muito tempo? Que dia é hoje mesmo?

– Vish, tá pior que eu.

Ela entrou no quarto, me chutou de leve para o lado e sentou do outro lado da cama. Derrubando um golão de café no meu lençol sem ligar nem um pouco.

– Sexta-feira, república Meninas Gerais. Não, você não ganhou na loteria, não virou apresentadora da MTV nem conheceu um velho rico enquanto estava dormindo. Sinto muito.

Dei uma risadinha, lembrando que aquela presença divertida era minha colega de quarto. Aproveitei pra olhar em volta: o quarto que dividíamos parecia um depósito, uma combinação de móveis antigos de madeira escura e de diferentes estilos. Adesivos de caderno colados por toda a parte, pôsteres na parede, um espelho de corpo todo quebrado encostado no canto e um cheiro de perfume de algodão doce com meia suja.

– Então, infelizmente, você continua sem grana. Que nem eu, olha que fofas. – Flávia deu uma olhadinha no relógio na parede. – Mas, pelo menos, não tô atrasada para o trabalho. Você não tinha que estar no estúdio às nove e meia?

Tinha? Se ela estava falando, provavelmente eu tinha. Agradeci a Flávia mentalmente pelo lembrete acidental.

– Nossa, perdi a hora totalmente! – Tentei dar uma disfarçada, levantando e já tentando me localizar e achar minhas coisas naquele lugar que não era tão familiar assim. Flávia ficou me olhando, se divertindo e dando mais um golinho de café.

– Sinceramente, não sei por que você se importa tanto com tirar foto 3x4.

Respondi enquanto escovava os dentes, ao mesmo tempo que abria as gavetas (*totalmente caóticas, valeu Anita do passado*) para achar algo decente para vestir.

– Agora é 3x4, mas no futuro... quer dizer, quem sabe, né? Eu realmente amo fotografar, é a carreira que quero seguir.

Era verdade, embora escondendo o fato de que se eu perdesse aquele emprego, eu corria o risco real de mudar meu futuro inteirinho.

– Queria ter algo que eu desejasse tanto assim pra minha vida, sabe?

Essa ingenuidade me fez pensar um pouco. No quanto eu não fazia ideia do que eu queria pra minha vida aos 18 anos, na primeira vez que tive essa idade. Precisei refazer tudo para dar o devido valor para minha verdadeira paixão, e essa foi uma das únicas coisas boas que saiu de todo o caos das viagens no tempo.

– Tá cedo ainda pra gente saber, Flá. Eu dei sorte de descobrir o que eu amava fazer, mas nossa... tem taaaanto chão... Se preocupa em se conhecer sem tantas responsabilidades, aí fica bem mais fácil saber o que você realmente quer.

Flávia arregalou os olhos com a bomba de sabedoria. Lembrei que a Anita do passado não tinha 31 anos da vida dando lapadas na cara dela. Eu posso ser lenta, mas uma hora a gente aprende, né?

– Uau, que adulta você. De qual comunidade do Orkut saiu isso? Faz sentido, acho. Eu ainda tô nessa de cada semana ter um novo *hobby*. Esses dias inventei de tentar ser mãe de planta, mas óbvio que já matei umas doze suculentas. Queria ser mais que nem você, sabe? Focada e tal. Ou que nem a Cami com o livro dela.

Cami? Será que era a mesma Cami que eu estava pensando?

– Ah, só pra te avisar: ela tá aí, inclusive! Acho que precisava dar um respiro da ocupação. Eu falei que se ela continuasse colando tanto aqui, já podia começar a pagar o aluguel.

Fomos juntas para a sala. Os ambientes compartilhados da república eram tão bagunçados quanto o nosso quarto, talvez um pouco piores. Algumas portas estavam fechadas, mas dava para ouvir o som de música alta ecoando pelo ambiente do jeito mais caótico possível. Em um dos quartos tocava Evanescence e no outro Red Hot Chilli Peppers. Meu cérebro de adulta só queria silêncio, mas eu também tinha que admitir: a música dos anos 2000 era icônica.

– Olha só, a princesa visitante resolveu contribuir! – Flávia jogou.

– Falou a outra que nunca lava louça! Isso aqui é tudo seu, viu?

Era ela mesmo. Camila, prima do mala do Fabrício e a amiga que eu gostaria de ter sido mais próxima durante o ensino médio. Lavando uma montanha nojenta de louça universitária. O estranho era que eu não lembrava da Cami na faculdade da primeira vez que voltei nessa época. Talvez ela fosse da UFJF que nem a Flávia, e minha colega de quarto tivesse a conhecido depois que voltei para o presente. Sério, essa coisa de ter que decorar o que aconteceu em cada linha do tempo era horrível, ainda mais para mim que tinha uma memória péssima. Cada vez pior, inclusive. Mas de qualquer forma, fiquei muito feliz com a presença dela ali. Eu sempre me senti meio chateada que a gente não se aproximou no IFET, talvez por toda a história com a Carol e o Fabrício. Será que aqui a gente tinha voltado a ser amigas? Esperei que sim, e tentei jogar um verde para ver se descobria algo.

– E o livro, hein, amiga?

Cami suspirou, mas não pareceu estranhar nem me achar doida. Ufa.

– Ai, Ani, nem me fala. Com a greve, a ocupação e eu participando do Diretório Acadêmico, não consigo escrever nada há semanas. Tá um baita caos, a reitoria parecia que ia ceder nas pautas de permanência, mas agora voltaram atrás. Tem gente que acha que as aulas não voltam ainda esse ano. Sorte a sua ter conseguido bolsa na Estácio. Eu sei que a gente te zoou horrores no começo do ano, mas tá vendo quem tá tranquilinha agora? A gata da particular.

Então eu tinha voltado para a época da greve na UFJF. Torci internamente para isso não complicar ainda mais meus planos.

– Sim, muito complicado a coisa da greve e tal, mas isso nem é o pior – interrompeu Flávia, dramática. – O pior é que essa aqui me deixou no *cliffhanger* desgraçado do livro! E NÃO QUER ME CONTAR O QUE ACONTECE COM A DORA E O MURILO! Logo eu, a leitora mais fiel do universo...

As duas riram e trocaram um olhar. Era impressão minha, ou o olhar foi um pouco mais longo que o normal?

– JURO QUE VOU CONTINUAR! – Cami prometeu, brincando. – E se você parar de me encher o saco com a louça, te dou uns *spoilers* antes.

– YES! Promete, linda? – E deu um beijinho na bochecha de Cami.

Cami pareceu dar uma paralisada com a demonstração de afeto, e afastou suavemente Flávia. Foi tudo muito rápido, mas vi no olhar de Flávia um ressentimento com esse pequeno gesto. Eu não estava louca não – tinha alguma coisa ali! Cami tentou mudar de assunto para desfazer o pequeno climão.

– Ah, e vocês não sabem quem deu escândalo na festa da Bio ontem. – Cami deu uma pausa dramática. – Ele mesmo, meu simpático primo, o Fabrício.

Realmente, o Fabrício não sabia ficar fora de confusão. Fiquei me perguntando se algum dia aquele cara iria amadurecer e que fim ele levou na fase adulta porque nunca mais tinha tido notícias. Fiz uma nota mental para evitá-lo a todo custo, já que parecia que ele sempre dava um jeito de se meter e causar nas minhas viagens no tempo. Posso até estar esquecida, mas aquilo não era uma simples coincidência. Primeiro ele espalhou o meu plano para todo mundo mostrando que não é nem um pouco confiável e depois, bêbado na formatura, se envolveu em uma briga e me fez quebrar uma câmera que nem era minha. Enfim, garoto-problema.

Se eu já arrumo confusão com o cara certo, imagina com o errado?

– É sério? O que rolou? – perguntou Flávia.

– Ihhhh, nem te conto. Ele faz Direito aqui na UFJF, mas tá quase jubilando. Não aparece nas aulas, se envolveu com uma turma estranha, fica aprontando nas festas e causando com TODO MUNDO. Sério, que preguiça.

Me senti mal por ele, por um momento. O que será que tinha por trás daquelas atitudes destrutivas do Fabrício? De quem ele queria chamar a atenção? Fiquei pensando se não havia nada mais profundo acontecendo na vida dele.

Eu quase me deixei levar pela curiosidade dos babados da vida universitária, mas chacoalhei a cabeça: *foco, Anita*. O plano era simples: eu precisava encontrar Pietra, ou pelo menos alguma pista do paradeiro dela. Mas precisava fazer isso sem mudar nada drástico no meu futuro: ou seja, viver minha vida de Anita universitária normalmente, indo às aulas e sem perder meu emprego no estúdio por nada. A estratégia era usar o tempo livre que provavelmente eu ficaria em casa assistindo clipes da MTV ou sofrendo por caras feios para completar minha missão.

– Gente, tô amando conversar, mas preciso ir. – Pensei rápido no plano. – Acho que vou passar na UFJF mais tarde, pra ver como tá o movimento. Te vejo lá, Cami?

– Ué, gata da particular se envolvendo em pautas políticas? Que orgulho! Leva sua câmera pra gente registrar a ocupação! O pessoal do jornal da cidade foi lá mais cedo, mas eles sempre contam a história de um ponto de vista que não corresponde à realidade ou no fim fazem uma matéria de quinze segundos que não muda nada. A gente tem que mostrar que não é férias, é ocupação!

– Sim, camarada Camila! – Zoou Flávia. Com ela não dava pra levar nada a sério, mesmo.

Sorri, feliz que minha desculpa tinha funcionado, e me despedi das duas. Peguei minha mochila da Cantão e saí voando pela porta.

O caminho até o estúdio era relativamente simples, uns dez minutos de caminhada só, com uma ladeira no final. Se apertasse o passo, ia chegar seis minutos atrasada, um atraso perfeitamente aceitável no nosso país. Virei a esquina e cheguei no calçadão movimentado onde ficava o estúdio, arfando. Ô cidadezinha cheia de ladeira. As ruas estavam decoradas de verde e amarelo, porque como eu lembrei, a Copa do Mundo de 2006 se aproximava. Subi as escadas correndo, cheguei ofegante no terceiro andar e já fui logo deixando a minha bolsa no armário. Peguei os equipamentos na gaveta e fui em direção ao resto da equipe.

– Bem na hora, Anita! Ajeita a *softbox* ali para mim, por favor – me disse Marcos, o meu chefe no estúdio.

Ele era o fotógrafo que tinha sido contratado para registrar minha formatura no IFET, mas justo no dia teve um imprevisto: sua esposa entrou em trabalho de parto. A solução que achamos foi ele me emprestar sua câmera, e quem acabou registrando o evento fui eu. Naquela noite eu acidentalmente quebrei o equipamento (culpa do Fabrício), mas isso acabou sendo uma das melhores coisas que me aconteceu – por causa disso, consegui um trabalho no estúdio, que me preparou para a minha profissão de fotógrafa no futuro. Às vezes a vida age de maneiras irônicas, né? Na verdade, quase sempre.

Fui montando o tripé da *softbox*, aquela luz que fica dentro de uma caixa preta coberta por um tecido branco para difundir a luz. Enquanto isso, outra assistente preparava um rapaz de 30 e poucos anos para um ensaio. Ele tinha barba, usava óculos com armação grossa e parecia ser uma pessoa tímida. Provavelmente era o primeiro ensaio da vida dele depois de adulto.

As fotos que ele queria eram corporativas, então o ensaio precisava ser um pouco mais sério. Marcos foi tirando as fotos, mas ele não conseguia se soltar, e as fotos estavam ficando rígidas demais. Resolvi usar um pouco da minha experiência secreta para tentar ajudar.

– Oi, é Júlio, né? Viu, você está se saindo super bem, não é fácil ser o centro das atenções desse jeito.

Ele deu uma risadinha, já se sentindo mais compreendido. Senti que estava num bom caminho. Marcos me deu uma olhada curiosa, sem interromper.

– Vamos tentar fazer umas mais soltas? Pode soltar os braços, tenta pensar numa coisa legal, tipo, no emprego que você vai conseguir com essas fotos! Ou como seus amigos vão ficar orgulhosos de você.

Funcionou muito. O tal Júlio se soltou, até arriscou umas fotos sorrindo e com umas poses divertidas no final do ensaio. Marcos ficou positivamente surpreendido. No final, elogiou minha atitude e disse que nem ele conseguia deixar os clientes tão à vontade. Que iria me colocar para fazer isso com mais frequência. Não pude evitar sentir uma pontinha de orgulho.

Fiquei pensando sobre esse momento do começo de carreira. Claro, pode ser um pouco frustrante – você acha que vai conseguir usar todas as suas ideias e referências a cada novo trabalho, mas na maioria das vezes os trabalhos são monótonos e até banais. O que descobri ao longo dos anos é que não é sobre ter a melhor técnica ou facilidade com os ângulos, mas é sobre fazer a pessoa se sentir confortável e confiante ali naquele momento. Isso muda o resultado mais do que qualquer equipamento, como ficou claro ali naquele ensaio. Não tem elogio melhor do que ouvir a frase: "Eu só me sinto bem e confortável quando eu estou posando pra você". A arte é descobrir um jeito de se conectar com as pessoas, até quando nem elas sabem direito como fazer isso. Fiquei bem feliz quando me dei conta do quanto tinha interiorizado essa sabedoria.

Passei o resto da tarde editando fotos de um outro ensaio, de dois meninos gêmeos, e dando risada com o resto da equipe. Era tão gostoso trabalhar no estúdio! As demandas eram simples, mas davam uma baita satisfação de completar. Será que lá no presente eu me cobrava além da conta e por isso tudo foi me deixando cada vez mais ansiosa, sobrecarregada e preocupada? Eu raramente sentia orgulho quando finalizava e entregava algo. Era só um alívio, que durava poucos minutos. Talvez eu tivesse algo a aprender com a Anita do passado.

Eu trabalhava só meio período, então lá pelas duas me despedi da equipe e deixei o estúdio apressada. Tinha duas horinhas entre o trabalho e o início das minhas aulas na Estácio para passar na UFJF e tentar descobrir alguma coisa. Lembrei da minha desculpa para Cami e que tinha prometido ajudar, então também peguei o *case* da câmera e parti.

Comprei um sanduíche correndo na lanchonete ao lado do estúdio e fui até a praça central para pegar o ônibus que levava até lá, o 525. Esperando comigo tinha duas jovens usando o moletom com o símbolo da faculdade – inclusive, eu tinha um igual na minha primeira linha do tempo. Era tão confortável! Fiquei tentando lembrar onde ele foi parar na mudança pra São Paulo, aí me lembrei que ele nunca foi meu. O ônibus chegou e subimos juntas.

Esse caminho, do centro até a federal, eu conhecia de olhos fechados. Na primeira vez que cursei a faculdade, em uma linha do tempo que agora só existe na minha cabeça, estudei na UFJF junto com boa parte dos meus amigos que se formaram no ensino médio em Imperatriz. Era o destino dos mais estudiosos que se saíram bem no ENEM e não arriscaram ir para tão longe da família.

Enquanto eu estava dentro do ônibus subindo (mais uma) ladeira que me levava até um dos pontos mais altos da cidade, não pude evitar pensar nessa linha do tempo agora inexistente. Todos os momentos da minha juventude que simplesmente abri mão quando escolhi ir para a Estácio para chegar mais perto da possibilidade de realizar meus sonhos. Festas que eu nunca cheguei a ir, pessoas que nunca vão se lembrar das conversas que nessa linha do tempo nunca tivemos e de como a nossa vida seguiu para rumos completamente diferentes.

E, claro, a solidão de voltar sozinha onde um dia eu já estive acompanhada. Essa ausência tinha nome próprio e se chamava Henrique. De uma vez, a infinidade de memórias boas que tivemos descobrindo todas as possibilidades e segredos daquele campus caiu na minha cabeça como uma cachoeira. Lembrei de como a gente se conheceu, no primeiro dia de UFJF. Eu estava meio perdida e ele se ofereceu para me fazer companhia até o prédio da faculdade de Administração. Desde aquele dia, Henrique se tornou a pessoa que eu procurava com olhos quando chegava nos lugares, meu amigo mais leal e divertido.

Apesar de termos personalidades bem diferentes, quando estávamos juntos nos complementávamos fazendo toda e qualquer situação ser muito melhor do que se estivéssemos sozinhos. E mesmo quando algo acontecia enquanto estávamos distantes, eram horas seguidas conversando no MSN. Como eu conseguia passar tanto tempo jogando conversa fora por mensagem, hein? Naquela época, se tudo desse errado, eu ainda podia abrir o celular e rir da situação ouvindo um conselho péssimo saindo da boca dele. Olhava para o campus pela janela suja do ônibus, cada esquina e cantinho da faculdade me lembrando das risadas que demos pelos motivos mais idiotas, as aulas que a gente matou pra papear na Praça Cívica, os dias gloriosos de estrogonofe no RU.

Pela primeira vez em muito tempo, senti uma saudade aguda não do Henrique de Paris, que nem me conhecia direito, e da paixão maluca que vivemos, mas daquele outro Henrique. Porque antes de ter perdido esse amor, eu perdi um amigo. O melhor deles. Uma linguagem inteira, construída em anos e anos de amizade, foi extinta e nunca mais será falada. Fiquei me perguntando se ele tinha feito outros amigos, e quem teria preenchido esse buraco que possivelmente deixei nessa linha do tempo. Será que alguém preencheu? *Será que ainda faço falta para alguém que nunca cheguei a conhecer?*

Meus pensamentos foram interrompidos pelo barulho do ônibus freando em frente ao prédio central da UFJF. Ao descer, dei de cara com a greve em pleno vapor. As paredes estavam cobertas de cartazes e panfletos com palavras de ordem: "Permanência estudantil já!", "Pelo aumento dos salários dos docentes!". Em frente à reitoria, uma grande roda de debate reunia alunos e professores discutindo as reivindicações – principalmente a maior delas: o apoio insuficiente da universidade aos estudantes de baixa renda. As pessoas se revezavam nas falas, e, vez ou outra, um argumento mais forte arrancava aplausos calorosos do grupo.

Admito que fiquei com vontade de sentar lá e ouvir o debate, mas naquele momento, minha missão era prioridade. Abordei um jovem estudante e perguntei onde ficava o prédio do curso de Turismo, onde eu sabia que Pietra fazia faculdade – e que não conhecia da minha época de UFJF. O jovem me indicou o caminho até o prédio do Instituto de Ciências Humanas, a uns dez minutos de caminhada. Agradeci e segui o caminho mergulhada dentro de mim mesma numa combinação de nostalgia e inquietação.

O prédio estava vazio: por conta da greve, não estavam acontecendo aulas ali também. Algumas poucas pessoas estavam sentadas numa mesa produzindo cartazes de protesto. Resolvi me aproximar de um grupinho, pensando como eu ia abordar a investigação sem parecer estranha ou doida demais. Tentei improvisar.

– Oi, tudo bem? Eu sou Anita, sou das Artes Visuais e tô fazendo um trabalho de campo sobre turismo comunitário... Falaram pra eu procurar uma tal de Pietra Diniz, que ela manja muito do tema. Vocês sabem onde ela pode estar?

Trabalho de campo sobre turismo comunitário? Dá onde eu tirei isso? Não importa, porque pareceu funcionar. Um menino de cabelos lisos num rabo de cavalo respondeu:

– Que da hora seu projeto! Mas sobre a Pietra... ela é meio sumida... Já não aparecia muito enquanto estava tendo aula, imagina durante a greve.

– Você quer dizer esquisita, né? E arrogante – interrompeu uma garota alta do grupo.

– É. Quer dizer. Sei lá. Ela só é meio quieta. E meio rude. E às vezes parece que se acha melhor que todo mundo, que não se importa com nada. Mas quem somos nós pra julgar?

– Caramba... você não sabe de nenhum amigo que pode saber onde ela tá? – tentei perguntar.

– Ela não tem amigos, minha flor. Vai ser difícil de encontrar essa daí. – A garota alta falou meio tirando sarro.

Agradeci a eles e fiquei pensando quais os próximos passos enquanto andava pelo corredor da faculdade de Turismo. Pietra não era próxima de ninguém, e claramente não estava nem um pouco engajada com a greve. Talvez já tivesse ido pra onde quer que ela tenha ido. Será que minha missão estava fadada ao fracasso?

Encostei nos armários e fiquei pensando em formas de descobrir onde ela morava, ou o telefone dela – me achando uma idiota por não ter perguntado nada disso pro Joel antes de viajar. Sério, por que sou tão impulsiva? Mas aí caiu a ficha: a resposta estava bem na minha frente. Os armários! Foi lá onde Joel disse que encontrou os diários da Pietra, talvez no armário dela houvesse outras pistas.

Voltei para o grupo de alunos e disse que queria deixar um bilhete no armário de Pietra, para quando ela voltasse. Perguntei se eles sabiam qual era, e YES! O garoto de rabo de cavalo me indicou um armário na última fileira, completamente preenchido de adesivos. Me sentindo a própria Sherlock Holmes, fui toda animada até lá, mas claro – o armário estava trancado.

As senhas dos armários eram compostas de três letras e três números. Suspirei. Aparentemente, investigar só era fácil nos livros e filmes, quando o detetive é um gênio e consegue raciocinar na velocidade da luz. Eu, por outro lado... era só uma Anita, então comecei a testar.

Comecei com as óbvias: ABC123, ABC321... *Meu deus do céu, isso ia levar décadas.* Revirei minha mente para pensar em datas importantes para o Joel, em coisas que poderiam ter aparecido nos diários da Pietra... Nada, nada e nada. Ainda bem que o armário não era que nem os celulares de hoje, que travam depois de tantas tentativas. Eu estava prestes a procurar um machado para arrancar a porta daquele armário à força, quando algo me veio à mente como um raio.

Eu já tinha visto um código assim. "No momento certo, você descobrirá a senha." Como eu ia esquecer? O código que o Joel me passou em um cartão, e que finalmente desbloqueou o painel de controle do blog e me mostrou o rascunho do post da Pietra. *Será...?*

Coloquei as letras e os números com cuidado: PJL366. Clic. A porta abriu. *EU SOU SIM UMA GÊNIA!* Não consegui conter um gritinho de animação, e ainda bem que não tinha ninguém ali para me ver passando essa vergonha. Agradeci com todas as forças o fato de a Pietra ser daquelas pessoas que usam sempre a mesma senha, e comecei a bisbilhotar.

Aquele armário estava uma bagunça: livros de várias matérias diferentes, pulseiras de festas, alguns copos de plástico coloridos, fichário, papéis amassados, caixas de remédio, pacotes vazios de salgadinhos e até um maço de cigarro. De mais interessante, tinha um anel com uma pedra incrustrada. Achei tão bonito que coloquei imediatamente no meu dedo. E claro, os diários que Joel teria encontrado depois e me mostrado no futuro. Resolvi na minha cabeça que tudo ali poderia ser uma pista (sim, até os salgadinhos) e enfiei tudo na minha mala. Ia estudar aquilo com calma no dia seguinte, na paz caótica da república.

Bem nessa hora, meu celular – um icônico *flip phone* tocou. Era Camila. O toque polifônico me tirou uma risadinha.

– E aí, gata da particular? Trouxe a câmera? Juntei um monte de gente para gravar os depoimentos e soltar por aí!

– Lógico! Eu prometi, não prometi? Tô indo aí!

Minha investigação tinha ido bem e eu tinha completado a missão do dia, então por que não dar uma mãozinha? Na primeira linha do tempo, em que fiz UFJF, lembro de ter ficado em casa os três meses da greve, reclamando das aulas perdidas. Eu não tinha maturidade para entender a importância da movimentação política, e vindo do futuro, sabia que aquela greve renderia conquistas importantes. Quis aproveitar a oportunidade de colaborar sem, claro, mudar muita coisa.

Fiz o caminho de volta até o prédio da reitoria. Encontrei Camila na frente, me esperando.

– Oba! Vem, a gente quer gravar aqui na ocupação!

Segui Camila pelo prédio – que estava completamente diferente. Se é que eu algum dia tinha entrado ali fora da sala de matrícula. Logo na entrada, havia um varal de faixas pendurado entre duas colunas. Uma dizia: "Educação não é gasto, é investimento"; outra: "Sem permanência, sem futuro!". No chão, fileiras de colchões improvisados com cobertores, colchas estampadas, e até uma girafa de pelúcia em um dos colchões, claramente trazida para apoio emocional. Vários deles tinham mochilas abertas ao lado, sacolas de mercado, e um ou outro carregador pendurado na parede por uma gambiarra criativa de extensões. À direita, uma mesa com garrafas térmicas, um pacote de bolacha de maizena meio amassado, e uma placa escrita à mão em papelão: "Café solidário. Doe açúcar ou boas energias :)".

E claro, o Brasil é o Brasil, então por mais que a movimentação política fosse essencial, o futebol era tão importante quanto aquilo tudo. Na ocupação, do lado dos cartazes havia mil bandeirinhas do Brasil, tabela de apostas de placar e até uma bola de futebol oficial da Copa. Enquanto passava por um corredor tomado por cartazes coloridos colados com fita crepe com frases de impacto, horários de assembleias, cronogramas de oficinas ("18h, Yoga Anticapitalista"), vi pelo menos uns sete alunos trocando figurinhas do álbum. Um clássico.

Viramos em outro corredor e havia uma lista de tarefas da ocupação rabiscada com urgência:

- repor papel higiênico pro 2º andar
- resolver treta do feijão da janta
- sarau da greve, quarta às 19h
- REUNIÃO COM REITOR!!!, quinta às 10h

– A galera tá empenhada, hein? – comentei com a Camila, desviando de um colchão estrategicamente colocado no meio do caminho, onde alguém dormia ouvindo música de fone.

– Lindo, né? Tipo uma festa do pijama gigante. Só que não. – ela respondeu.

Entramos numa sala mais vazia, onde tinha umas dez ou doze pessoas esperando. Elas pareceram bem animadas quando viram o *case* da minha câmera. Camila começou a explicar.

– Galera, essa é a Anita, ela faz Artes Visuais na Estácio, é uma fotógrafa incrível e o mais importante, a pessoa que tem uma câmera e se dispôs a filmar a gente.

As pessoas me cumprimentaram. Eram jovens que usavam roupas de estilos bem diferentes. Cada um tinha sua personalidade expressada através do corte de cabelo, roupa e maquiagem. Fiquei me lembrando de como já com 30 anos, olhando em volta, todo mundo tinha praticamente o mesmo estilo. Fui cumprimentando as pessoas, até que enfim cruzei meu olhar com o dele.

Henrique.

4

E se eu disser que já te conheço?

Quantas vezes eu ia conhecer o Henrique pela primeira vez? Lá estava ele, vestindo uma camisa xadrez, seu All Star, o cabelo partido de lado. Menos esquisito do que era na época do IFET, mas ainda bem jovem. Meu corpo inteiro gelou, fiquei branca. Fiz o que pude para disfarçar. Se tinha uma coisa que eu não queria estragar, não mais uma vez, era a vida do Henrique.

– Oi, Anita, tudo bem? Prazer, sou o Henrique, valeu mesmo de estar dando essa força pra gente! – Eu não consegui responder por um momento, e ele notou a demora. – Tudo certo com você?

– Sim, super! – falei. – Baixou minha pressão só, acho que é o calor, mas tá tudo ótimo! Vamos gravar?

Ele fez que sim, e Camila começou a organizar todo mundo em fila, lembrando o que cada um ia falar. Enquanto montava a câmera, tentei processar o que estava acontecendo. Na verdade, eu já tinha encontrado o Henrique naquela linha do tempo, quando fiz a idiotice de tentar conhecê-lo antes da hora lá em Cataguases. E, claro, foi tão estranho que isso tinha feito com que a gente nunca se tornasse amigos no futuro, talvez pela vergonha do meu eu do passado de falar com ele de novo.

Como será que a Anita do passado explicava esses episódios tão constrangedores causados pelo meu eu do futuro, hein? Culpava o álcool, certeza.

Mas aqui, o Henrique não parecia se lembrar daquele encontro totalmente esquisito. Ou pelo menos não me reconhecer. *Graças a Deus.* Modéstia à parte, eu realmente tive um *glow up* no início da faculdade, e estava bem diferente do meu eu do colegial. E nessa realidade… bom, nessa realidade eu vim filmar os depoimentos na greve. E agora?

E se eu puxasse assunto? E se aproveitasse essa situação acidental para deixar nossa amizade seguir seu curso natural, o curso da primeira linha do tempo, e visse o que aquilo poderia se tornar quinze anos depois? Eu poderia tê-lo de novo na minha vida, poderia apagar essa versão do Henrique que só me conheceu há alguns meses, e junto dele o término doloroso...

Anita, NÃO. Os diários da Pietra me vieram à mente, de todas as vezes que ela tentou manipular o passado para mudar o presente, todas as linhas do tempo que ela alterou, as relações que ela modificou, e como isso só fez com que ela se sentisse confusa e sozinha. Infeliz o suficiente para sumir para sempre.

Pensei na carreira de sucesso do Henrique, e todo o caos e sofrimento que eu trouxe para a vida dele quando tentei forçar minha presença. Não. Eu estava ali com uma missão, eu precisava seguir em frente e parar de mudar o passado. Eu desisti das viagens no tempo por um motivo. Respirei fundo e resolvi me afundar na missão de gravar os depoimentos. Ficar na minha e não alterar nada relevante.

Os alunos se organizaram, eu montei a câmera e Camila funcionou como a diretora da gravação, ajudando as pessoas a lembrarem o que falar e dando ajustes de entonação. Ela era mandona, mas sabia o que estava fazendo: claramente tinha talento.

Cada estudante fez uma fala diferente, falando das demandas da greve: o valor das bolsas que não aumentava há anos, o número reduzido de vagas na moradia estudantil, a fila do RU que virava uma espiral do tempo depois do meio-dia. Um garoto contou que, se não fosse pela bolsa alimentação, teria trancado o curso há dois semestres, e que agora estava sob ameaça de ser cortada. Uma menina falou entre lágrimas que estava vendendo bala no ônibus para pagar as cópias dos textos, e que a mãe achava que ela já tinha desistido da faculdade. Um outro lembrou que boa parte dos alunos do noturno trabalhava o dia inteiro, e não tinha acesso a micro-ondas, nem sequer a uma sala de apoio no intervalo.

– A gente não quer luxo, a gente quer dignidade. Permanência estudantil não é prêmio, é direito! – disse Henrique, com aplausos gerais da galera. Com isso, terminamos as gravações.

Desmontei o equipamento ao mesmo tempo tocada pelos depoimentos, mas sem conseguir tirar a presença do Henrique da minha cabeça. Olhei o relógio e vi que já estava na hora de ir para minhas aulas na Estácio. Ótima oportunidade *pra fugir*. Naquele dia, pelo que vi na agenda da Anita do passado, eu tinha só uma aula, "Composição e Narrativa na Imagem". Não lembrava de ter feito a matéria, então fiquei bastante animada – parecia bem interessante.

Peguei outro ônibus, e em quarenta minutos estava na minha antiga nova faculdade, atrasada, claro. Segui as placas até chegar no Auditório B, como indicava minha agenda, e entrei discretamente, tentando não atrapalhar ninguém. A luz estava apagada e a professora, uma senhora de 70 anos muito estilosa, mostrava trabalhos do Sebastião Salgado, uma lenda da fotografia.

Me deixei imergir por aquele banho de conhecimento, não conseguindo evitar anotar tudo num caderninho. A professora era fantástica e a forma como analisava o uso de luz e sombra e dos enquadramentos era extremamente sensível. Senti um misto de gratidão por poder estar ali com um pouco de raiva de ter tão poucas memórias das aulas na Estácio. Mas acho que de alguma maneira, os conhecimentos ficaram no meu cérebro, porque reconheci vários dos conceitos apresentados.

Às seis e meia a professora liberou a turma e não pude deixar de me sentir um pouco triste de saber que não acompanharia o semestre inteiro da matéria dela. Mas a Anita do passado vai, tentei me consolar. Já estava pronta voltar para a república quando meu celular tocou mais uma vez. Dessa vez era a Flávia.

– Para tudo que você tá fazendo e pode vir com a gente no Pingo no I! Tradição de sexta, e DESSA VEZ VOCÊ VEM, DONA ANITA!

O Pingo no I era um boteco/lanchonete superfamoso em Juiz de Fora, local preferido de estudantes esfomeados e falidos da UFJF. A galera adorava ficar sentada nas mesinhas de plástico na calçada tomando cerveja e papeando até mais tarde. Eu nem conseguia contar quantas noites passei papeando, desabafando ou simplesmente morrendo de rir com o Henrique naquela calçada. Foi uma época maravilhosa, com uma companhia maravilhosa.

Eu precisava voltar para casa para estudar os diários da Pietra e tentar descobrir mais alguma coisa. Mas sinceramente, minha cabeça já estava explodindo de tanta informação, e eu me conhecia o bastante pra saber que eu não ia conseguir me concentrar. Amanhã seria sábado, eu não tinha trabalho, e podia passar o dia inteiro enfiada na minha investigação. Num impulso, respondi.

– Tá bom, tá bom! Tô indo aí. Beijo.

Mais um ônibus e admito que fiquei com saudades da Anita de 31 anos que tinha dinheiro para pagar um carro de aplicativo. E também da época que existiam os aplicativos de transporte. Em mais quarenta minutos cheguei na famosa lanchonete, e foi só bater o olho nos jovens universitários bebendo na calçada que me enchi de nostalgia.

– AEEE! É uma miragem? É um holograma? – brincou Flávia enquanto fui me aproximando. Ela meteu as mãos na minha cara e começou a me apertar. – Não, gente, ela é real! Anita veioooo! IH! VAI CHOVER!

– Besta – respondi rindo e tirando as mãos dela do meu rosto. Puxei uma cadeira de plástico e fui me sentando com o pessoal.

Aproveitei para ver quem mais estava lá. Tinha umas sete pessoas, além da Flávia e da Cami. Reconheci algumas da ocupação: provavelmente era todo mundo da UFJF e estavam precisando de um momento de respiro (e de uma brejinha) depois de toda a correria da greve. Nunca fui fã de cerveja, mas minha vida estava tão maluca que peguei um copo de plástico e aceitei um pouco do litrão barato que o pessoal tinha comprado.

–Quem é você e o que fez com a Anita? – perguntou Cami.

A *mesma Anita, só uma década depois.*

Dois copos depois, eu já estava meio tontinha. Sempre fui pouco resistente para a bebida. Mas a verdade é que eu estava muito feliz. Minha vida em São Paulo, no presente, era cheia de complicações: pagar o aluguel, descobrir qual seria meu próximo projeto – se é que ele apareceria, e claro, ter que lidar com o fato de que eu era uma viajante no tempo e que já não reconhecia várias partes da minha vida. Mas sentada ali com os amigos da faculdade – sem tentar mudar nada, só aproveitando um momento gostoso – eu senti uma paz difícil de explicar. As coisas eram mais simples, elas podiam ser mais simples. O futuro viria e encheria a cabeça de todo mundo de preocupações, mas naquele momento, a vida era só reclamar da faculdade, dar risada de piadas internas e estar na companhia de pessoas queridas.

Percebi o quanto os amigos fazem falta. Acho que fiquei tão focada na minha vida amorosa que simplesmente não dei atenção àqueles que estão sempre ali, independentemente de qual o *boy* da vez. Como eu demorei tanto tempo para perceber isso? A felicidade não era só um beijo romântico em Paris, mas também os momentos despretensiosos no bar, as parcerias implícitas, os afetos sem nenhum interesse por baixo.

– E aí, galera? Demorei mas cheguei!

Ah. Não. Claro que ele ia aparecer. Como se a vida quisesse jogar na minha cara o quanto eu fui tonta de investir tanto nos romances e tão pouco nas amizades, Henrique apareceu ali, DE NOVO, All Star e violão nas costas. E sentou justamente na cadeira do meu lado. Era alguma piada da vida, só podia ser. Gelei um pouco, mas tentei respirar fundo.

Ele parecia ser amigo dessa galera, deve ter se aproximado mais por conta da greve. Pensei em ir embora, mas quando falei isso pra Flávia e pra Cami, elas praticamente me seguraram à força.

– Que isso! Tá cedo, Henrique acabou de chegar, trouxe até o violão! Toca aí alguma coisa, amigo!

– Não trouxe pra dar show não, pô, tava só dando uma animada no pessoal da ocupação.

– A gente é o pessoal da ocupação, e a gente está precisando de uma animada. Né, gente? – chamou Flávia. Todos gritaram que sim. Lógico, o Henrique cedeu à pressão.

Ele tocou alguns acordes, e logo reconheci a música. Era "Vienna", do Billy Joel. Todo mundo ficou quieto para ouvir, quase hipnotizados. O Henrique tinha esse poder. E ele era muito bom, mesmo, em qualquer linha do tempo. Aproveitei cada segundo daquele show particular, show que no futuro custaria centenas de reais e esgotaria os ingressos em um dia. Mas naquela hora ele não era Rick Viana, ele era só o Henrique.

Ele terminou e todo mundo aplaudiu. Henrique ficou todo encabulado, falou que o pessoal estava exagerando nos elogios.

Não consegui resistir e elogiei também. Henrique deu um sorrisinho tímido e agradeceu.

– Que legal que você apareceu aqui! Não é comum o pessoal da particular se misturar com a gente, mas essa rixa é tão besta, né?

Ele puxou papo. *E agora?* Agora resta responder, eu acho. Tentar ser natural. *Não surtar.*

– Sim, super besta! Eu inclusive era... quer dizer, quase fiz ADM na UFJF. Tenho um baita carinho por lá.

– Mas você faz Artes Visuais na Estácio, né? A Cami contou. O que te fez desistir de ADM para virar artista?

– Ah... eu só sabia que, de alguma forma, nunca seria feliz num emprego de escritório, sabe? Ser artista pode ser difícil, mas amo fotografia e não me vejo fazendo mais nada. Você como músico deve sentir o mesmo, né?

É, não consegui me segurar (culpa da cerveja?) e falei um monte. Mas para minha surpresa, de um jeito fácil e descomplicado, nosso papo seguiu. Outras pessoas entraram no assunto, Flávia comentou sobre sua indecisão a respeito do futuro, que estava fazendo o curso de Fisioterapia na faculdade e também um de Estética por fora, mas não tinha certeza sobre nada. Cami falou sobre seu livro e de como não tinha nada a ver com o curso que fazia, Pedagogia, mas que se sentia melhor tendo um plano B. A conversa com Henrique foi natural, sem nenhuma segunda intenção, e por mais que nessa realidade não fôssemos nem melhores amigos nem apaixonados, vi ali a semente da nossa relação. A intimidade, a leveza. Torci muito para aquele momento no bar não bagunçar todo meu futuro. Mas aquele momento foi tão puro, tão espontâneo que lá dentro intuí que nada mal poderia sair disso.

Lá pelas três da manhã, nos despedimos do pessoal e seguimos a pé (as três bêbadas e cambaleando) até a república MG. A cidade parecia outra naquele horário, com o silêncio cortado só pelo som dos nossos passos descompassados e das risadas que ecoavam. Cami e Flávia andavam um pouco à frente, tropeçando nos paralelepípedos, trocando piadas internas, empurrões brincalhões, olhares demorados que, mesmo com a visão turva, eu consegui perceber. Parecia que a noite tinha ganhado uma camada invisível de possibilidades, dessas que só aparecem quando a gente se permite ficar vulnerável.

Foi no meio dessa dança desajeitada, já na esquina da república, que Flávia parou de repente, olhou fundo nos olhos da Cami, e a abraçou com força, como quem segura alguém que está prestes a escapar. E aí, sem aviso, num gesto tão suave que quase parecia um sussurro, encostou os lábios nos dela.

Aquele beijo não era o primeiro, dava para perceber. Tinha intimidade. Era o tipo de beijo que vem depois de outros escondidos, depois de afetos sussurrados no escuro. Naquele ponto, eu já tinha entendido tudo. Elas se amavam. Mas também me lembrei que 2006 não era um tempo fácil para casais LGBTQIA+. Que sair do armário, naquela época, significava exclusão, sofrimento e riscos ainda maiores que nos dias de hoje, apesar de ter melhorado muito, ainda estava longe de ser tranquilo.

Tomei um susto quando vi a Cami afastar Flávia, num gesto abrupto.

– Flávia! Em público não, a gente combinou... a Anita...

– Eu já tinha sacado, gente. E acho vocês perfeitas juntas, sério! Fiquem tranquilas!

Cami respirou aliviada, mas Flávia estava visivelmente magoada com a parceira. Dava para sentir o cansaço dela por viver esse amor escondido. E eu imaginei o medo da Cami: o receio do julgamento das meninas da república, do preconceito velado. Tão besta, né? Como se gostar de mulheres significasse sair atacando qualquer uma. Mas eu entendia. Entendia como devia ser difícil carregar aquele peso.

– Tá vendo só, Camila? – Flávia disse furiosa. – Anita não liga, acha que somos fofas juntas! Não é o fim do mundo! Você tem tanta vergonha assim de mim?

Camila já estava com lágrimas nos olhos.

– Não é vergonha. Eu juro que não. Mas não posso. Você tem ideia o que iam falar da gente, o jeito que iam tratar...? E a ocupação...

– Foda-se! Foda-se todo mundo, foda-se o que eles pensam. Quero poder andar de mão dada com você no shopping, que nem todos os casais nojentos que a gente critica! Quero poder te levar para um jantar romântico, poder te apresentar como minha namorada!

– Flá... Eu também queria, mas a vida não é justa.

– Mas pra ela se tornar justa, a gente precisa de coragem. Vamos enfrentar isso, minha linda. Juntas!

– Não consigo. Não agora... E se pra você não dá desse jeito, eu...

Camila não teve coragem de terminar a frase, mas saiu andando rápido e entrou na república antes de nós, fechando a porta atrás dela.

Flávia estava devastada. Ela sentou na calçada, eu sentei do lado dela e só a abracei enquanto ela chorava, de mágoa e de raiva por viver num mundo que ainda tornava o amor um campo de batalha. O que eu não daria pra dizer que, em dez anos, as coisas seriam muito diferentes, que isso tudo seria um pouco mais fácil, e que não seria um medo tão grande assim.

– Eu te entendo, Flá. De verdade. Também ia odiar ter que esconder meu relacionamento com alguém que amo.

– É uma merda. Sério, uma merda.

– Mas você também entende a Cami, né?

– Não, não entendo.

Olhei pra ela de lado, com carinho, mas firme.

– Lógico que entendo. Eu só não tenho tanto medo assim da opinião alheia.

– Não é só isso, você sabe. São os olhares, o julgamento... Ela não tem culpa de não querer passar por isso.

– Então você acha que a gente precisa viver escondida pra sempre, é isso?

– Não! Claro que não! Mas talvez a Cami se sinta mais confortável de ir aos poucos, você não acha? Viu como ela ficou aliviada de ver que eu não tinha nenhuma questão com isso?

– Sim...

– Então! Talvez contar pra pessoas próximas e, quando a Cami estiver pronta, vocês dão um próximo passo. Tenho certeza de que com o tempo ela vai se sentir mais confiante com isso. Mas seria meio violento forçá-la a viver isso antes da hora, né?

Flávia encostou a cabeça no meu ombro, e eu abracei ela.

– E sempre pode contar com meu acolhimento, tá? Tô aqui pra você. E pra Cami também.

– Obrigada. Mesmo. Você é uma baita amiga, Ani. – disse Flávia, limpando as lágrimas – Não sei por que você tá tão madura esses dias. Eu vou lá me desculpar com ela.

Flávia entrou na casa, e eu dei uns minutinhos antes de ir atrás. Quando entrei, vi que elas estavam conversando na sala. Por mais que fosse uma DR séria, elas pareceram estar se entendendo, porque estavam de mãos dadas. Sorri, aliviada, e entrei discretamente no meu quarto.

Dormi com o coração mais leve como há muitos meses não acontecia.

***

Acordei no dia seguinte determinada a concluir minha missão. Fiz um ovo mexido bem rápido na cozinha, tomei o restinho de café com gosto de queimado que alguém tinha feito e me enfiei no quarto para estudar todas as minhas pistas.

Decidi começar pelos diários. Ali estavam o mesmo diário que Joel havia me entregado, mas também dois outros, que eu não tinha visto ainda, e algumas anotações soltas. Passei a manhã inteira mergulhada na escrita. Eram páginas e páginas de lembranças sobrepostas, de linhas do tempo criadas e apagadas através de cada viagem no tempo. Ela tinha um jeito melancólico de narrar os acontecimentos, e mais do que tudo, parecia cada vez mais exausta. Era como se para cada nova tentativa ela precisasse usar uma parte de si mesma e, em seguida, a abandonasse num canto pra sempre porque aquela versão de não servia mais. Me pareceu que as consequências de tentar controlar tudo são muito piores do que a de simplesmente aceitar as coisas como elas realmente são.

Acho que a Pietra começou a entender isso também. No final de um dos diários, que tinham datas de apenas um mês e pouco antes do dia atual, ela parecia flertar com a ideia de sumir, de deixar tudo para trás. De vez.

...sinto que estou enlouquecendo. Estou inteira fragmentada, tentando montar um mosaico da minha vida, de quem eu ainda sou. E me parece que me estilhaçar em pedaços ainda menores não vai ajudar

em nada. Eu só queria ir embora, fingir que todas as viagens não passaram de um sonho estranho que eu tive. Eu queria simplesmente ser outra pessoa, ter outro nome, outra vida. Será que é loucura? Depois de tudo o que eu fiz, será que o único jeito é começar de novo?

Depois disso, segurei com as mãos um exemplar de O *ser e o nada*, livro mais famoso do filósofo Jean-Paul Sartre. Ele parecia bem surrado, como se tivesse sido lido e consultado várias vezes. Ao folhear, encontrei trechos sublinhados e algumas páginas com algumas anotações:

Eu entendo a ideia de que a gente inventa quem é. Só não sei o que fazer quando todas as versões que eu invento também dão errado!

Sartre disse que o homem está condenado a ser livre. Achei engraçado, porque é exatamente assim que me sinto – como se cada escolha minha fosse uma sentença, como se eu realmente estivesse condenada a uma liberdade que me afasta de tudo. Até de mim mesma.

Às vezes, acho que Sartre só escreveu esse livro pra deixar claro que a liberdade não é bonita, nem heroica – é só insuportável. O peso de existir e saber disso. A diferença é que ele escreveu sobre isso. Eu só vivo.

Certamente o curso de filosofia teve um impacto na Pietra.

Vi algumas anotações soltas de listas de países diferentes do mundo: Bélgica, Holanda, Austrália, México, África do Sul, Itália, Tailândia. Embaixo de cada país, os prós e os contras, algumas imagens de diferentes cidades. Em outra folha, cálculos financeiros, de quanto custaria uma passagem para cada um desses lugares, o custo de vida. E mais alguns desabafos, em que ela parecia cada vez mais convencida de partir e começar do zero.

Então foi isso. Ali estava a prova que ela não tinha morrido, como todos disseram. Joel estava certo, ela só foi embora. Mas pra onde? Reli dezenas de vezes as anotações, tentando encontrar se tinha deixado algo passar, mas não encontrei nada. Parecia ter dado de cara com um beco sem saída.

Olhei para o relógio, e já passava de uma e meia da tarde. Estava tão concentrada que nem percebi meu estômago roncando. Guardei todos os papéis e diários na minha mala e decidi sair para almoçar numa lanchonete que eu amava na época da faculdade, o Digão. Quem sabe a caminhada e um podrão não me ajudariam a ter uma ideia genial.

O hambúrguer do Digão era tão delicioso quanto me lembrava, e a maionese caseira deles, a melhor do mundo. Além das batatinhas bem sequinhas e crocantes. Não resisti e pedi o combo completo, afinal de contas, não sabia quando iria voltar ali de novo. Estava quase pagando a conta, quando vi um rosto familiar sentar em uma mesa perto de mim.

Era a Carol, minha prima. Olheiras pesadas, feição exausta e, para minha surpresa, um barrigão de grávida. Não deveria ser tanta surpresa assim porque ela mesmo havia me contado que tinha tido o Quinho naquela época. Acho que a surpresa foi ver de fato o quão jovem ela era na primeira gravidez – 20 anos. Praticamente uma gravidez na adolescência. Pensei em ir embora sem falar com ela, para não correr o risco de causar mudanças indesejadas, ainda mais quando no presente eu parecia ter dado um pequeno passo de aproximação, mas bem nessa hora ela me viu.

– Anita?

– Oi, prima! Quanto tempo! Parabéns pelo barrigão!

Cumprimentei minha prima e sentamos na mesma mesa. O clima estava meio esquisito. Aparentemente, nós continuávamos afastadas desde o incidente no ensino médio, que tinha sido muito mais recente em 2006. Carol continuava com Eduardo e agora já tinha começado sua família com ele em Imperatriz. Mas, afinal, o que ela estava fazendo aqui?

– O que te traz pra Juiz de Fora? Veio visitar alguém da família?

– Ah... Descobri que tinha um curso incrível de corte e costura aqui aos sábados, então resolvi me inscrever.

É verdade! Ela tinha mencionado o curso no almoço do batizado do Bernardo. O porquê de ela ter largado e nunca mais costurado de novo. Senti um nó na garganta, mas tentei disfarçar.

– Que incrível, Carol! Sempre foi seu sonho trabalhar com isso, tô muito orgulhosa de você.

Ela não pareceu ficar feliz com o elogio. Tinha algo a incomodando, uma certa sombra em seu olhar. Ela só fingiu um sorriso e fez que sim.

– Não tá sendo o que você esperava? – Tentei uma pergunta delicada.

– Não, não é isso... Tá sendo perfeito, exatamente o que eu queria, estou aprendendo tanto! E exatamente por isso que eu... Hoje foi meu último dia.

– Como assim, último dia?

Então foi nesse momento que ela desistiu. Os olhos da Carol se encheram de lágrimas, que ela batalhou para não deixar cair. Percebi que ela estava carregando o peso do mundo em suas costas e, mesmo que a gente não fosse tão próximas ali, ela precisava de alguém que pudesse a ouvir.

– É que não tá dando mais pra mim, Anita. O Eduardo não está nada feliz. E ainda mais com a gravidez avançando... Ele disse que é muito perigoso, que não dá pra me arriscar e ficar indo e vindo assim, e que estou sendo egoísta de colocar um desejo tão infantil na frente da nossa família.

– Não é um desejo infantil, Carol! É sua vida, seu futuro!

– Mas meu filho também é meu futuro.

Era verdade, e a Carol de 30 e poucos anos confirmou isso. Mas isso não queria dizer deixar todo o resto da sua identidade de lado e ser apenas uma mãe. Não era justo. Mas como eu tinha aprendido, também não era meu lugar ficar forçando as pessoas a mudarem seus caminhos. O que fazer então?

– Carol. Eu te entendo, e se você achar melhor para sua vida desistir e ficar em Imperatriz, tudo bem. Mas eu moro numa república superbacana aqui em Juiz de Fora, só de meninas, e sempre tem uma cama sobrando e uma comidinha gostosa. Se você quiser, pode jantar com a gente, dormir de sábado pra domingo, descansar e ir embora domingo de manhã.

Os olhos da Carol se iluminaram. Ela parecia não estar acreditando.

– Você tá falando sério?

– Claro que sim! Você é minha prima, eu te amo e quero te apoiar. A decisão é totalmente sua, mas não gostaria de ver seu talento jogado fora sem necessidade, sabe? Só dá para conciliar a maternidade com o resto da vida com rede de apoio, você não acha?

– Anita... Nem sei o que te dizer. Seria incrível, maravilhoso. Eu conseguiria ver as aulas, descansar... mas tudo bem mesmo? De verdade?

– De verdade.

A cabeça de Carol parecia estar a mil pensando em todas as possibilidades.

– Eu... preciso pensar, vou falar com o Eduardo primeiro, ver o que ele acha. Mas acho que isso vai tranquilizar as coisas. Obrigada, prima! Nem acredito, obrigada!

Carol me abraçou com força. Eu a abracei de volta. Não consegui deixar de pensar que talvez eu tivesse causado uma mudança importante... Por outro lado, fiz questão de não escolher pela Carol. Só tinha aberto mais uma possibilidade para a vida dela, uma possibilidade que ela sempre deveria ter tido. Quem sabe assim minha prima pudesse realmente escolher ficar com o Eduardo ou não pelo que realmente sentia em vez de se manter presa numa situação de dependência econômica.

Me despedi de Carol e falei para ela me mandar um SMS ou mensagem no MSN quando tivesse se decidido, e a gente poderia combinar melhor as datas. Ela saiu totalmente iluminada, a exaustão em seu rosto quase dissolvida. Mais uma vez, meu coração se aqueceu inteirinho.

Voltei para a república pronta pra continuar minha pesquisa, mas claro que assim que entrei a Flávia me puxou e me fez sentar com ela e a Cami na mesa da cozinha.

– Vamos ver o que a Anita acha, tenho certeza que ela vai concordar comigo, ela é muito inteligente.

– Você é muito tonta, Flávia – Camila falou, rindo.

– Que que tá acontecendo, gente? – Tentei entender.

– A Cami tá encasquetada que o único jeito de publicar o livro é do jeito tradicional, numa editora séria. E que nunca vai acontecer. Mas aí eu tive uma ideia genial, que ela não tá querendo nem ouvir.

– E que ideia é essa?

– Postar na internet! Tem um monte de blog de literatura, comunidade no Orkut, um monte de gente que ia amar ler o livro dela! E aí, se já tiver fãs, vai ser muito mais provável uma editora querer publicar!

– Tá, mas ninguém vai me levar a sério se eu for uma escritora de internet – rebateu Camila.

Mais uma vez, fiz um panorama do futuro. A ideia de Flávia, na verdade, era bastante visionária. Cada vez mais as pessoas iriam postar suas histórias na internet, e a gigantesca comunidade de fanfics estava apenas começando em 2006. Várias autoras publicadas e de muito sucesso tinham começado a carreira delas na internet.

– Vou ter que concordar com a Flá. Lógico que vão te levar a sério! Tem um monte de fóruns no Orkut onde você pode postar, ou dá pra você fazer um blog e ir criando uma base de leitores. – *Desde que ele não te faça viajar no tempo*, pensei.

– Tá, mas como eu vou fazer as pessoas lerem? Por que as pessoas leriam meu livro no meio de um monte de outros livros, provavelmente melhores?

– PORQUE A ANITA VAI FAZER UM ENSAIO FOTOGRÁFICO INSPIRADO NOS PERSONAGENS DA SUA HISTÓRIA E A GENTE VAI DIVULGAR NO MUNDO! NÃO VAI? – Berrou Flávia, fazendo a gente tapar os ouvidos.

Naquela época, era super comum marcarmos um rolê aleatório só para tirar fotos com as amigas. Se não me engano, a ideia era copiar poses e estilos que víamos na internet. Pensando bem, eu tinha informações privilegiadas sobre tudo o que ainda ia bombar nos anos seguintes. Se conseguisse antecipar essas tendências nos ensaios, com certeza as fotos iam rodar pelo Orkut, depois pelo

Tumblr, Facebook, até virarem lembranças nostálgicas nos #tbts do Instagram. Icônico demais!

Cami pareceu considerar a ideia. Eu achei ótimo, uma maneira de usar a minha paixão por foto para impulsionar a paixão da minha amiga por literatura.

– Vou! – respondi. – E todo mundo vai ler e se apaixonar pela sua história. Vambora?

Cami pensou um pouquinho, mas então se animou.

– Vambora! – ela disse.

Flávia deu um gritinho de animação e abraçou Camila. Flávia olhou em volta pra ver se não tinha ninguém além da gente e deu um selinho na namorada. Dessa vez, Cami só sorriu e abraçou Flávia de volta.

Acho que meus conselhos e a conversa das duas tinha dado bons frutos. Elas pareciam mais apaixonadas e mais unidas do que nunca. QUE LINDO O AMOR! Olha só, até eu, a mais desiludida de todas, estava me derretendo com o romance das minhas amigas.

– Inclusive – interrompeu Flávia –, você deixou seu Orkut aberto ontem, e tinha uma solicitação de amizade. Do Henrique Viana, da UFJF.

Meu coração pulou uma batida. Mais essa.

– E o que você fez?

– Aceitei, ué. Vocês não se conheceram lá no bar? Ele é ótimo, vocês vão se dar super bem.

Bom. Agora Henrique era oficialmente meu amigo no Orkut de novo. Isso quer dizer que poderíamos trocar depoimentos secretos, bisbilhotar e julgar as comunidades um do outro e deixar scraps no mural. Não era o fim do mundo.

Pedi licença para as duas e resolvi me distrair com a minha missão. Voltei a enfiar a cara nos diários e anotações de Pietra. Tinha que ter algo naquelas páginas que eu não estava vendo. Pietra derramava sua alma ali, era o único lugar de desabafo, ela até tinha feito contas e pesquisado com detalhes os locais... Precisava ter uma pista definitiva de onde ela foi parar. Eu já tinha lido e relido tudo, vasculhado cada folha solta e rabisco dentro daquela mala improvisada de pistas. Sentia que estava a um passo de entender tudo, mas não conseguia encaixar as peças.

Me deitei na cama com os braços abertos, me afundando no colchão velho da república. Fiquei olhando para o teto até lembrar da pessoa que sempre sabia exatamente o que me dizer nos momentos difíceis e conseguia me fazer ver tudo sob uma nova perspectiva.

A pessoa que eu sinceramente deveria ter pensado em falar antes, dado que ela não estava mais no meu presente, mas, de novo, todo o caos da minha vida entrou na frente. *Será que nunca vou aprender?*

Disquei o número do meu pai. No segundo toque, ele atendeu.

– Filha? Tá tudo bem?

Quase chorei ao ouvir sua voz. Ainda parecia irreal poder falar com ele de novo. A saudade era tanta que, por um instante, me perguntei se eu não tinha entendido tudo errado – e se as viagens no tempo fossem, no fundo, só uma chance de roubar mais alguns momentos com meu pai?

Talvez esse fosse o melhor uso do meu poder: voltar só pra viver o cotidiano ao lado dele. Para estar perto, nem que fosse por alguns dias. Será que isso era pedir demais?

– Tá sim… – respondi, e minha voz saiu mais baixa do que eu esperava. – Quer dizer, mais ou menos. Eu só… tava com saudades. Muitas saudades.

Do outro lado da linha, ouvi o sorriso na respiração dele antes mesmo de responder.

– Eu também tava, Anita. Que bom te ouvir. Como tá aí em Juiz de Fora?

– Bagunçado, como sempre. Eu tô amando a faculdade. Tá tendo uma greve na UFJF, e tô tentando resolver umas coisas... – hesitei. – Pai, posso te perguntar uma coisa meio boba?

– Claro que pode. Desde quando você pede permissão pra isso?

Sorri.

– Você já teve a sensação de que está com todas as peças de um quebra-cabeça, mas mesmo assim não consegue montar a imagem? Que tem alguma coisa ali, bem na sua frente… mas você não consegue ver?

– Ah, várias vezes – ele respondeu com calma. – Já escrevi matéria com uma informação crucial escondida no rodapé de uma nota de rodapé. Às vezes, a resposta está onde a gente menos espera. O truque é olhar de outro jeito.

Fiquei em silêncio, absorvendo aquela última frase. *Olhar de outro jeito.*

– Tipo... virar de cabeça pra baixo?

– Ou de dentro pra fora. Ou pensar com a cabeça de quem escreveu, e não de quem lê.

Mordi o lábio, pensativa. *A cabeça de quem escreveu.*

Pensei em Pietra, em como ela era metódica, mas também paranoica. Tinha anotado todos os passos da viagem, mas não deixaria informações cruciais tão visíveis. Se ela realmente decidiu ir embora e sumir, não ia deixar um mapa com uma flecha apontando para o destino. Mas... talvez tenha deixado um rastro sutil. Um código só dela.

– Pai, você é um gênio – falei, sentando na cama de supetão.

– Eita, por quê?

– Porque eu tô com a cabeça de leitora. Mas preciso pensar como quem escreveu.

– O que você tá aprontando nessa faculdade, em? É algum trabalho? – perguntou ele, rindo.

– Tipo isso, pai. Vou desligar... Mas depois posso te ligar pra te contar?

– Pode me ligar até para contar se você fez um cocô bonito.

– Que nojo, pai! – Dei uma gargalhada. Depois fiquei séria, escondendo a emoção na minha voz. – Te amo.

– Te amo também, minha filha.

Desliguei e fui direto para a mala, jogando tudo de novo na cama como uma detetive surtada. Olhei os objetos com outros olhos. Como camadas. O que era excesso? O que parecia sem importância, mas talvez escondesse algo? Um objeto que ninguém daria atenção...

Primeiro abri o saco de salgadinho. Mas não tinha nada além de... bom, de salgadinhos. Depois vi se tinha algo diferente nas pulseiras, nos copos. Parei um pouco mais de tempo no anel, que parecia ser simbólico. Eu lembrava de ter visto a Pietra usando aquele anel na formatura do IFET. Por que ela teria deixado para trás? Pensei, pensei e não cheguei a nenhuma conclusão. Segui olhando os objetos.

Meu olhar parou no maço de cigarro.

Peguei com cuidado. Era um Marlboro meio amassado, com três cigarros ainda dentro. Eu nem lembrava se a Pietra fumava, talvez fosse de alguém que ela conheceu. Girei o maço nas mãos. Era pesado demais pra ter só cigarro dentro.

Com cuidado, abri a parte de baixo. Nada. Balancei. Algo chacoalhou. Meu coração acelerou.

Levantei a divisória interna, onde normalmente vem o papel prateado. Atrás dela, dobrado de um jeito milimetricamente encaixado, estavam dois papéis: um panfleto com informações sublinhadas de Bellagio, Itália, com uma flor desenhada à mão no canto, e uma passagem aérea da Alitalia, Rio de Janeiro-Milão. Com data de embarque para o primeiro horário da manhã.

Do dia seguinte.

Meu coração disparou. Era isso. Pietra tinha ido para a Itália. E não para Milão, não para Roma, mas para Bellagio – uma vila minúscula no norte do país. A única menção que eu tinha visto a esse lugar tinha sido... agora. Por que Bellagio? Por que uma vila nas margens do Lago de Como?

Eu não sabia ainda. Mas agora já tinha uma direção. Ela ainda não tinha ido, e eu sabia exatamente onde estaria no dia seguinte. O único problema é que eu tinha menos de seis horas para arranjar um jeito de ir até o aeroporto do Rio de Janeiro.

Comecei a andar de um lado para o outro no quarto, que nem uma louca, pensando possibilidades. Pegar um ônibus? Não, o ônibus era demorado demais, até chegar na rodoviária, comprar a passagem e chegar no aeroporto, o avião já teria decolado. Eu precisava ir de carro. O problema era que: um, eu não sabia dirigir e dois, não tinha um carro. Quem eu conhecia e tinha um carro?

– AMIGAS DO CÉU ALGUÉM SABE DIRIGIR E TEM UM CARRO DISPONÍVEL? – gritei para todas as meninas da república, que sinceramente já estavam tão acostumadas com as pirações das colegas que nem estranharam tanto assim meu berro.

– Que isso, Anita? – perguntou Flávia. – Pra quê carro a essas horas?

Verdade. *Tinha isso.* Como explicar que precisava impedir uma pessoa que eu nem conhecia direito de ir para uma cidadezinha na Itália porque sabia que ela desapareceria no futuro?

– PORQUE EU ACABEI DE DESCOBRIR QUE O MC-FLY VAI VIR PRO BRASIL E DESEMBARCAR AMANHÃ DE MANHÃ!

Era a resposta mais adolescente nos anos 2000 do mundo. Torci para funcionar. E claro que funcionou. Eu ainda fui inteligente de escolher uma banda que só eu gostava.

– Ah. Eles. Então tá. – Camila respondeu, com seu jeitinho irônico. Uma fofa. – Na rep aqui ninguém tem carro não, que eu saiba.

– E vocês não conhecem ninguém que poderia ter? E que seria maluco o suficiente pra topar fazer um bate volta no Rio de Janeiro de madrugada?

Cami deu um sorrisinho. Pequeno, quase maldoso.

– Na verdade, eu conheço uma pessoa. Que tem carro, dirige e é maluco o suficiente pra fazer isso. Mas você vai odiar.

– Por quê? Quem é?

– Meu simpático primo. Fabrício.

Ah, não.

***

Uma hora depois, eu estava no banco de passageiro de um Uno vermelho todo ferrado, na BR-040, em direção ao aeroporto do Rio. Com Fabrício na direção.

Convencê-lo não tinha sido nem um pouco difícil. O que foi bastante estranho. Ele realmente não tinha mais nada pra fazer no sábado à noite, acho que tinha levado um fora de alguma garota. Para ele deve ter sido tão inusitado que eu tivesse, do mais absoluto nada, falado com ele pedindo uma coisa estranha, que acho que ele aceitou por pura curiosidade e impulso do caos.

– Vai ser duas horas e meia de silêncio, é isso, Anitinha? Eu me disponho a te levar até o Rio de Janeiro, não te cobro nada em troca, e você nem para me contar o que vai fazer lá?

Respirei fundo, tentando ignorar o tom provocador.

– Se você continuar me chamando de Anitinha, podia estar me levando pra Lua que eu não ia falar nada.

Ele riu, debochado, claramente achando que tinha acabado de ganhar uma pequena batalha.

– Você ainda fica irritadinha com isso, sério? Achei que já tivesse superado. Além do mais, te levo no meu carango, que é quase um clássico, todo estiloso, anos noventa. Um favor desses merecia pelo menos uma fofoca boa. Vai, me conta, quem é o cara?

– Não tem cara nenhum – respondi, seca, cruzando os braços enquanto olhava fixamente pela janela.

– Uma mina então? Opa, revelações bombásticas da Anitinha!

Revirei os olhos, já sentindo meu rosto esquentar de irritação. Fabrício parecia ser profissional nisso, conseguia tirar as pessoas do sério com tanta facilidade que devia até colocar no currículo.

– Não tem nada a ver com relacionamento. Eu tô tentando evitar que uma amiga minha tome uma decisão errada. Quer dizer. Talvez eu só esteja tentando entender por que ela tomou essa decisão.

– Uuh, que misteriosa. Viu, foi tão difícil assim? Hein, Anitinha?

Não teve como não explodir.

– Por que você é assim, hein, Fabrício?!

Ele pareceu surpreso com meu tom. Não que eu tivesse gritado, mas saiu com uma intensidade que nem eu esperava. Continuei, antes que perdesse a coragem:

– Sempre fazendo piadinha, tirando sarro, irritando! É pra chamar atenção? Você age como se tudo fosse brincadeira, como se você estivesse acima de todo mundo. E você colhe exatamente o que você planta: afasta todas as pessoas a sua volta.

Silêncio.

Pela primeira vez desde que entramos no carro, Fabrício não tinha uma resposta na ponta da língua. Ficou olhando para a estrada, sério. O farol iluminava a pista enquanto as faixas passavam por nós como se o tempo estivesse tentando seguir em frente, mesmo que a conversa não conseguisse.

– Você acha que eu afasto as pessoas? – ele perguntou, num tom mais baixo. Quase... *humano*.

– Pelo menos comigo, sempre foi assim. Você entra na vida dos outros, faz uma bagunça, e depois age como se não tivesse acontecido nada. Como se fosse tudo uma grande piada.

Ele deu uma risadinha nervosa, balançando a cabeça.

– É que se eu tiro a piada, sabe o que sobra? Só mais um cara medíocre, sem talento, prestes a ser chutado da faculdade.

Fiquei quieta. Não esperava que ele fosse abrir o coração assim, muito menos comigo.

– E sim, tô quase sendo jubilado – ele continuou. – Meus pais não sabem, acham que tô indo bem. Eu fico enrolando, fingindo que tenho controle. Mas a verdade é que faz tempo que eu me perdi. E quando você apareceu hoje, me pedindo ajuda... sei lá. Pareceu uma chance de fazer alguma coisa certa. Dirigir até o Rio é algo que eu consigo fazer.

Olhei de lado para ele. Tinha algo de genuíno ali. Algo que eu nunca tinha visto nele.

– Obrigada por me ajudar, inclusive – falei, sincera. – E obrigada por isso. Por ser honesto. Não precisa ser tão difícil.

– Não é mesmo – ele sorriu de lado, mas parecia com algo preso na garganta. – Anita, eu… sei lá, eu tive tempo pra pensar, né? Nesses anos. Aí quando você me pediu ajuda do nada… O ponto é… queria pedir desculpas, acho. Por ter te beijado à força aquele dia no ensino médio. E por todo o resto também, as fofocas, os boatos... Foi mal.

Fiquei quieta. Não por falta do que dizer, mas porque levei um segundo para processar. Ouvir aquilo vindo dele… foi inesperado. Mas necessário.

– Obrigada – respondi. – Foi errado. Muito. Aceito as desculpas se isso quiser dizer um começo de mudança.

Ele assentiu, com um ar de quem não sabia bem para onde olhar.

– Eu tô tentando ser alguém melhor, mesmo que meio tarde.

– É. Disso eu entendo.

Mais silêncio. Mas dessa vez, confortável. E naquela madrugada esquisita, cruzando o interior de Minas rumo ao aeroporto do Galeão com meu "arqui-inimigo" do ensino médio no volante, eu percebi que às vezes o passado até pode ser reescrito. Mas outras vezes, só precisa ser reconhecido – e seguido em frente.

***

– CORRE, FABRÍCIO! VAMOS! – gritei, disparando pelo saguão do aeroporto enquanto ele vinha atrás, carregando minha mochila e praguejando em voz alta.

– Tô indo, cacete! – ele bufou. – Não sabia que acompanhar drama alheio incluía corrida de resistência.

Olhei rapidamente para o painel, meus olhos passando pelas letras luminosas até encontrar o número do voo: AZ675 – Milão – Portão 28.

– É no portão 28. Vamos no balcão da Alitalia. Implorar para a moça deixar a gente entrar.

– Ah, claro. Super tranquilo entrar na área de embarque internacional sem passaporte e sem bilhete de embarque. Não quer invadir o cockpit do avião, não?

– FABRÍCIO VOCÊ NÃO FAZ IDEIA DE TUDO QUE EU PASSEI PRA ESTAR AQUI. A GENTE VAI DAR UM JEITO! – esbravejei com ele, e no mesmo respiro virei para a moça do balcão, que sorria com aquele olhar de "meu turno acaba em quinze minutos, por favor não complique minha vida".

– Oi, bom dia... é meio urgente. Eu preciso encontrar uma passageira que está nesse voo aqui. Ela se chama Pietra. Eu não quero embarcar, eu só preciso ver se ela ainda está no portão, ou se já entrou. Por favor. É muito importante.

– Infelizmente, sem bilhete não é possível entrar na área de embarque – ela disse, tentando encerrar a situação.

– Eu sei, mas... é uma emergência. Ela está indo embora e ninguém mais sabe onde encontrá-la. Por favor, moça. É só olhar, eu não vou fazer nada.

Por um momento eu tinha certeza de que a mulher ia dizer não, mas depois ela me encarou com um olhar de quem já foi jovem e que já passou por um drama parecido. Ela suspirou.

– Se por um acaso tiver algum funcionário livre agora, posso pedir pra ele acompanhar você até o portão.

– Obrigada, obrigada, obrigada! – Mal me contendo.

Ela pegou o radinho e falou baixo:

– Alguém na escuta? Tem uma acompanhante solicitando acesso restrito à área do portão. Não vai embarcar, só precisa verificar visualmente uma passageira... Alguém disponível? Sim... Certo. Obrigada.

Desligou. E então olhou para mim, com um sorrisinho cúmplice no rosto.

– Você é muito sortuda. O agente de solo vai te acompanhar até a divisória de vidro perto do embarque. Mas você tem dois minutos, entendeu?

Tive certeza de que aquela moça era um anjo e não só uma atendente de aeroporto. Agradeci mais umas mil vezes até o tal funcionário, que não estava de tanto bom-humor assim, vir me buscar.

– Me acompanhe, por favor.

Antes de seguir com o agente, olhei para o Fabrício.

– Juro que não demoro.

– Vai lá, Anitona. Se for mentira e você estiver fugindo do país, traz um *souvenir* pra mim, tá? Pode ser algo alcoólico.

Revirei os olhos, mas sorri. Era o jeito dele.

Corri atrás do agente, que me levou por uma porta lateral. Nada de sala VIP, nada de glamour. Corredores brancos, lâmpadas frias e cheiro de desinfetante. Quando cheguei perto da divisória de vidro que dava vista para o portão 28, meu coração acelerou.

Lá estava ela. Pietra. De mochila nas costas, passaporte na mão, entregando o bilhete à aeromoça.

– Espera... – sussurrei, mesmo sabendo que ela não podia me ouvir.

Mas já era tarde. A moça do embarque digitalizou seu bilhete. Pietra agradeceu com um aceno discreto e passou pelo portão. A aeromoça fechou a divisória logo depois. Último embarque concluído.

A sensação foi um soco no estômago. Eu tinha chegado tão perto. Mas não perto o suficiente. Encostei na divisória gelada com as pontas dos dedos e fiquei observando ela se afastar, desaparecer dentro do corredor de embarque.

Fracasso. Não ia conseguir falar com ela. Não ia ouvir suas razões, nem pedir explicações, nem desabafar com a única pessoa no mundo que poderia me entender. Mas pelo menos... pelo menos agora eu sabia.

Bellagio. Uma cidade pequena, num país distante. Talvez, só talvez... Joel ainda pudesse encontrá-la um dia. Talvez, com isso, ele encontrasse alguma paz. Ou talvez não.

Mas a única certeza que me restava era que o que tinha me trazido até ali, aquilo que me empurrava feito um motor invisível, tinha se esgotado. Estava na hora de voltar para o presente. Dei um jeito de pedir para o funcionário que me acompanhou para usar o computador. Inventei que precisava enviar um e-mail contando sobre o que tinha descoberto. Mas em vez disso, digitei o URL do meu blog, dando de cara com o post da Pietra.

Fechei os olhos. Respirei fundo.

E então... tudo começou a girar.

5

Eu consigo fazer tudo sozinha
(e com o coração quebrado)

Abri os olhos de repente, coração a mil. A primeira coisa que fiz foi torcer cada vértebra da minha coluna para varrer o ambiente com os olhos. Notei que estava de volta no meu querido microapartamento do Copan. Tudo parecia igual, tirando alguns adornos coloridos que enfeitavam a estante que não me lembrava de ter comprado. UFA! *Parece que Anita finalmente aprendeu a fazer algo certo.* Mas não baixei a guarda, muita coisa ainda podia ter mudado.

Antes de levantar, percebi que a porta do banheiro estava entreaberta e com a luz acesa, então interrompi o silêncio dizendo em voz alta...

– Olá?

Esperei alguns segundos por uma resposta só para ter certeza que nenhum homem musculoso com barba por fazer sairia de lá usando apenas uma toalha enrolada no corpo perguntando onde estava a escova de cabelo.

Graças a Deus, não havia ninguém. Mais uma vez, eu estava sozinha. Nenhuma surpresa. Decidi começar o trabalho de investigadora particular da minha própria vida – àquela altura já era quase um procedimento padrão. Levantei e comecei a vasculhar as gavetas para encontrar vestígios de decisões que tomei sem estar no controle de mim mesma.

A grande maioria dos meus objetos parecia estar ali, tirando um ou outro *souvenir* faltando ou uma peça de decoração extra. Minhas roupas eram as mesmas, com algumas adições realmente estilosas que me deixaram bastante feliz. Não eram peças que eu me via de cara usando, mas eram muito interessantes e me deram vontade de experimentar.

Estar de volta no presente também tinha uma vantagem: tudo ficava registrado nas redes. Voei para o notebook: era o próximo passo óbvio da investigação. Senti um frio na barriga, com medo de descobrir sobre os caminhos que eu havia percorrido e relações que eu havia criado nesta nova linha do tempo.

Comecei logando no meu próprio perfil no Facebook e no Instagram. Respirei aliviada ao ver que a exposição na galeria tinha realmente acontecido. Eu havia postado uma foto divulgando a exposição e agradecendo a todos por terem visitado. Em uma das fotos, vi que dessa vez, Flávia e Camila estiveram lá para me prestigiar. Meu coração se encheu de alegria. Talvez ter pensado tanto no valor dessas amizades na minha viagem tenha contaminado positivamente a Anita do passado, que não foi tonta de deixá-las se dissolverem na vida adulta.

E, mais que isso, as duas estavam lindas e adultas. E CASADAS! Na foto, elas davam o tipo de abraço que você só dá na sua companheira de vida, e com o zoom deu para ver bem, elas também tinham alianças nos dedos. Eu teria que nos stalkear bastante para me atualizar de tudo o que a gente já tinha vivido juntas – e sabendo quem eram, não deveria ter sido pouca coisa. Mas dessa vez, descobriria tudo isso com um sorriso no rosto.

Continuei descendo o *feed*, vendo o que eu tinha postado e os eventos da minha vida. Quase gritei de alegria quando vi a mesma foto que tinha tirado com a Luiza, minha mãe, a Carol e o Bernardo quando fui visitá-los em Imperatriz. Aparentemente, tudo tinha corrido de forma bem parecida. Nada do que eu fiz mudou quem era o filho da minha irmã, e por isso agradeci mil vezes. Eu já era apegada àquele menino e nunca iria superar se ele tivesse sido substituído ou se não existisse.

Fora isso, na linha do tempo havia alguns memes, alguns artigos sobre fotografia e divulgação de projetos. Vi que estava em grupos de freelance de fotografia e um de ex-alunos de Artes Visuais da Estácio. Quando fui stalkear minhas fotos de perfil, descobri que já tive cabelos muito mais ousados do que eu me lembrava em outras fases: bem curtinho, liso chapado, descolorido e até com mechas. Aquilo tinha cara de influência da Flávia. Mas que bom que tive a chance de experimentar. Nesse momento, eu seguia feliz com meus longos caracóis ruivos.

Continuei minha investigação e tudo realmente parecia sob controle. Admito que bateu um baita orgulho: não é que dessa vez eu realmente consegui voltar mudando o mínimo possível? Ainda me incomodava não saber sobre partes da minha vida, ter lacunas de memórias que poderiam fazer as pessoas me acharem maluca... Mas eu tinha conseguido manter a maioria das coisas igual antes e ainda ganhei duas amigonas próximas – coisa que fazia muita falta nas minhas outras vidas.

Antes de parar, fui tentada por um pensamento. Henrique. E ele? Minhas ações tiveram algum impacto? Nós tivemos algumas poucas interações a mais do que na linha do tempo anterior, e tínhamos sido amigos no Orkut... Mas não frequentamos mais a mesma faculdade, o que queria dizer que provavelmente nunca convivemos tanto como quando eu fiz UFJF.

Comecei a digitar as primeiras letras na busca do Facebook... Mas parei. Talvez fosse melhor eu não saber. Pelo menos por enquanto. Tinha tanta coisa acontecendo... Decidi em vez disso abrir o Google e pesquisar "Rick Viana".

E lá estava ele: o músico brasileiro que vivia em Paris. Tinha começado sua carreira na internet e agora estava fazendo sucesso na cena *indie* com seu primeiro álbum. Aparentemente, nessa linha do tempo ele também fez uma dupla com a Kate Adams, a artista britânica de quem eu já tive muito ciúmes, mas depois cada um decidiu seguir carreira solo. Segundo uma reportagem da *Rolling Stones*, não teve nenhuma briga, só caminhos diferentes e o tipo de música que cada um gostava de fazer: Rick foi pelo caminho do folk e Kate pelo caminho do rock alternativo. Kate tinha assumido o namoro com uma ex-companheira de banda e os rumores do romance entre os dois tinham sido desmentidos. Segundo os tabloides, ele não estava namorando ninguém. A última notícia dizia que Rick estava gravando seu segundo álbum, que prometia ser ainda mais incrível do que o primeiro.

Minha primeira reação foi, surpreendentemente, de alívio. Henrique tinha conseguido todo o sucesso na carreira e ele merecia muito. Eu não atrapalhei seus sonhos. E logo em seguida, senti uma sensação melancólica de vazio. Mais uma vez, estava a um oceano de distância da pessoa que eu tanto amava. Tentei focar na parte orgulhosa e não na egoísta.

Meu sentimento foi interrompido pelo barulho estridente do meu celular, que me obrigou a empurrar as roupas que estavam espalhadas na cama até finalmente encontrá-lo. Acho que uma coisa que nunca vai mudar em nenhuma linha do tempo é meu perfil bagunceira. No visor, li o contato salvo como "A amiga gostosa". Eu já tinha um palpite de quem poderia ser.

– Alô?

– Ani?

– Oi, Flá! – Reconheci a voz dela imediatamente e dei um sorriso que ela nunca chegou a ver.

– Cadê você que não subiu ainda? Vinho tá esperando!

– Subiu onde?

– Esqueceu de novo, sua doida? A gente combinou no nosso apê! Sabe, a cobertura MUITO FODA que eu e a melhor esposa do mundo compramos e reformamos no mesmo bloco que nossa amigona e tá linda maravilhosa e tudo mais?

Uau. Se elas estavam na cobertura do Copan, deveriam estar bem de vida. O que será que elas faziam para ter conseguido ganhar tanto dinheiro? Com todo respeito às profissões, mas eu achava bem improvável que uma fisioterapeuta e uma professora tradicionais conseguissem bancar aquilo.

– Lógico que não esqueci. – Era verdade, não esqueci porque não sabia de nada. – *Há!*

– A gente combinou agora?

Ouvi a Camila no fundo falando:

– Passa isso aqui pra mim, amor! – Ela catou o telefone e começou a falar. –Para de ser preguiçosa e vem logo, Anita! Tá de ressaca? Tem alguém aí?!

Dessa vez eu ouvi a Flávia no fundo berrando:

– ELA TRANSOU?

– Não!! Tô sozinha, só me distraí com... trabalho. Vou subir já.

– Essa mulher precisa transar, só trabalha! – Ouvi Flávia comentando com Camila no fundo da ligação.

– PODEMOS PARAR DE COMENTAR MINHA VIDA SEXUAL? OBRIGADA-DE-NADA – Briguei com elas rindo.

Aparentemente aqueles dez anos não deixaram nenhuma das duas menos besta. *E que bom.*

Fui até o elevador do bloco e apertei o botão da cobertura, agradecendo mentalmente por Flávia ter, como sempre, falado demais e dito qual era o apartamento delas. Pelo tapetinho simpático de boas-vindas, tive certeza que estava na porta certa. Bati na porta.

– EBAAA! – Flávia me abraçou e me encheu de beijinhos na cara. – Pronta pra comemorar o sucesso da sua exposição E a aprovação do meu projeto no edital?

– Larga, amor! Deixa ela respirar! – Camila me deu um abraço e um único beijinho bem menos babado que o da esposa.

As duas me receberam no apartamento. *E. Que. Apartamento.* Elas tinham comprado as duas unidades do andar e juntado em uma só, que devia ter mais de 250 metros quadrados. O local era elegante, com colunas de cimento queimado contrastando com os móveis em madeira escura e plantas que preenchiam todo o ambiente. Tudo isso iluminado por uma parede inteira de janelas, que trazia um ar natural e agradável para a casa, além da vista maravilhosa de todo o *skyline* de São Paulo. Nas paredes, havia quadros de artistas conhecidos – ao lado de uma fotografia do casamento das duas, registrada por mim! Claro que elas me pediram para fotografar o casamento. Eu ficaria ofendida se elas não tivessem.

A decoração, de forma geral, era bastante colorida, alegre e vibrante. Com personalidade e não que nem aqueles consultórios tristes que viraram moda entre os mais ricos da cidade. Perto do corredor, havia uma grande bandeira de arco-íris ao lado de um painel do orgulho LGBTQIA+, que complementava muito bem o estilo.

Fui andando pela casa, absorvendo tudo. Na estante acima das poltronas e do sofá que pareciam achados de loja de antiguidade modernizados, havia uma série de livros, todos assinados por Camila Kim. E na parede ao lado, dois grandes pôsteres de filmes com atores bastante conhecidos, com os dizeres: "Adaptado da obra de Camila Kim".

Então foi assim que elas conseguiram.

Minha amiga tinha seguido sua carreira de escritora e virou uma autora best-seller, vendendo direitos para o audiovisual e tudo mais. *Meu deus, será que eu tive alguma influência nisso?*, pensei imediatamente, lembrando como eu a encorajei a postar seus textos no Orkut e tinha topado fazer a sessão de foto dos personagens. *Deixa de ser arrogante, Anita.* Se minha amiga tinha conseguido todo aquele sucesso era porque ela era uma escritora incrível. Eu posso até ter apoiado de alguma forma, mas o mérito era todo dela.

– TÁ TÃO LINDO! – Não resisti e elogiei o apartamento.

– Ó lá, toda vez parece que é a primeira vez que ela entra aqui – Camila comentou, irônica.

– Em defesa dela, eu também fico assim toda vez que chego em casa – Flávia falou, abraçando a esposa de lado.

Sentamos na sala estilosa, Flávia logo abriu um vinho (*caro e chique*) e serviu em taças para a gente beber e conversar. No começo, estava um pouco nervosa: e se elas percebessem que eu estava diferente? Que não me lembrava de certas coisas? Mas a intimidade – e o álcool – imediatamente me fizeram ficar confortável. De certa forma, sentia que as conhecia desde sempre, como se a gente de fato tivesse sido amigas pelos últimos dez anos.

– Ela tá CISMADA que quem deu a ideia do ensaio de fotos do meu primeiro livro foi ela e não você, Ani! – Camila já veio acusando a parceira.

– LÓGICO QUE FUI EU! – Flávia veio se defender – FALA PRA ELA! – Ela me pediu como se eu fosse a professora da segunda série e a amiguinha tivesse a acusado de roubar seu estojo.

– Na verdade, foi a Flávia mesmo. Aquele dia na república, lembra? Depois que vocês tiveram a briga dramática, se reconciliaram…

Na mesma hora, como que sincronizadas, elas seguraram a mão uma da outra.

– Tão fofinhas no começo! – lembrou Flávia.

– Você era sem-noção – replicou Camila. – Se não fosse a Anita botando bom-senso na sua cabeça você teria me arrancado do armário e ainda botado fogo nele.

– Mas eu sou a sem-noção que você pediu em namoro em uma viagem toda romântica para a cachoeira… Então acho que fiz algo certo, vai?

Camila quebrou e sorriu, dando um selinho na esposa.

– DITO ISSO – Camila seguiu –, você pode até ter dado a ideia, mas foi a Anita que tirou as fotos. E me ajudou a estourar no Orkut e todo o resto depois.

Então eu tinha contribuído mesmo. *Que loucura*. Quantas coisas a gente faz despretensiosamente e tem efeitos inimagináveis nas nossas vidas e na vida dos outros, né? Já devia ter entendido isso sendo uma viajante no tempo, mas parecia que eu continuava me surpreendendo.

– Quem diria que uma fanfiqueira como você ia chegar onde chegou, hein? – provocou Flávia

– Magina, nem é tanta coisa... – Cami se fez de humilde – APENAS UMA SÉRIE DA NETFLIX COM TRÊS TEMPORADAS!

– UHUUUUUU! – Não resisti. Ela estava certa, era sensacional e era preciso comemorar as próprias conquistas. Sem aquela falsa humildade que somos ensinadas a performar desde pequenas.

Assistimos o sol se pôr pela janela do apartamento enquanto falávamos sobre uma infinidade de coisas, tudo regado àquele vinho que não te deixa com ressaca no dia seguinte. Durante as conversas, consegui captar relances dos acontecimentos que eu não tinha vivido, e pensei que talvez pudesse me inspirar em Pietra e escrever um diário de tudo o que eu descobri sobre mim mesma. Talvez isso me ajudasse a imaginar como teria sido, como quem lê um livro de ficção.

Lembrei que Flávia tinha mencionado que queria comemorar também ter conseguido aprovar seu projeto num edital e aproveitei para me inteirar. Como sempre, a técnica foi jogar um verde.

– E o edital, hein, amiga? Me conta mais!

Flávia quase derramou vinho no sofá, tamanho o entusiasmo ao começar a explicar:

– Amiga, você não tá entendendo! Eu estava nervosa demais, porque tinha várias propostas excelentes na produtora, mas decidiram mandar justamente a minha para o edital! Sério, não sei de onde tive a ideia genial da coisa da imigração... Acho que porque o Brasil é tão multicultural, sabe? Eu com herança nigeriana casada com uma mulher de ascendência coreana, tudo isso num país há milhares de quilômetros da Ásia e da África. Mas esse encontro só podia ter acontecido no Brasil. Enfim, incentivo público é uma loucura, a gente dependia totalmente da aprovação via Lei Rouanet, sabe? Renúncia fiscal, captação de recurso com empresa... Enfim, a gente até pensou em fazer via artigo 26, mas optamos pelo artigo 18, que tem uma dedução de cem porcento. Ficamos de suplentes, mas teve uma irregularidade com outro projeto e o nosso entrou no lugar!

Meu deus, quanta informação. A Flávia trabalhava numa produtora cultural, então? Tinham ganhado um edital? O que era artigo 26?

– Amiga, em português, por favor. Para uma pequena e humilde fotógrafa que nunca se inscreveu em edital na vida?

Flávia respirou fundo e começou a explicar.

– Basicamente o governo aprovou financiar meu projeto para uma mostra artística, sobre as influências culturais dos diversos países que tiveram imigração para o Brasil! Aí a gente vai poder enviar artistas plásticos, músicos, documentaristas para esses países. E lá eles criam alguma coisa nova, tipo pinturas, vídeos, textos, o que quiserem. A ideia é justamente ver como um artista brasileiro enxerga essas culturas, entende? Depois trazemos tudo de volta e fazemos uma megaexposição aqui em São Paulo com o resultado de cada um. Ainda vamos fazer a curadoria, escolher os artistas e tudo mais, mas basicamente está TUDO PAGO! Sério, a produtora está quase botando um quadro meu na parede do escritório.

– Uau, amiga! – Levantei minha taça, brindando. – Parabéns, produtora cultural mais chique do Brasil!

Flávia riu alto e brindou comigo, quase derrubando mais vinho no sofá novo. Então cada uma delas achou seu caminho profissional fora de suas formações universitárias. Quando ficamos mais velhas, vemos que isso é o que mais acontece: pessoas repensando suas decisões de adolescência, mudando seus caminhos e se reinventando. Na época da faculdade a escolha do curso parece tão definitiva, né? Mas era sempre bom lembrar que nunca é tarde para readaptar a vida para o que faz sentido naquele momento – e sem precisar voltar no tempo como eu.

Quando vi que estava de noite, me dei conta que precisava voltar e resolver as minhas pendências. Afinal de contas, tinha descoberto muita coisa sobre o desaparecimento da irmã do Joel, e queria compartilhar com ele.

– Bom, preciso ir, gente. Tenho que falar com uma pessoa.

– Uhhhh! A gata é misteriosa. É um *boy* novo? – Flávia já começou a me encher.

– Já disse que não, doida. "Homem" está no último lugar da lista de prioridade nesse momento da minha vida.

– Eu sei que é difícil ser hétero e gostar de homem, parece até castigo, mas a gente quer te ver feliz. – Camila insistiu.

– Uai, eu tô feliz. Expus meu trabalho num lugar massa. Moro nesse prédio que o Oscar Niemeyer projetou e tenho amigas belíssimas e bem-sucedidas. Eu quero mais o quê?

– Transar? – elas falaram, rindo, ao mesmo tempo.

– Ai, tá bom! Me apresentem alguém então. Daqui a uns seis meses, pode ser?

Nos despedimos rindo e já combinamos a próxima. Enquanto os números no visor digital do elevador diminuíam, fiquei me encarando no espelho e pensando no que eu diria para o Joel. Ensaiando sozinha como contaria tudo para ele, quais palavras escolheria. Depois de tanto tempo evitando nosso encontro e do tanto que ele me ajudou no passado, seria legal dar uma boa notícia.

Me joguei na cama e abri o Whatsapp, buscando o contato dele.

Nada.

Estranho. Eu tinha absoluta certeza que havia salvado o contato novo dele. Já com um mal pressentimento, resolvi assumir que ele devia ter trocado de número. Abri o notebook e fui para as redes sociais: talvez nosso encontro não tenha acontecido exatamente do jeito que me lembrava. Posso ter anotado em um papel, em uma agenda, ter adicionado nas redes.

Mas eu não era amiga dele no Facebook. Nós não nos seguíamos no Instagram.

De novo não. Por favor.

O que eu tinha mudado para isso acontecer? Então nunca tinha conhecido o Joel nessa realidade? O que mais isso significava?

Comecei a ficar gelada, mas fiz a respiração em quadrado que aprendi num aplicativo de meditação e consegui me acalmar.

Ok. Mesmo se eu não fosse amiga dele, ele ainda merecia saber a verdade sobre o paradeiro da irmã. Eu ainda podia ajudá-lo, mesmo se nesse mundo ele nunca tivesse me pedido ajuda. Mas por que será que tinha sido assim?

Optei por enviar uma mensagem pelo chat do Facebook, mesmo sabendo que ia ser meio estranho. Mas se ele sabia sobre as viagens do tempo da irmã, talvez me levasse a sério.

ANITA: Oi Joel, tudo bem? Eu sou a Anita, e talvez isso soe muito maluco porque acho que a gente nem se conhece nessa realidade, mas eu descobri o paradeiro da sua irmã, Pietra. Você estava certo, ela não morreu, só foi embora, e eu descobri pra onde. Aparentemente toda a história de viagens no tempo foi demais para ela, e ela resolveu começar do zero em outro país. Espero que você saiba do que estou falando, porque senão vou parecer completamente pirada. De qualquer forma, adoraria te encontrar para conversar.

Estava roendo minhas unhas há vinte minutos quando vi o ícone ao lado de seu nome ficar verde. A mensagem apareceu como visualizada. Então vi os três pontinhos dele digitando. E parando. E digitando de novo. E parando.

Se alguém souber algo mais ansiogênico que isso, me conta.

A mensagem dele finalmente chegou.

JOEL: Olá, Anita. Eu não sei como você me conhece nem que tipo de brincadeira você está fazendo, mas isso não é engraçado. Minha família sofreu e ainda sofre muito com o desaparecimento da minha irmã. A polícia já nos comunicou há anos que nesses casos, a certeza do óbito é quase absoluta. Demorei muito tempo para aceitar e finalmente seguir em frente, meu inclusive pai adoeceu com essa história toda. Minha família foi destruída. E você ainda tem coragem de vir com esse papo maluco dizendo que a Pietra não morreu. Viagem no tempo? Isso aqui não é um filme de ficção científica. É a minha vida.

Então, ele não sabia de nada. Das viagens no tempo... Ele só aceitou que sua irmã faleceu e seguiu em frente. Nós nunca tínhamos sido vizinhos.

Tentei localizar o exato ponto em que tudo mudou. Como ele tinha descoberto sobre as viagens de Pietra na linha do tempo anterior?

ANITA: Joel, eu sei que parece brincadeira, mas estou falando sério, eu juro. Você nunca chegou a ler os diários dela? Que estavam no armário da faculdade na UFJF?

Ele digitou e apagou mais algumas vezes.

JOEL: Não sei como você sabe tudo isso, se ficou obcecada com as notícias ou vê muita série de true crime e se acha uma investigadora. Mas para sua informação, o armário dela estava completamente vazio. A polícia tomou isso como uma pista, inclusive.

Eu era muito burra. *Muito burra mesmo*. Nunca devolvi as coisas da Pietra de volta ao armário dela antes de voltar para o presente. Ou seja, elas nunca estiveram no armário de Pietra e Joel nunca descobriu os diários. Nunca soube das viagens do tempo, nunca teve uma esperança de encontrar a irmã, e nunca tentou me convencer a ajudá-lo a encontrá-la. Pensei numa última possibilidade.

ANITA: Se eu te mostrar diários escritos com a letra dela, contando várias coisas sobre você que ela não teria como saber e falando sobre viagens no tempo, você acreditaria em mim?

JOEL: Você tem esses diários?

Eu devia ter, não? Afinal de contas, eles ficaram comigo. O que a Anita do passado teria feito com eles?

Comecei a revirar todo o apartamento em busca dos diários. Olhei primeiro no armário de madeira onde guardava documentos, cadernos antigos, agendas e revistas. Nada. Depois fui abrindo gaveta por gaveta, da cozinha até o banheiro. Procurei até nos lugares improváveis, tipo debaixo do meu colchão. Sem nenhum sucesso. Tive que recorrer à minha mãe, que sempre me salva nesses momentos dizendo o lugar certo simplesmente por intuição. Quem sabe não foi parar em Imperatriz no meu quarto antigo.

– Ihhhh, filha, não vi isso aqui não. E olha que fiz uma boa faxina no seu quarto esses dias. Será que não você não jogou fora? Lembra quando o chuveirinho do banheiro ficou emperrado saindo água sem parar a noite toda e alagou seu apartamento inteiro? Na época da mudança você deixou tudo em caixas por meses, lembro que perdeu vários documentos. Inclusive seu título de eleitor que deu o maior trabalho.

Bom, era isso. Eu não tinha nenhuma maneira de provar que o que eu estava falando era real, e esse Joel nem mesmo estava tentando encontrar a sua irmã.

O que fazer, então? Deixá-lo viver com a falsa paz que encontrou ao aceitar a morte dela? Não, isso não estava certo. Ela estava viva. Tinha que estar viva. Mas eu também não queria ficar cutucando feridas antigas nessa pessoa pela qual, apesar de tudo, eu ainda tinha muito afeto.

ANITA: Eles não estão mais comigo. Infelizmente, não tenho como te provar nada disso. Mas me lembro de um panfleto com informações sobre a cidade de Bellagio, na Itália, que estava guardado junto com os diários dela. Se por um milagre você decida acreditar em mim, creio que ela deve estar lá, nessa comuna em Como.

Mais uma espera torturante da resposta de Joel.

 JOEL: Por favor, não me chame mais. Se você continuar, vou ser obrigado a te bloquear.

Meu coração afundou, mais uma vez. Tentei refletir com clareza.

A verdade é que, analisando de forma fria, não havia mais nenhum problema gritante nessa realidade. Pietra provavelmente seguiu sua vida na Itália. Joel seguiu sua vida no Brasil. Ninguém estava procurando ninguém, ninguém queria ser encontrado.

Mas *eu* sabia. O que ia fazer com todo esse conhecimento? Sabendo que alguém sofreu tanto quanto eu, que existe uma pessoa no mundo, provavelmente a única, que poderia me entender? E mesmo que Joel tivesse desistido, eu ainda poderia reunir uma família de novo, que há muito foi despedaçada?

A resposta mais sensata era a menos animadora. *Nada*. Voltar para minha vida normal, era isso o que eu poderia fazer. Aceitar e seguir em frente, como Pietra e Joel provavelmente haviam feito.

E foi isso que tentei fazer. Passei as próximas semanas mergulhada na minha vida calma e solitária. A exposição tinha tido uma ótima repercussão, e o dinheiro que ganhei com os quadros seria suficiente para me manter pelos próximos dois meses. Continuei meu constante processo de buscar trabalhos freelances, porque como profissional autônoma, nunca podia parar de buscar a próxima oportunidade. O que gerava bastante ansiedade, já que as oportunidades poderiam não vir.

Felizmente, aconteceu. Fui contratada para fotografar uma apresentação da OSESP, a Orquestra Sinfônica do Estado de São Paulo, uma das melhores do país. E, melhor: a apresentação seria na Sala São Paulo, um local incrível que só tive a chance de conhecer uma vez, quando viajamos para São Paulo e meu pai nos levou para assistir a um concerto temático de músicas dos filmes da Disney. Lembro da sensação no meu corpo de ouvir tantos instrumentos sincronizados, a emoção de escutar minhas músicas preferidas de uma maneira tão mágica.

Voltar à Sala São Paulo foi como entrar numa cápsula do tempo que só guardava as partes boas. O teto retrátil, a luz suave refletindo no piso de madeira impecável, as cores amareladas, o público elegante arrumando as cadeiras como se aquele fosse um ritual solene de outro século. E, no fundo, talvez fosse. Era engraçado estar ali agora, não mais como a filha emocionada ao lado do pai, mas como a fotógrafa profissional encarregada de capturar aquele espetáculo de luz, som e emoções. Enquanto ajustava as lentes, tentei me concentrar no trabalho, mas era impossível não sentir uma certa melancolia no peito. Eu tinha aprendido que a vida adulta era feita desses contrastes: trabalhar em lugares que antes significavam sonhos, conviver com pessoas que antes pareciam inalcançáveis, mas ainda assim sentir um vazio persistente, como se a parte mais pura daquelas experiências tivesse ficado em algum lugar do passado.

Enquanto a orquestra afinava os instrumentos, senti um arrepio que não vinha só da música. Era um lembrete silencioso de que, mesmo depois de ter cruzado linhas do tempo e atravessado mil realidades diferentes, algumas coisas nunca mudavam. Eu ainda estava ali, buscando uma foto perfeita, tentando transformar em imagem aquilo que as palavras não davam conta. E, talvez, no fundo, tentando congelar no tempo uma sensação de pertencimento que sempre me escapava pelos dedos.

Quando as luzes baixaram e o maestro levantou a batuta, senti aquele arrepio familiar correr pela espinha – como na primeira vez em que sentei com meu pai na plateia para ouvir uma suíte de filmes da Disney. Mas agora não havia princesas ou heróis. A orquestra começou a executar o *Prelúdio* das *Bachianas Brasileiras n.º 4* de Villa-Lobos, e a música parecia abrir uma fresta entre o erudito e o popular, como se misturasse todos os Brasis dentro de uma mesma partitura.

Enquanto me movia discretamente entre as cadeiras, buscando o melhor ângulo, o som do *Prelúdio* enchia o espaço com uma melancolia estranha, bonita e meio antiga, que me atravessava por inteiro. Era impossível não pensar em como eu mesma vivia entre dois mundos: o presente e o passado, a fotógrafa que observava e a pessoa que tentava, desesperadamente, ainda pertencer. A lente da minha câmera capturava os músicos em sua concentração quase sagrada, os olhos fechados de alguns espectadores, as mãos apertando o encosto das poltronas. E pela primeira vez em muito tempo, deixei a música me atravessar sem resistência, sem tentar entender tudo. Só deixei ela ecoar no meu corpo como um aviso silencioso: precisamos aceitar que em algumas histórias nunca teremos controle.

Cheguei em casa satisfeita com meu trabalho e renovada pela música. Olhei meu celular e vi que tinha uma mensagem da Luiza, perguntando se eu estava livre para fazer uma videochamada naquela noite, só pra papear. *Nossa, aquela era minha irmã mesmo?* Respondi "lógico que sim", loguei meu notebook e fiz uma chamada de vídeo.

Ela atendeu rapidinho. A tela do notebook iluminava o quarto meio escuro, projetando o rostinho bochechudo do Bernardo no tapetinho de frutas que eu tinha dado para ele. Minha irmã ajeitava o círculo de borracha em cima do número "2" estampado no tapete acolchoado. Quase dei um berro com a fofura do meu sobrinho-coisa-mais-linda-do-universo.

– Dois meses já, Anita! Dá para acreditar? Olha como ele tá grandão.

Ela falava com orgulho, mas eu notei que tinha olheiras marcadas, o cabelo preso às pressas num coque desalinhado. Apesar disso, o sorriso que ela dava para a câmera era sincero. Era bonito ver isso nela. Por mais que estivesse exausta, ser mãe era algo que ela amava ter escolhido.

– Tô boba, Lu. Olha o tapetinho! – falei, sentindo uma pontinha de orgulho bobo por ter acertado no presente. – Não esquece de tirar muitas fotos a cada mês.

– Ah, ele adora. Fica horas olhando as frutas, tentando pegar as cores. Às vezes eu até consigo tomar um café quente enquanto ele brinca. – Ela deu uma risada leve.

Nesse momento, minha mãe invadiu a tela com aquele jeitinho de quem nunca entendeu muito bem como funciona uma videochamada.

– Com quem você tá falando, Luiza? Anita! Oi, filha! – disse ela, perto demais da câmera.

– Vai pra trás, mãe, não dá pra te ver – falei, rindo.

– Você viu o Bernardo que coisa mais linda? Ele está ficando cada vez mais a sua cara, Anita, acredita?

– Não tá não, a mamãe tá maluca! – Luiza revirou os olhos, ajeitando o filho no colo. – Fala oi pra Tia Nita, filho! – Ela fez o Bernardo dar um tchauzinho com o braço cheio de dobrinhas.

– E o Douglas, tá por aí? – perguntei, tentando descobrir se as coisas seguiam complicadas.

– Tá na área de serviço lavando as fraldas de pano.

– Uau! Isso é novidade, né?

– É. Tá um pouco melhor. Pelo menos depois da bronca da nossa mãe. Tá tentando, sabe? Não tá perfeito. Longe disso. Mas... tá tentando.

Minha mãe apareceu de novo na tela, toda toda.

– Eu botei medo no meu genro e com razão. Homem precisa de um empurrãozinho firme de vez em quando. Se não boto ordem, vocês deixam tudo solto.

– Ai, mãe... – suspirou Luiza, cansada.

– Não reclama, que eu tô só fazendo o que você devia fazer. Tem que se impor, Luiza.

A conversa virou aquela velha dança de críticas, brincadeiras e conselhos não solicitados. Eu fiquei ali, ouvindo, meio sorrindo, meio cansada. Era bom ver minha irmã um pouco mais leve. Melhor ainda ver ela se defendendo, impondo seus limites, ainda que cambaleantes.

Falamos de bobagens. Do calor infernal de Imperatriz. Da fralda que vaza. Das receitas que minha mãe andava testando. Fofocas da cidade. Tudo bem cotidiano, bem doméstico, como se aquela tela de computador fosse uma extensão natural da sala da minha infância. Mas eu sabia que não era. A tela terminava ali, onde o campo de visão acabava. E eu... terminava na minha sala vazia, no Copan, em outro canto do país.

Quando finalmente desligamos, a tela ficou preta e, junto com ela, veio o silêncio. Não o silêncio confortável de casa cheia, aquele que vem depois do almoço, quando todo mundo tira um cochilo no sofá. Era o silêncio gelado, oco, que fica ecoando em um apartamento vazio.

Eu fiquei parada ali, encarando meu próprio reflexo no notebook.

Eu tinha trabalho. Tinha amigas. Minha vida estava caminhando em São Paulo. Mas havia uma lacuna extremamente incômoda. Uma coceira que não passava. Uma peça desencaixada. A sensação veio como uma onda silenciosa. Não era drama. Era só... o vazio.

E, claro, a mulher que assombrava meus pensamentos há semanas, voltou com tudo na minha mente. Pietra, que foi parar do outro lado do mundo, sozinha. Talvez ela fosse a peça que faltava, a única pessoa no planeta que entenderia exatamente esse tipo de solidão que ninguém mais no mundo tinha vivenciado.

Num impulso, abri o navegador. Busquei passagens pra Itália. Não custava averiguar, né? Meu coração acelerou só de imaginar.

O preço me devolveu imediatamente ao mundo real. Abri minha conta no banco e não havia nenhum milagre nessa nova linha do tempo. Eu não estava ferrada, mas não tinha nenhuma condição financeira de viajar para ficar sei lá quanto tempo em busca de um fantasma.

Fechei a aba com raiva, frustrada. Se apenas tivesse um jeito... Uma desculpa para perambular pela Itália e buscar a Pietra... Eu sempre quis conhecer essa parte da Europa. Paris tinha sido lindo, mas a Itália era outra coisa. Imaginei a quantidade de fotos incríveis que eu poderia tirar, os ensaios que poderia fazer. Que saco, por que alguém não poderia patrocinar uma pobre fotógrafa na Itália em busca de respostas?

Espera.

Talvez alguém pudesse. Uma memória pulou na minha mente. Flávia contando sobre seu projeto no apê delas: "O governo aprovou financiar através do edital meu projeto de uma mostra artística, sobre as influências culturais dos diversos países que tiveram imigração para o Brasil! Aí a gente vai poder enviar artistas plásticos, músicos, documentaristas para esses países. E lá eles criam alguma coisa nova, tipo pinturas, vídeos, textos, o que quiserem".

Sabe o que eu era? Uma artista. E sabe o que a Itália era? Um dos principais países com migração para o Brasil!

Será que poderia dar certo? E por que não? E se eu criasse um projeto fotográfico? Algo que falasse justamente disso: da distância, da solidão, dessa saudade sem lugar, sem nome.

Talvez fosse isso. Talvez eu estivesse inventando desculpas. Mas e daí? Se uma desculpa me levasse até lá, não seria a primeira vez que eu faria algo por impulso. Comecei a rabiscar ideias no caderno. Sem pensar muito, só deixando sair.

Eu podia fazer isso dar certo.

***

Na manhã seguinte, com o caderno ainda cheio de rabiscos confusos e setas apontando pra tudo quanto é lado, fui até o apartamento da Flávia e da Camila. Levei pão de queijo e café, porque sabia que a Flávia só funcionava com uma dose extra de carboidrato.

Elas me receberam de moletom e cara amassada, como num domingo de ressaca.

– Por que eu tenho a impressão de que você veio falar de coisa séria? – brincou a Flávia, me olhando com uma sobrancelha arqueada.

– Porque hoje vim falar como CNPJ e não como CPF. Preciso te perguntar uma coisa.

Me sentei no sofá, abrindo o caderno com as anotações caóticas e as fotos de referências que imprimi por impulso.

– Flá, você acha que daria pra eu propor um projeto para aquele edital da mostra de imigração? Pensei em algo que misture fotografia documental e artística, sabe? O projeto seria sobre solidão. Sobre identidade. Sobre o que resta quando você está longe demais de tudo que conhece.

Flávia ouviu, balançando a cabeça devagar.

– A boa notícia é que ainda estamos selecionando os artistas. Ainda dá tempo. Mas sobre o projeto, hum... Não sei, amiga. Não sei mesmo. Porque, assim, não é exatamente o que eles pediram, né? A proposta toda é sobre influências culturais, conexões entre as comunidades, imigração… não exatamente sobre... solidão. Tá? Não estou dizendo que não é foda. Eu, pessoalmente, compraria esse projeto agora. Mas a curadoria é outra história. Eles são bem literais com o escopo.

– Então você acha que não rola?

– O que eu acho é que... depende muito do *pitch*. Você vai ter que convencer. Vender a ideia como um olhar artístico que se conecte com os temas, que revele outra camada da imigração. Não como sua viagem pessoal para resolver seus traumas, sacou? E você teria que apresentar isso para a curadoria da produtora, que vai selecionar quem a gente envia pra proposta final. Não sou eu, infelizmente.

Aquilo me deu um baque de leve. Mas, honestamente? Eu já tinha enfrentado coisa pior. Parecia um desafio interessante, eu não tinha nada a perder. E se o único jeito de ir pra Itália fosse transformar minha bagunça emocional em discurso institucional... bem, que seja.

– Então me ajuda, amiga. Eu faço o *pitch*. Do jeito que tiver que ser.

Flávia sorriu.

– Eu te ajudo, claro. Mas capricha. Porque, olha, vai ter gente MUITO boa disputando essas vagas. Você tem que convencer geral que precisa estar nesse grupo.

Passei as noites seguintes mergulhada no projeto. Dormia pouco, quase nada. Revirei livros de fotografia sobre imigração, li artigos sobre a colonização italiana no Brasil, especialmente vinda da região da Lombardia, onde Pietra deveria estar. Pesquisei famílias, entrevistei conhecidos. Tentei conectar minhas vontades artísticas com o escopo do projeto, conectar meus sentimentos com aqueles das pessoas cujas origens estavam bem longe de onde viviam. Inventei um título pretensioso que até agora não sabia se amava ou odiava. Fiz o *moodboard*, o cronograma, o orçamento, a carta de intenções. Tudo com a energia obcecada de quem coloca o coração inteiro em algo que talvez ninguém compreenda.

A produtora cultural ficava numa casinha na Vila Madalena, um dos bairros mais descolados da Zona Oeste de São Paulo. Se chamava *Dendê Produções*, e promovia eventos que misturavam arte, ativismo e brasilidade em doses generosas. A fachada era toda grafitada, as portas sempre abertas, e uma kombi amarela estacionada ao lado parecia ter sido decorada por um coletivo de artistas moderninhos.

Quando cruzei o portão, a Flávia já estava me esperando, de vestido estampado, chinelo e um sorriso que misturava orgulho e deboche.

– Olha ela, a fotógrafa *cult* que agora quer um pedacinho do dinheiro público – brincou, me dando um abraço apertado.

– Você faz parecer que eu virei uma *coach* de edital, Flá.

– Não reclama, gata. Isso aqui é cultura, não é crime. Vem, vou te apresentar para o pessoal da curadoria. Eles são exigentes, mas justos. A conversa é informal, fica tranquila. Mas tem que convencer, viu?

Eu a segui por um corredor com paredes cobertas de lambe-lambes antigos, fotos de festivais e frases de resistência estampadas. Lá dentro, uma sala ampla, cheia de tapetes coloridos, sofás vintage e quadros de artistas de todos os cantos do Brasil me recebeu com cheiro de café coado e bolo de milho. Nada daquela frieza corporativa com a qual imaginava. Mesmo assim, meu estômago deu aquele aperto clássico de quem nunca se sentia suficientemente preparada.

Do outro lado da mesa estavam os dois curadores. Ela se apresentou primeiro: Márcia, uma mulher branca mais velha de óculos de aro grosso, cabelos roxos e uma energia expansiva, de quem já viu o mundo e continua curiosa. Ele, Cauê, mais contido, um homem negro com uma camisa estampada de abacaxis e caderninho Moleskine em mãos, tinha aquele olhar analítico que parece te ler antes mesmo de você abrir a boca.

Flávia me deu um olhar de "é agora, vai lá", e se afastou, deixando a sala pra mim.

– Anita, né? – disse Márcia, sorrindo. – A gente viu seu portfólio, muito interessante. Mas a proposta que você mandou... É intrigante, mas diferente do que a gente costuma receber. Fala mais, queremos ouvir da sua boca.

Respirei fundo. Aquela era a minha chance.

– Bom... Sei que, olhando rápido, meu projeto pode parecer fora do escopo – comecei, ajeitando as folhas que tinha impresso, só para me dar alguma segurança. – Não é um projeto sobre festas típicas italianas no Brasil, nem sobre culinária, nem sobre os sobrenomes italianos nas padarias de São Paulo.

Eles riram levemente. Era verdade.

– A proposta que quero trazer parte de um lugar mais invisível da imigração. A herança que a gente não vê nas fotografias clássicas. O que sobra quando as tradições viram só memórias fragmentadas. Quando a identidade vira uma saudade inventada. Quero investigar esse Brasil que nasceu da imigração italiana, mas que muitas vezes não se sente parte nem daqui, nem de lá.

Fiz uma pausa. Cauê anotava sem olhar pra mim. Márcia mantinha os olhos atentos.

– Minha ideia é partir de histórias de descendentes que, assim como eu, nunca pisaram na Itália, mas carregam esse sobrenome, esse fantasma de "ser italiana". Quero confrontar essa fantasia com a Itália real. Fotografar a ausência, o silêncio, os espaços vazios... As pessoas que, mesmo sem mudar de país, sentem-se desterritorializadas emocionalmente. É um projeto sobre solidão, deslocamento, sobre o que resta quando você não se sente pertencente a lugar nenhum.

Vi os olhos de Márcia brilharem. Cauê continuou impassível.

– E como você pretende estruturar isso? – ele perguntou.

– Minha ideia é fazer uma pesquisa curta na Itália, em Como, onde há uma forte ligação histórica com a imigração para o Brasil, especialmente no interior de São Paulo e de Minas, de onde eu sou. Quero criar uma série de fotografias autorais, documentais e sensoriais. Não só retratos, mas também paisagens, espaços urbanos, ruínas... Quero trazer esse olhar brasileiro de quem nunca esteve lá, mas que sempre sonhou com a Itália. E, na volta, apresentar a série em São Paulo, num formato de exposição imersiva. Com fotografias, mas também áudios, cartas... Um convite para o público experienciar esse Brasil que sente saudade de um lugar que talvez nunca tenha existido de verdade.

Silêncio.

Eu engoli em seco. Flávia, no canto, sorria de leve, orgulhosa.

Márcia foi a primeira a falar.

– É uma abordagem nova, ousada. Eu gosto disso. Imigração não é só a parte feliz da herança, das receitas de nona. São essas camadas apagadas das quais ninguém quer falar. Me interessou.

Cauê, mais sóbrio, fez sua observação:

– Entendo sua proposta. Mas precisamos que ela dialogue mais explicitamente com o edital. Você vai precisar costurar isso melhor na apresentação formal. Dar um pouco mais de contexto histórico da migração italiana em Como, e como isso impactou o Brasil contemporâneo, mesmo que a partir da ausência. Seu olhar é autoral, mas o recorte precisa ser claro. Senão vão questionar que é um projeto pessoal demais.

Assenti, anotando mentalmente.

Márcia completou:

– Mas isso não é impeditivo. Pelo contrário. A gente precisa de propostas assim. Que desafiem o formato. Vai por mim, o Cauê é chato, mas ele gosta de ser convencido – ela riu, olhando pro colega. – Manda pra gente o material completo por e-mail pra analisarmos internamente, pode ser?

Eu assenti. Pela primeira vez, me senti... profissional. Como uma artista que sabia o que queria mostrar para o mundo, que podia argumentar, ajustar, lapidar. Saí da sala com a sensação de que, mesmo sem saber o resultado, eu tinha feito o meu melhor.

Alguns dias depois, estava de volta no Copan, quando recebi o e-mail.

Assunto: Aprovado. Projeto "Raízes Invisíveis" contemplado no edital.

Eu mal consegui ler o resto do texto. Só chorei.

Eu ia para a Itália.

6

Quanto mais leve a bagagem,
mais feliz a viagem!

Depois de todo esse tempo sem nem ao menos pensar na possibilidade de uma viagem internacional fazer parte dos meus planos, lá estava eu me surpreendendo mais uma vez com o desdobramento dos acontecimentos. Tudo bem que foi uma ideia arquitetada e executada por mim, mas não conseguia acreditar que meu plano tinha dado certo.

Quantos cartões de memória preciso levar, hein?

Separei todos os acessórios da minha câmera em um canto da escrivaninha que ficava ao lado da minha cama, não queria correr o risco de esquecer nada. Essa era a prioridade. Também deixei ali toda a papelada e meu cronograma de trabalho.

Para arrumar a minha mala, a primeira coisa que fiz foi verificar a temperatura na Itália naquela época do ano. Meu voo estava marcado para o dia dezoito de maio, bem no auge da primavera no hemisfério norte. Descobri na internet que as temperaturas variavam entre 15 e 25 graus – simplesmente o clima mais agradável de todos. Eu ainda teria a chance de ver as flores desabrochando por todos os cantos e sem precisar enfrentar o calor escaldante do verão. Essa era a melhor época do ano para visitar a Europa. Enfim os astros estavam se alinhando para mim de novo.

Lembrei do meu guarda-roupas com várias peças que eu ainda não conhecia, e ao começar a mala, me senti em uma loja de roupas onde tudo era de graça. Nunca tive roupa de grife, mas encontrei dobradinho na gaveta um conjunto de moletom extremamente macio e na etiqueta dizia Versace. 100% algodão. Ele era branco e tinha na estampa elementos barrocos. Com toda certeza, um presente da Camila e da Flávia. Um pouco extravagante e rebuscado para meu estilo, mas combinava perfeitamente com a Itália. E era perfeito para passar longas horas no avião.

Fechei o zíper da mala e ainda sobrava algum espaço. Fiquei orgulhosa de ter terminado sem tanta enrolação. Certamente a playlist com músicas italianas que criei foi o que me inspirou a fazer as melhores escolhas.

Para mim, viajar era uma experiência que começava muito antes da chegada do meu corpo em uma nova cidade, estado ou país. Eu gostava de me preparar com antecedência, pensar até se as cores das minhas roupas combinavam com os cenários que eu iria visitar. Poder viajar assim era um privilégio grande, um respiro no meio da rotina monótona. Sentia que eu precisava fazer durar o máximo possível.

Por fim, como num ritual de uma pessoa ansiosa que quer ter a certeza de que nenhum detalhe fora esquecido, deixei minhas coisas perto da porta na saída do apartamento. A mochila estava pesada, mas não tanto pelas roupas, e sim porque eu estava levando a câmera e todos os outros acessórios. Fiz uma selfie com meu moletom chique e enviei para minhas amigas no nosso grupo avisando que estava tudo pronto para ir.

O voo era noturno, no final do dia seguinte. Passei o dia inteiro pesquisando a cidade que iria visitar, vendo quais eram os pontos imperdíveis e mal acreditando que em 24 horas iria estar naquele lugar que mais parecia uma cidade de conto de fadas. Acabei chamando o carro de aplicativo uma hora antes das quatro horas de antecedência que eu ia sair (Ansiosa? Imagina!). Preferia esperar no aeroporto do que em casa, sinceramente.

Entrei no carro preto e espaçoso – pedi um carro maior, senti que merecia, e o motorista me ajudou a colocar a mala no porta-malas. Sentei e me preparei para os 45 minutos de viagem até o aeroporto de Guarulhos, que nesse ponto já era meu velho conhecido.

Era revigorante a sensação de estar indo para bem longe de tudo que eu conhecia – do jeito clássico e não o maluco-viajante-no-tempo. Um novo país em que eu nunca estive com uma missão diferente.

Não vou mentir. Aquilo tudo era realmente empolgante. Eu estava prestes a me enrolar toda para pronunciar um idioma do qual sabia algumas poucas palavras. Prestes a receber mais um carimbo no meu passaporte. Ainda no táxi, confirmei novamente se ele estava na bolsa.

Pera. Será que os outros carimbos que recebi estão aqui?

As memórias que eu tenho em Paris e Nova York são reais ou tem tanta relevância quanto o filme italiano que assisti mais cedo? Imediatamente vasculhei as páginas do meu passaporte e percebi que elas estavam em branco.

Meu estômago se revirou. Fiquei enjoada. Sabe quando você pensa em algo que não deveria estar pensando e sua mente dá um nó? Fica tudo branco. Um vazio. Então eu não tinha conhecido o Henrique em Paris? Nada daquilo aconteceu?

Claro que não. O Joel nunca tinha sido meu vizinho, nunca tinha me arranjado um trabalho em Paris, muito menos em Nova York. E eu, tendo conhecido o Henrique na faculdade, nunca busquei por ele depois no Facebook, e nunca nos apaixonamos à distância. Minhas viagens internacionais nunca poderiam ter acontecido nessa linha do tempo.

Decidi então que não podia, de jeito nenhum, me deixar dominar por esses pensamentos corrosivos. Senão ia enlouquecer. Respirei fundo, voltando a mim, e o efeito do remédio para enjoo que tomei me ajudou a desacelerar um pouco. Empurrei todos os sentimentos para uma gaveta no fundo da minha mente e a tranquei com força.

Decidi me distrair e me entregar ao entusiasmo de estar vivendo aquilo. O carro me deixou na área de desembarque do Aeroporto, no Terminal 3, e logo me ocupei de despachar a bagagem, passar pela segurança e descobrir qual era o portão que meu voo ia partir.

Esperei cinquenta minutos no portão 324. Depois de um pão de queijo superfaturado, resolvi dar uma volta e olhar a livraria, que também era uma banca de jornal. Uma manchete do *Globo* me chamou atenção, pois falava de uns tais empresários brasileiros que estavam fazendo barulho lá fora. Abri para ler a chamada:

> Discretos e quase desconhecidos no Brasil, Danilo Torres e Cristiano Fonseca comandam área estratégica do governo dos EUA e são apontados como responsáveis por uma revolução tecnológica silenciosa. Europa reage com desconfiança.

E ao lado, na *Folha*, outra reportagem sobre os mesmos nomes:

> Danilo Torres e Cristiano Fonseca ganham projeção global ao liderar setor estratégico na Casa Branca. Avanço tecnológico sob gestão da dupla impressiona potências e reposiciona o Brasil no mapa da inovação.

O que dois brasileiros estavam fazendo causando na Casa Branca? Nunca tive muita paciência para política, embora soubesse que era importante. Preferia deixar esse assunto para quem entendia. Comecei a olhar outros livros quando a aeromoça chamou os passageiros para o embarque. Apresentei meu passaporte e minha passagem e logo estava sentada naquele enorme avião, ao lado da janelinha.

Em alguns minutos, o avião começou a acelerar e se preparou para a levantar voo. O frio na barriga de uma decolagem é sinal de que ainda estamos apaixonados pelo mundo. Eu não queria perder isso nunca, achava bonito demais.

Entre os tipos de viagem que vivenciei nos últimos anos, ficou claro como existem diferentes formas de sentir o deslocamento. Quando eu voltava no tempo, acabava presa a detalhes que já tinham perdido a validade – coisas que talvez fizessem sentido naquela época, mas que hoje não me levavam mais a lugar nenhum. Já ao virar uma esquina numa rua em que nunca estive, embarcar em um novo portão do aeroporto, percebia o poder de deixar o acaso me mostrar qual seria o melhor caminho a partir de agora. Assumir que nem sempre eu deveria seguir o que o GPS dizia, porque existem jeitos diferentes de se chegar no mesmíssimo lugar.

Coisas acontecem ao nosso redor o tempo todo e raramente estamos cientes de tudo – e cada vez menos quando nos sentimos sobrecarregados com as próprias cobranças. Mas em uma viagem, expandimos nossa atenção para os pequenos detalhes e para os acontecimentos ao redor. Quando algo do cotidiano te desperta interesse por alguns instantes, por mais boba e simples que seja a cena, você intrinsecamente aprende a viver de um jeito diferente. Como fotógrafa, o que me chamava atenção no mundo e me fazia querer capturar aquele momento era também um indicativo de quem eu estava me tornando com a passagem do tempo.

No silêncio e nas horas vazias do voo viajando pelo céu, não pude evitar não pensar sobre minhas viagens no tempo. Como desejava mudar mais o presente através do passado do que o futuro através do presente. Era só prestar atenção. A fotografia havia sido minha grande professora: porque eu sempre conseguia enxergar algo brilhante e bom em olhar o passado, mas continuar com os dois pés e a consciência no presente.

As reflexões preenchiam minha cabeça enquanto eu olhava as luzes da cidade de lá de cima. Ver o mundo dali despertava vários sentimentos em mim. Mesmo enfrentando todos os medos para ter coragem de voar em uma lata gigante feita de aço, a meu ver, tal visão do planeta escancarava nossa insignificância e ao mesmo tempo exaltava a importância da nossa capacidade de criar narrativas, de imaginar, de fazer planos, de sonhar e depois de contar tudo isso de novo e de novo. As árvores vistas de cima pareciam grama, os lagos pareciam poças. O mundo que conheço sem mim continuava existindo.

Imaginei se ao voar, essa também teria sido a sensação da Pietra.

Desde que havia decidido procurar a Pietra, tudo que eu fazia era imaginar o que ela estaria sentindo quando decidira largar tudo e começar uma nova vida em outro país. Que coragem e, ao mesmo tempo, que covardia desaparecer do mapa assim, sem ao menos comunicar a decisão. Eu sempre pensei que o desaparecimento de alguém é o pior tipo de morte – e a reação do Joel me provava isso. Porque ao acordar todos os dias, você não consegue se livrar do pensamento de todas as possibilidades que poderiam preencher essa lacuna. O ciclo nunca se fecha, o coração nunca descansa.

Será que a Pietra se envolveu com pessoas erradas e teve uma vida ainda mais triste e solitária? Será que usou a viagem no tempo e as informações privilegiadas para ficar muito rica ao ponto de nem pensar mais no passado? Será que ela foi traficada? *Claro que não, não surta, Anita.*

Eu sempre me perguntei se começar de novo era possível. Como é que a gente apaga tudo que viveu e segue em frente? Existe um jeito de ignorar nossas próprias lembranças ou trancá-las em uma gaveta e nunca mais abrir? Tenho a sensação de que, quanto mais o tempo passa, menos espaço tenho dentro de mim, mais pratinhos tento segurar, e a parte boa de ser adulta e independente me escapa porque estou ocupada demais dando conta de tudo. Começar de novo seria como deixar todos caírem no chão de uma vez só? Só a Pietra poderia me responder isso, mas antes eu precisava encontrá-la.

Desembarquei bem no começo da manhã em Milão. Passei pela imigração e fui até a esteira de bagagens. Esperei com a minha ansiedade habitual, porque sempre tenho certeza de que justo a minha mala vai ser extraviada. Claro que não foi. Peguei minha bagagem e segui para tomar um trem no próprio aeroporto, que levava até a estação central da cidade: uma das maiores e mais impressionantes da Europa inteira.

Eu não queria perder o bilhete comprado com antecedência em hipótese alguma, mas quando cheguei na estação me arrependi por não ter reservado mais tempo para observar sem pressa e fotografar os detalhes daquela mistura absurda de estilos arquitetônicos. Uma hora era muito pouco para décadas e mais décadas de história.

Ao subir a escada rolante até o saguão principal da estação fui envolvida por um abraço caloroso de luz filtrada pelas vastas cúpulas de aço e vidro. O ar parecia vibrar com a expectativa dos viajantes ao meu redor, cada um carregando histórias de amor, saudade, aventura ou a promessa de um novo começo.

Os mosaicos que revestiam as paredes e o chão brilhavam como se fossem joias antigas, contando silenciosamente a beleza da Itália através de suas combinações de cores bonitas e vibrantes. Reparei que os painéis retratavam as paisagens de algumas das cidades italianas mais importantes, quase como cartões postais da época em que a estação foi construída. A placa dizia que foi em 1931.

Caminhar ali era um privilégio e uma tentação. Eram dois níveis repletos de lojas, cafés e restaurantes. Mesmo no vaivém de pessoas falando diferentes línguas, sozinhas ou em grandes grupos de excursão, há um senso quase mágico de conexão no ar, uma compreensão de que todos estão em busca de algo: um lar, um ente querido, uma nova aventura para poder se lembrar de quando a vida estiver difícil. E a estação, com sua beleza grandiosa, era o nosso ponto de partida nessa jornada.

Enquanto tentava descobrir qual a direção certa para embarcar no trem que ia rumo a cidade de Como, coloquei meu fone de ouvido e dei play em uma seleção de músicas que fiz para momentos como aquele. Ao ouvir as primeiras notas da *Sonata para Piano em Dó Maior*, de Mozart, meu coração começou a bater num ritmo diferente. Senti a euforia tomar conta de mim da pontinha do pé até o último fio de cabelo. Os menores movimentos do meu corpo ao caminhar e olhar em todas as direções pareciam fazer parte de uma dança que ninguém mais conseguia perceber. Imediatamente minha vida se transformou em um filme e me lembrei de como era me sentir a protagonista de uma história boa, prestes a se jogar de olhos fechados no completo desconhecido.

Eu não dava muita bola para música clássica porque cresci em uma casa onde não se escutava esse estilo com frequência, mas acho que fiquei inspirada pelo meu ensaio na Sala São Paulo. Se algum dia você pisar na Itália ou estiver prestes a viver um momento em que é preciso um pouco de coragem para seguir em frente, nada muda a passagem do tempo de uma forma tão sutil quanto a música clássica.

Antes de embarcar, passei em uma loja e comprei um chip da operadora local para poder me comunicar com o Brasil. Fui até a plataforma indicada no meu bilhete, encontrei meu assento e pontualmente, às duas e treze da tarde, o trem partiu. Ainda bem que tinha chegado quinze minutos antes.

Pouco mais de uma hora depois de uma viagem totalmente cênica pelo interior da Itália, eu estava puxando minha mala com a ajuda das rodinhas nas calçadas de pedra da cidade de Como, indo em direção ao hotel que eu acidentalmente chamaria de casa nos dias seguintes. Faço isso toda vez. Virei a esquina numa ruazinha e logo encontrei a fachada do meu hotel. Não era nada luxuoso, mas bastante confortável e bem localizado. Perfeito para descansar à noite e começar novamente minha busca na manhã seguinte e claro, fotografar.

Cumprimentei o simpático moço de recepção, falando em inglês a maior parte do tempo – o que não foi um problema. Com um pouco de paciência e um sorriso gentil no rosto, sinto que o idioma deixa de ser um obstáculo nesses lugares turísticos, ainda mais quando você está prestes a pagar por um serviço. Quando entendi isso, parei de ter medo de viajar sozinha por aí.

Ao entrar no quarto, desdobrei um panfleto parecido com aquele que tinha encontrado no armário da Pietra na UFJF. A lembrança daquele papel me deu uma pista do possível primeiro endereço dela no país, talvez o ponto de partida. Mas é claro que não dava para ter certeza de nada, porque isso foi há bastante tempo. Ela poderia facilmente ter se mudado dali. Com um pouco de sorte eu poderia conhecer alguém que conheceu alguém que um dia a conheceu.

Meu plano secreto que estava prestes a ser executado consistia em fotografar as cidades pitorescas nas redondezas do lago e seus habitantes, cumprindo a minha proposta de pesquisa artística, e aproveitar minhas andanças para buscar informações sobre a Pietra. Isso sem falar *nada* de italiano. Além daquele papel antigo, o que eu tinha em mãos era uma foto dela no final da adolescência e um retrato digital que a polícia gerou imaginando como ela teria envelhecido, como seria no presente depois de tantos anos desaparecida. Encontrei essa imagem vasculhando informações sobre a Pietra na internet.

Nessa busca, acabei me deparando com alguns posts e homenagens de familiares nas redes sociais lamentando a sua partida. Visualizei novamente o feed do Joel e voltei pelos acontecimentos compartilhados da vida nele nos últimos anos. Ver aquela angústia resumida em uma legenda ano após ano me deu ainda mais coragem para tentar encontrá-la.

Nos dias que antecederam a viagem fiz algumas pesquisas para entender um pouco mais sobre como funciona o turismo e toda a logística para se locomover sozinha na Lombardia. Encontrei vários blogs na internet com dicas de roteiros para poucos dias, recomendações de restaurantes que valem a pena e até os melhores lugares para ensaios fotográficos. Por mais que meu blog tenha me permitido viajar no tempo, bagunçando minha vida pra sempre, ainda era boa a sensação de entrar em uma página e ler alguém contando abertamente, como num diário público, o que fazer ou não em uma viagem. Como lidar com um término difícil. Como conseguir fazer em si mesmo o delineado perfeito em poucos segundos. Possivelmente, passei grande parte da minha adolescência, mais tempo do que eu gostaria de admitir, lendo sobre a vida de outras pessoas na internet e foi assim, através de uma publicação, que meu caminho esbarrou no da Pietra. O tempo todo eu ficava me perguntando de quem foi a ação que gerou o efeito borboleta e que causou tudo isso.

***

O elevador ficou com o cheiro floral e frutado do meu perfume quando saí apressada pela porta, debruçada na tela do celular para saber qual era o sentido certo para chegar no centro. Esbarrei sem querer em um senhor e pedi desculpa em francês porque foi o primeiro idioma que meu cérebro conseguiu entregar na hora.

O que é isso? Eu não estava na França. Nem falo francês.

Não deu tempo de ver o seu rosto, mas ele respondeu com um sussurro que nem consegui entender direito. Eu podia estar distraída, mas senti uma sensação estranha de que alguém me observava. Quando me virei, o elevador já tinha fechado outra vez. Toda vez que eu saía de casa com a minha câmera no pescoço, era como se o meu corpo estivesse finalmente completo. Eu falei casa? Do hotel. *Risos*.

Voltando à câmera, eu enxergava aquela lente como uma extensão de mim mesma, então naquela cidade era confortável saber que eu poderia simplesmente andar com ela para qualquer canto sem me preocupar com o risco de um. Na Itália eu era oficialmente uma turista, também uma fotógrafa-pesquisadora e para ser honesta bem lá no fundo eu me sentia secretamente uma espécie de detetive investigando o paradeiro de uma pessoa misteriosa.

Decidi jantar em um dos restaurantes recomendados pelo blog que eu mais gostei. Afinal de contas, estava na Itália, e comer era uma das coisas que eu mais estava animada para fazer. Quantas comidas maravilhosas não vieram daqui: massas, pães, pizza, lasanha... Eu precisava saber se a comida dali era tão boa quanto diziam.

E era. Mil vezes era. A cremosidade do risoto de limão siciliano, finalizado com um toque de raspas de laranja, ainda dançava na minha língua quando pedi a conta e finalizei o pedido com um autêntico cappuccino italiano. Eu mal podia acreditar que ia comer daquele jeito, com tudo pago, por vários dias.

A barriga cheia e o efeito do *jet lag* teimavam em deixar minhas pálpebras pesadas. Quando dei o primeiro gole do cappuccino, uma névoa de cansaço competiu com a empolgação que insistia em descartar a possibilidade de voltar para o hotel e descansar. Meus pés, já inquietos de ansiedade, imploravam para desbravar as ruas estreitas de paralelepípedos, ansiosa por registrar cada detalhe daquela realidade tão diferente da minha em São Paulo. No final, o cansaço venceu, movido pelo argumento que conhecer a cidade pela manhã seria ainda mais emocionante do que a noite. Voltei para o hotel, me joguei na cama fofinha e em nem dez minutos já tinha caído no sono.

***

A seriedade do motivo que me trouxe para tão longe de casa se escondia em algum canto da minha mente, mas era a fascinação pura, quase infantil mesmo, que motivava meus primeiros passos em Como. Minhas bochechas até doíam um pouco pelo sorriso constante oferecido a todos que passavam por mim, enquanto meus olhos curiosos capturavam fachadas coloridas, o elegante burburinho em italiano e a luz da manhã nas folhas das árvores. Que sorte a minha ser uma espectadora daquela vida que acontecia sem pressa ao meu redor enquanto ia registrando tudo com minha câmera.

Click.

De longe, vi um casal se beijando em uma mureta baixa de pedras musgosas que dava para o Lago de Como, que naquele momento tinha águas calmas, cristalinas e azul-esverdeadas. Deslizando os dedos em volta da lente para dar o zoom, registrei o gesto respeitando a privacidade deles e daquele momento tão íntimo, mas ao rever o que capturei no visor da câmera, a cena me trouxe algumas lembranças e uma constatação que ainda não havia feito devido a euforia da viagem.

Todos os momentos que vivi com o Henrique não existiam mais naquela realidade, assim como as fotos que tiramos juntos. Meu interior se contraiu porque sabia que era uma questão de tempo até perder todos os detalhes dos nossos encontros apaixonados em Paris. Ainda mais porque eu não tinha contado para ninguém e agora, se contasse, pareceria uma fantasia da minha imaginação.

A química entre nossos corpos, os passeios dividindo a mesma bicicleta enquanto nos movimentávamos pelo mundo como um só, o gosto doce dos lábios dele pressionando os meus enquanto nos beijávamos sob o sol que se despedia para a torre finalmente começar a iluminar a cidade luz.

Pode parecer ingenuidade de quem levou anos para enxergar o amor como uma possibilidade real dentro de uma amizade tão antiga, mas cheguei a acreditar que eu mesma conseguiria moldar as circunstâncias para que nenhum mal-entendido ficasse no caminho dos nossos sentimentos.

Quando descobri que meu melhor amigo tinha sentimentos secretos por mim, fiz de tudo para olhar de volta do mesmo jeito na hora certa. A questão é que todo relacionamento saudável na vida adulta precisa de duas pessoas querendo a mesma coisa. Não apenas isso, elas precisam querer a mesma coisa e ao mesmo tempo. Se aquela versão do Henrique de fato me queria quando finalmente ficamos juntos, era óbvio que ele queria muitas outras coisas também.

Eu me tranquei para fora dessa relação por conta própria desde a última vez que nos vimos, no hotel em Nova York. Na vida que ele construiu sem nossa amizade, o amor dele por mim não era prioridade. O que por si só já desequilibrava as coisas, porque independentemente da linha do tempo, ao menos até aquele momento, o Henrique sempre fora prioridade para mim. Como amigo, como cúmplice e depois das minhas descobertas, como meu grande amor.

Ele era a minha pessoa, mas devido às circunstâncias, eu tinha sido só mais uma paixão momentânea que havia acabado de conhecer e provavelmente algum tempo depois me transformaria em assunto em uma roda de bar entre amigos. Convenhamos, ainda pior: nem isso.

Mesmo com um desfecho diferente do que planejei, secretamente me confortava saber que em alguma linha do tempo perdida, vivemos aqueles momentos juntos. Mas, honestamente, eu não era mais a narradora confiável da minha própria história. Só carregava os sentimentos. E eram muitos. Como infinitas abas abertas dentro de mim.

Acho que reencontrar a versão mais nova do Henrique mexeu comigo de um jeito que não estava pronta para admitir. Meu amor por ele, ora como paixão ora como amigo, espiralava em uma confusão nauseante dentro de mim. Eu sentia falta de beijar o Henrique ou de simplesmente poder falar sobre todas as coisas sem me preocupar com o que aquilo significaria?

Suspeito de que quando algo inesperado e genuinamente transformador acontece, como conhecer a Itália, por exemplo, temos o ímpeto de contar nossa descoberta mais recente para quem amamos e, no meu caso, na sequência, lembrar que essa já não era uma opção.

Por outro lado, ao me permitir conhecer e estar sozinha em lugares tão surpreendentes quanto os que visitei com o Henrique no passado, também fortalecia dentro de mim a confiança de que o amor romântico não era a única forma de continuar querendo me movimentar pela vida. De aprender a buscar outros finais para mim já que o final feliz não foi ali.

Sabia que tinha muita coragem para sentir e viver tudo que quisesse viver, eu só precisava encontrar o jeito certo. Se conseguisse concentrar toda essa energia para me dedicar à outras áreas da minha vida, muito provavelmente eu teria mais do que um coração partido e uma coleção de encontros fracassados com caras que aparecem e desaparecem como fantasmas.

Olhando para trás, sobretudo estando em um outro país, dava para ter uma nova perspectiva das coisas. Veja bem, meu trabalho também me deixava empolgada. As pessoas gostaram de ver minhas fotos na exposição. Estar com a Flávia e a Camila era fácil, leve e divertido. Meu sobrinho era a criança mais fofa que eu já conheci e eu faria qualquer coisa por ele. E eu tinha um papel importante ali, tentando encontrar e salvar uma pessoa desaparecida há anos. Todos esses novos acontecimentos foram abrindo espaço e ventilando um cômodo que ficou fechado por meses em meu coração.

Estava descobrindo como fazer minha vida ser interessante para mim mesma e era surpreendentemente mais fácil, natural e intuitivo do que tentar encaixá-la na vida de alguém. Parece óbvio, eu sei, até acontecer com você.

Será que bebi muito café?

Ali eu já estava começando a aceitar. A beleza da Itália me presenteava com essas epifanias a respeito da minha própria vida. Nada ali era sobre mim, mas tudo me provocava de alguma forma. Toda vez que um pensamento me levava para longe, coisa que acontecia praticamente o tempo todo comigo, um dos meus cinco sentidos me trazia de volta para o meu próprio corpo. Para o presente. Nenhum ansiolítico tinha tal poder de ação tão instantâneo.

O aroma delicioso das trattorias preparando massas frescas, o perfume de peixe fresco grelhado vindo das cozinhas ou as árvores carregadas de flores que nunca tinha visto antes. Sozinha e com os meus próprios pés, queria atravessar todos os becos e vielas, ver todas as roupas secando e balançando com o vento nos varais, para então perceber que fui parar numa pequena e charmosa praça ocupada por pessoas e garçons falando alto, mas não ao ponto de abafar os sinos de igrejas que tocavam ao fundo anunciando o início de uma nova missa.

Tem algo significativo em estar em um lugar tão preservado e cheio de história, que permaneceu praticamente igual mesmo com a passagem do tempo. Enquanto eu tentava enquadrar tantos detalhes em uma foto, tive a sensação de que todo o peso que carregava não tinha tanta importância assim. Porque eu não viveria para sempre. Porque aquele lugar continuaria existindo independentemente de mim.

***

No final de cada dia eu abria meu notebook e organizava todo o material produzido. Era uma atividade quase terapêutica separar e editar a primeira seleção daquelas fotos. Os meus cliques favoritos eram enviados por e-mail para os curadores, para Flávia e a Camila, que acompanhavam empolgadas minhas primeiras descobertas na Itália. Também nos falávamos por chamada de vídeo sempre que possível porque elas faziam questão de saber os mínimos detalhes dessa experiência.

– E aí, amiga, você já conheceu algum italiano gato e narigudo? – começou Flávia. – Eu quero que você volte pra casa com uma história pra inspirar a Cami a escrever o próximo livro que vai virar filme depois, tá?

– Para uma mulher que gosta de mulheres você está muito preocupada com os homens da minha vida, hein, dona Flávia? – retruquei.

– Ué, eu não vivo os dramas na minha vida, tenho que viver na vida de outra pessoa! Cadê o meu *Comer, rezar e amar* da vida real, Anita?

– Ai, amor, o cara nesse filme nem era italiano, era brasileiro. Colocaram o Javier Bardem com sotaque e nós brasileiras fomos obrigadas a engolir isso sem reclamar – interveio Camila.

– Eu jamais reclamaria do Javier Bardem na minha TV – provocou Flávia. – Falando nisso... Vocês não sabem da fofoca que eu descobri um dia desses. Na vida real, a autora terminou com essa cara que inspirou o personagem Felipe e assumiu um romance com a melhor amiga, a Rayya Elias. A vida sendo muito mais complexa e interessante que a arte, como sempre – Camila completou.

Demos muitas gargalhadas pelos motivos mais questionáveis do mundo. Como era sempre mais tarde na Itália, eu entrava madrugada adentro conversando com elas.

Ao deitar, minhas pernas formigavam. Não chegava a ser incômodo. Era uma sensação gostosa perceber que, além de ter conhecido muitos lugares, tinha histórias para contar. E tudo fazia mais sentido quando podia compartilhar tudo isso com minhas amigas.

***

Na manhã seguinte, decidi comprar o bilhete diário da balsa que me permitia visitar várias comunas no mesmo dia. Fiz uma lista me baseando na densidade de cada destino, priorizando as mais turísticas e povoadas. Levei comigo um envelope com a foto da Pietra impressa junto com o meu número de telefone local. Fiz uma arte no Photoshop e pedi ajuda para o recepcionista do hotel, que não entendeu muito bem por que eu precisava de tantas cópias daquela foto, mas disse que adicionaria o custo da impressão ao valor a ser pago quando fosse embora.

Eu queria colocar esses cartazes em pontos estratégicos, como no embarque e desembarque dos terminais. Ali o fluxo de turistas era intenso o dia todo.

Quando chegou minha vez na fila da balsa, mostrei a foto para uma das atendentes. Sei que era quase impossível se lembrarem do rosto de todos que passavam por ali, pois essa é uma das regiões mais turísticas do norte da Itália, mas se Pietra morava na região, provavelmente elas a teriam visto algumas vezes.

Tentei explicar em inglês o motivo de eu estar procurando a pessoa da foto, mas a atendente não entendeu muito bem. Respirei fundo e voltei com o Google Tradutor. Ela olhou para mim com cara de confusa, e fez que não com a cabeça. Então perguntei se poderia deixar a foto colada junto com os outros cartazes e anúncios da estação, e ela balançou os ombros como se não fosse da conta dela. Entendi como um: "Se quiser, coloque. Talvez alguém da empresa tire, mas vou fingir que não vi nada".

Essa é uma vantagem das línguas derivadas do latim. Parece que de alguma forma a gente consegue se comunicar, mesmo sem entender tudo. Continuei fazendo isso por algumas estações adiante, até que parei para descansar e apreciar o finalzinho da tarde em Menaggio.

***

No começo do dia seguinte eu caminhava por uma passarela estreita à beira do Lago de Como, em Varenna. Quando pesquisei sobre aquela comuna, que já foi uma vila de pescadores, aprendi que chamavam aquele percurso inicial – que interligava o cais de desembarque dos turistas ao centro da cidade – de *Passeggiata degli Innamorati* ou o Passeio dos Apaixonados. Nome justo. Mas nas avaliações da internet ninguém me avisou que atravessá-la daria mesmo o tal friozinho na barriga. Não do tipo romântico, mas do tipo "Meu Deus, será que isso está bem preso aqui?".

A passarela se agarrava à encosta como se estivesse tentando não cair no lago, e as grades avermelhadas contrastavam com todos os tons de verde da vegetação. A perspectiva de quem caminhava por ali era impressionante porque era possível ver o lago, as montanhas e a natureza invadindo os arcos, especialmente para emoldurar as paisagens. Lá embaixo, a água batia suavemente nas pedras que, por sua vez, ditavam cada curva do trajeto moldado por elas, feito por centenas de turistas.

Em alguns pontos estratégicos do caminho construíram bancos de concreto. Assim os turistas podiam descansar, deixar suas coisas e registrar o momento com uma selfie. Sempre que via alguém se esforçando para conseguir registrar o momento sozinho ou casais apoiando o celular em algum canto com o timer ativado, eu me oferecia para ajudar. Sei bem o valor que tem um registro no retorno para casa. Para contextualizar a todos que não tiveram oportunidade de estar ali.

Eu tentava andar devagar, mas o meu olhar corria para todos os lados, a câmera da lente ia junto. Ao mesmo tempo que me sentia livre e segura com minha câmera, muitas vezes tinha a sensação de que alguém também me observava. Provavelmente um hábito de quem vive em uma cidade grande do Brasil.

No meio do caminho, encontrei um artista de rua tocando violino. Parei por alguns minutos, encantada, deixei umas moedinhas na caixa e segui em silêncio, percebendo a trilha sonora ficar cada vez mais baixa e distante. Em certos trechos, a trilha passava por túneis escavados direto na rocha. Meus olhos demoravam uns segundos para se adaptar – da luz branca e aberta do lago para o escuro fresco da pedra. Era como atravessar cenas diferentes de um mesmo filme, mas cada uma com uma paleta de cores nova.

Bzzzzzz. O celular vibrou no bolso do meu casaco.

Pendurei a câmera no pescoço e atendi, mas do outro lado da linha falavam italiano e eu entendi apenas algumas palavras.

Será que alguém tinha visto meu anúncio e sabia do paradeiro da Pietra?

O plano era bom, mas e agora? Pedi para a pessoa repetir tudo, mas comecei a gravar a chamada usando uma função do meu celular. Depois, já no hotel, com a ajuda do Google Tradutor e do meu notebook, fui traduzindo frase por frase pacientemente.

O nome dela é Filipa.

É a única coisa que me lembro. Estive no Lago de Como com a minha filha há alguns anos, e lembro que fechamos um pacote com uma empresa que oferecia passeios personalizados na região. Não tínhamos muito tempo, então achamos que valia a pena o investimento. Filipa nos acompanhou por dias, sempre muito profissional, gentil e cativante.

Trouxe não apenas as informações óbvias, mas curiosidades históricas e ainda sabia tudo sobre arquitetura. Encantadora! Fez com que aquelas férias se tornassem simplesmente inesquecíveis.

O nome da empresa é Chiara alguma coisa… Chiara Lake Como. Isso!

Eu nem acreditava que meu plano dos cartazes tinha dado certo. Imediatamente pesquisei na internet e encontrei o site com mais informações da tal empresa. Não tinha fotos dos guias para confirmar, nem mesmo no Instagram, mas decidi seguir a pista. Copiei o endereço que ficava no rodapé da página e vi pelo mapa que ficava no centrinho de Bellagio mesmo. Conclui que aquele seria o meu destino na manhã seguinte.

Enviei as melhores fotos tiradas do dia para a Flávia mostrar para o pessoal da produtora, dei notícias para minha mãe que perguntou se eu poderia trazer um perfume de uma marca italiana para ela e na sequência recebi fotos fofas do meu sobrinho com o presente que eu havia dado para a Luiza. Decidi dormir mais cedo para acordar e pegar a primeira balsa para Bellagio.

***

Quando cheguei no endereço, a agência ainda estava fechada. Era cedo demais. Preciso confessar que os horários do comércio na Itália permaneceram confusos para mim por um tempo, mas eu não tinha pressa e estava a três minutinhos de um dos lugares que já faziam parte da minha lista de lugares icônicos em Bellagio: a Rua Salita Serbelloni.

Fui subindo a ladeira sem entender muito bem por que aquele trecho, entre tantos outros na Itália, era considerado um dos mais fotografados. Parecia só mais uma ruazinha estreita, charmosa, claro – como quase tudo que tinha visto até então, mas quando cheguei ao ponto mais alto... UAU!

Era como se todos os clichês que a gente guarda sobre a Itália – as flores nas janelas, as paredes coloridas, o cheiro de café, a luz dourada que parece filtrada por séculos de história – tivessem resolvido se reunir ali, naquela única cena. Não de um jeito aleatório. Era harmônico, simples, artístico, delicado, complexo... perfeito! Das cores das placas, dos toldos dos restaurantes até o detalhe das arandelas. Me emocionei de verdade.

Vi um senhorzinho de cabelos brancos subindo com dificuldade, meu ímpeto foi de tentar ajudar, mas vi que aquele caminho era rotineiro para ele, que carregava um pacote de pão em um braço e se apoiava em uma bengala no outro.

Como era bem cedo, a rua ainda não estava invadida por turistas com câmeras penduradas no pescoço e mochilas maiores que eles mesmos. E foi aí que aprendi minha primeira lição sobre fotografar lugares famosos e traduzir sua essência: sempre acorde antes da multidão. Enquanto todo mundo está no café da manhã do hotel ou tentando descobrir qual é a balsa certa, você ganha a luz perfeita, a rua só pra você e, de brinde, a sensação de ter descoberto um segredo – mesmo que o Instagram já tenha contado pra meio mundo.

Não sei se o tempo passou mais rápido ou se eu me distraí mais do que deveria tentando fotografar a rua de todos os ângulos possíveis, até os mais improváveis. Quando voltei para o mundo real e tirei os olhos de perto da câmera, percebi que as lojinhas de presente estavam abrindo e soltei um gritinho de empolgação. Aquilo só podia significar uma coisa: a agência de turismo também devia estar prestes a abrir.

Desci pela ladeira, fazendo o mesmo caminho de antes, só que a passos mais rápidos, sentindo a gravidade trabalhar a meu favor. Foi quando, ainda do alto, vi algo que me fez parar.

Ela estava lá. Vindo na direção oposta.

Uma mulher loira, de cabelo ondulado e esvoaçante. O sol parecia saber, iluminando-a como se houvesse um holofote só nela. Pietra caminhava com fones de ouvido e óculos de sol sem nem perceber ou parecer se importar se estava sendo observada. Parecia distraída.

Num impulso, me aproximei.

– Pietra?

Os olhos dela se arregalaram por trás dos óculos, apenas por um segundo, e ela tentou disfarçar.

– No... Scusa... Mi chiamo Filipa.

– Não... – olhei novamente para foto dela adolescente, o formato do rosto era o mesmo e os olhos também. Um azul inconfundível. – É você! A gente se conheceu. Você não lembra? Na minha festa de formatura. Você estava com seu pai, que era amigo do meu. Em Imperatriz.

– Probabilmente mi confondi con qualcun altro, la mia faccia è molto comune. Scusa!

Insisti porque percebi um sotaque brasileiro escondido ali no meio daquela frase em italiano, e porque eu sabia. Sabia que era ela.

– Você consegue me entender, não consegue? Eu sei que entende português. Sei que talvez agora seu nome seja esse, mas você também é a Pietra que estou procurando. Um dia você foi.

– Não – ela aumentando o tom de voz, mas entregando que sim, pois ela falava português. E então, continuou... – Que papo doido é esse? Estou atrasada e não gostaria de continuar essa conversa. Não te conheço e você também não me conhece.

E ela saiu andando depressa e sumiu na multidão de turistas. Mas agora eu já sabia o suficiente para conseguir encontrá-la de novo, só precisava convencê-la a não ter medo de me contar toda a verdade. Fiquei esperando na porta da agência de turismo. Mais cedo ou mais tarde ela voltaria.

Sentei-me num café que ficava do outro lado da rua, e não desgrudei o olho da janela até ela surgir novamente se equilibrando de salto nas ruas de pedra.

– Pietra... Quero dizer, Filipa! Tudo bem. Eu sei que você não quer falar comigo, mas a gente pode sentar ali e ter uma conversa? Eu vim de muito longe e queria conversar. Imagino o motivo de você não querer se abrir para uma completa estranha... Mas... se eu te disser que... eu também... – diminuí o volume da minha voz – Eu também viajo no tempo...

Nesse instante ela ficou pálida, mais pálida do que já era.

– Me chama só de Filipa a partir de agora, por favor. Seria muito estranho se alguém que me conhece aqui ouvisse você se referindo a mim como Pietra.

– Claro. Desculpa. E desculpa também por ter espalhado uma foto sua na cidade toda. Eu estava desesperada.

– Foto? Você espalhou uma foto minha nas ruas de Bellagio?

– E talvez em outras comunas em volta do lago também... Mas calma, fica tranquila, ninguém presta atenção nessas coisas. E tem um motivo. Eu te explico tudo... É uma longa história, mas ela definitivamente não começa aqui.

Ela pareceu irritada. Tive a sensação de que Pietra sendo Filipa era uma pessoa ainda mais reservada. Quando falei da foto o tom de voz dela mudou. Era como se ela não gostasse desse nível de exposição.

– O que você quer de mim, hein? Como você conseguiu me achar aqui?

– Eu... Hmmm...

Foram dias criando um plano para conseguir chegar exatamente naquele momento, estar frente a frente com a irmã desaparecida do Joel, a menina que vi por poucos segundos na minha formatura, mas a verdade é que não pensei muito bem em como eu começaria aquela conversa. Não tinha um discurso pronto na cabeça porque aquela situação era estranha e absurda de qualquer ponto de vista. Não tinha um jeito certo de abordá-la. Era uma viajante no tempo ferrada da cabeça apontando o dedo para outra viajante no tempo que fugiu de tudo para morar na Europa.

Depois de conhecer a Itália? *Sem julgamentos.*

Eu só queria entender os motivos dela. É claro que tinha a empatia por saber o quanto o Joel e o pai dele sofreram, mas nesse momento, minha maior necessidade era entendê-la e ser entendida por ela, descobrir o que a fez ser tão fiel a sua decisão de mudar tudo e nunca ter voltado atrás com o seu plano de desaparecer do mapa.

– Vai logo, me diz. Quem é você?

– Bom... – respirei fundo e deixei as palavras saírem da minha boca da forma mais honesta que consegui. – A versão curta da história toda é que eu comecei a viajar no tempo há dois anos, por meio de um blog de adolescência. Tentei mudar e consertar tudo o que eu via de errado na minha vida, mas... Obviamente tudo deu errado. Então decidi parar de viajar.

Ela me olhava atentamente, mas até ali não parecia surpresa com a minha confissão.

– Enquanto retomava minha vida normal, seu irmão, o Joel, apareceu. Tivemos um lance, ou quase isso, mas entendi que ele só estava sendo bacana comigo porque queria minha ajuda para encontrar você. Foram anos acreditando que você tinha desaparecido, morrido, até ele encontrar seus diários, o blog e chegar até mim. Outra viajante no tempo. A única pessoa que poderia mudar o jeito que as coisas aconteceram para você. Levei um ano, mas decidi ajudá-lo.

Ela piscou algumas vezes, como se estivesse tentando reorganizar os pensamentos, engolindo em seco. Continuei.

– Quando estive novamente na UFJF, para o momento que você escreveu aquele rascunho, tentei te encontrar. Fui em busca de pistas, abri seu armário. Aliás... Meio errado. Me desculpe por isso. Sei que eram suas coisas e eu não tinha permissão para sair mexendo nelas. Mas estava desesperada. Achei o comprovante da sua passagem escondido no maço de cigarro, junto com um panfleto de Bellagio. Fui até o aeroporto, mas não cheguei a tempo. Não consegui te impedir de embarcar – suspirei. – E com tudo essa confusão, esqueci de devolver os diários para o mesmo lugar. Então, agora, Joel ficou sem saber das viagens no tempo, sem encontrar o seu blog. Nessa realidade, ele acha que você morreu. Mas eu sabia que não, e acabei ficando com a missão de encontrar você, sozinha.

Pietra soltou o ar devagar, quase imperceptível, como se apenas então se permitisse um instante de alívio. O segredo dela estava guardado comigo, e Joel já não tinha mais nenhuma pista do paradeiro dela.

– Não acho que você teria conseguido me convencer de não vir pra cá. Se tivesse ficado no Brasil, vivendo em Juiz de Fora naquela bagunça que fiz com minha vida, provavelmente não estaria mais aqui, nem lá, nem em lugar algum.

Lembrei de todas as palavras no diário que eu li e reli, em tudo que ela tentou fazer, no sofrimento nas relações com a família e o isolamento em relação ao mundo.

– Eu imagino o peso de lidar com todas as consequências, você era tão nova… Por outro lado, não posso deixar de contar que o seu irmão viveu uma vida miserável tentando te encontrar. Sua decisão teve um impacto enorme na família toda. Seu pai…

– Olha, sei que parece egoísmo da minha parte, mas eles não são mais problemas meus. Assim como escolhi não continuar sendo um problema para eles. Você precisa entender que a vida era um inferno quando eu estava perto. Para eles, para mim, para todo mundo. Se eu continuasse lá provavelmente eu não estaria viva. Então, estar aqui ainda é melhor do que não estar em lugar algum.

– Mas você poderia ter entrado em contato com eles algum tempo depois, não? Pelo menos para dizer que escolheu seguir assim. Somos adultos. A nossa vida nos diz respeito mais do que para qualquer outra pessoa, então você pode fazer o que quiser, mas pelo menos sem deixá-los com essa incerteza.

– E você realmente acha que eles não teriam vindo pra cá me impedir de fazer o que eu queria fazer? Poderiam me denunciar para a polícia, receita federal, sei lá. Eles teriam como acabar com o meu plano se quisessem, e tenho certeza de que fariam isso sem nem pensar duas vezes.

– Pie.. Filipa. Eles são sua família. Só querem estar perto de você.

– Bom, quando eu estava por perto, os dois faziam questão de me fazer sentir como um lixo. Todas as vezes que tentei mudar algo, as coisas só se tornaram ainda mais catastróficas e, no fim das contas, ninguém parecia feliz.

– Você diz durante as idas e vindas das viagens no tempo? – perguntei.

– Sim. No começo essa coisa toda de viajar no tempo me pareceu divertida. Um privilégio. Você se sente especial por ter a oportunidade de consertar seus erros, até que você entende que eles não são o único problema. – Ela deu um sorrisinho meio irônico. – Pelo jeito, você entendeu isso também.

Ela continuou falando enquanto gesticulava muito com as mãos.

– Esses malditos erros continuavam acontecendo o tempo todo. Só que cada vez de um jeito diferente; então, eu tinha que voltar e mudar tudo de novo. Reaprender a ser uma nova versão de mim mesma e aceitar o fato de que as pessoas importavam cada vez menos. Quanto mais mudava, mais precisava mudar.

A voz dela soava mais baixa, quase quebrada em alguns trechos. Como se palavras tão antigas precisassem de coragem para serem ditas em voz alta. Enquanto falava, olhava para algum lugar além de mim – talvez para um passado distante que tinha sido ignorado, mas ainda doía.

– Mas no fim é tudo sobre as pessoas, não é? – perguntei baixinho.

– Naquela época eu não sabia que consertar um erro tem mais a ver com reagir diferente na vez seguinte do que simplesmente não me permitir errar. Acho que levei anos para aprender a reagir diferente. Não foi voltando no tempo, foi deixando ele passar por conta própria.

Era estranhamente reconfortante ouvir aquele desabafo. Por mais que fossem relatos difíceis, parecia que ela tinha arrancado as palavras do meu coração. Porque eu, a um Atlântico de distância, estava chegando às mesmas conclusões. Ouvindo a Pietra falar, minhas questões deixavam de ser uma falha secreta e algo se rearranjava dentro de mim. Era diferente enxergar minhas dores por outro ângulo. Meu sofrimento também foi ganhando contornos diferentes – menos como um fardo e mais como um elo.

Eu me sentia cravada naquela conversa.

– Eu te entendo. Mais do que você pode imaginar. – Ela apenas me olhou. – Mas por que você não voltou e tentou reescrever sua história mais perto da sua família?

– Porque tudo lá estava meio... contaminado. Aquelas pessoas me conheciam e ao mesmo tempo não conheciam, ou só conheciam uma parte minha que nem eu tinha mais acesso. Em um determinado momento eu sentia que não fazia mais parte do meu próprio grupo de amigos, depois da minha faculdade, da minha família, da minha própria vida. Ao invés de fugir para o passado como eu fiz algumas vezes, decidi fugir para outro país. Para cá. Olha esse lugar, né?

Olhei em volta. Fazia um dia lindo. Dava para escutar o burburinho de turistas felizes caminhando na rua, encantados com a cidade. Eu sorri.

– Sim. Essa viagem tem sido surreal para mim. Entendo totalmente sua vontade de nunca mais ir embora, mas... você foi corajosa. Meu peito fica apertado só de imaginar a vida continuando sem mim lá no Brasil. – Estava intrigada e curiosa para continuar ouvindo cada palavra que saía da boca dela.

– Olha, essa foi uma parte da minha vida que escolhi não acessar de propósito e só estou me abrindo com você, uma desconhecida, porque... – ela gaguejou, mas continuou falando – eu quero que você entenda os meus motivos aqui e me deixe seguir a vida que eu escolhi ter. Sei que família é uma parte importante na vida das pessoas, mas isso não é uma regra. No meu caso, para ser quem me tornei, essa pessoa que você está conversando agora e que tem uma vida tranquila e feliz, eu precisei me afastar deles. Eu não pedi para nascer. Não devo nada a ninguém.

– Não, não é isso! Eu não quero te tirar daqui, eu... Desculpa, não deveria ter perguntado isso. Sei que você tem seus motivos, eu só queria... te entender.

– Falar sobre isso depois de tantos anos? É como se eu estivesse falando sobre outra vida. Uma vida que parece não existir mais.

Eu me identifiquei com o que ela disse sobre escolher não acessar certas partes da própria memória porque em uma escala menor, porque foi exatamente isso que fiz no ano anterior. Ao focar toda a atenção em uma área específica da minha vida, sobretudo em meu trabalho, deixei todo o resto em segundo plano. Paralisado. Inacessível até para mim mesma. O que vivi com Henrique em Paris não fez meu coração quebrar ou parar de bater de vez como senti quando nos despedimos, mas certamente mudou o ritmo de tudo. Ao invés de pensar nele e deixar a paixão me guiar nas decisões precipitadas, me ocupei em segurar firme às oportunidades que apareceram e me distanciei dele. Se minha vida amorosa era um grande "não", cabia a mim dizer "sim" para todas as outras possibilidades que o universo me oferecia.

– Sabe… te ouvir é como… voltar para casa – confessei. – Passei tanto tempo achando que tudo era uma paranoia, que eu estava enlouquecendo, agora quando você fala… sinto que foi real. Viajamos no tempo. Não precisa ter medo de se abrir, tá bom? Eu sou a Anita, uma desconhecida, mas talvez também a única pessoa que vai entender cada palavra que sair da sua boca. Sem julgamentos.

Pietra ficou em silêncio, apenas me olhando, por alguns instantes. Ela tinha muros em volta de si que foram construídos pedra por pedra ao longo de dez anos. Não seria fácil abrir um buraco ali. Mas conseguia ver seu esforço para retirar a primeira pedra.

– Tive uma fase bem doida na época de Juiz de Fora. Eu fritava nas teorias, até que comecei a achar que também era paranoia – ela suspirou. – Vou avisar o grupo do trabalho que irei me ausentar pela manhã. Eu ia só elaborar o próximo roteiro, de qualquer forma.

Pietra pegou o celular e mandou uma mensagem. Esse pequeno intervalo fez nossa interação parecer mais normal por algum motivo.

– Você está aqui há quanto tempo? – ela perguntou, em um tom mais leve.

– Cheguei há dois dias.

– Já experimentou o melhor *gelato* da cidade?

– Ainda não tomei nenhum, acredita?

– Vamos, eu te levo lá.

Demorei um segundo para processar o que ela tinha dito. Sorvete? Depois daquela conversa tão profunda e dolorosa? Foi tão inesperado que quase sorri. Mas entendi o gesto – uma pausa, uma tentativa de respirar no meio do peso que carregávamos. Assenti e seguimos. Caminhamos por um tempo. As ruas estavam silenciosas, banhadas por aquele calor seco de fim de tarde. O sol desenhava sombras nas calçadas, e um cheiro doce – talvez de waffle, talvez de massa assando – escapava de alguma confeitaria que cruzamos no caminho.

Chegamos a uma pracinha pequena, escondida entre prédios baixos. Num ponto mais alto da cidade, afastado do centrinho, tinha bancos de pedra e árvores que ofereciam uma sombra bem-vinda. Quase ninguém por perto. Sentamos. E ali, longe do movimento, Pietra parecia diferente – mais leve, como se aquele lugar desse permissão para que ela baixasse a guarda.

Dei a primeira lambida no meu *gelato* de pistache. O sabor doce e fresco fez minhas bochechas repuxarem, espalhando um alívio gelado pela boca. Por um momento, quase esqueci do peso da conversa que tínhamos acabado de ter. Ficamos ali, quietas, saboreando o momento. Quando o açúcar começou a circular, algo nela também mudou.

Pietra voltou a falar, agora com um tom mais íntimo e livre.

– Quer saber? Que se foda. Tá preparada?

Fiz que sim com a cabeça, ela continuou.

– Eu comecei a viajar no tempo no meu primeiro ano de faculdade. Lembro que me empolguei com a ideia de criar um blog para ter registros dessa nova fase da minha vida, tinha altas expectativas do que estava por vir. Até que, num belo dia, voltei no tempo. Para a data de um post mais antigo. Foi bizarro, confuso, assustador e ao mesmo tempo... mágico. Eu não fazia grandes mudanças, tinha mais a ver com questões de datas de trabalhos, rolinhos sem importância da faculdade, enfim. Não acontecia com tanta frequência assim, e as consequências eram pequenas também. Até que... O tom de voz dela mudou.

– Em uma das minhas voltas ao passado, conheci um senhor que parecia saber que eu era uma viajante do tempo. Foi estranho, mas na época não refleti muito sobre isso. Ele deixou comigo uma espécie de token e, sem dar muitos detalhes, percebi que aquele objeto me dava o controle da coisa toda. Viajar para qualquer dia, inclusive até antes mesmo de ter criado o blog. Então eu conseguia... trocar o curso da faculdade. Primeiro eu pensei em fazer Ciência da Computação pra desvendar aquela tecnologia toda, mas no último período entendi que simplesmente odiaria passar minha vida toda na frente de um monte de código.

Depois comecei a me questionar muito. Pirei com minha aparência, me afastei das pessoas, apaguei relacionamentos inteiros, usei drogas, fiz dinheiro de formas questionáveis e comprei umas roupas de grife... Era como se não houvesse consequências, o mundo parecia um parquinho. Eu virei outra pessoa. Perdi a mão.

Ao ouvi-la, fiquei imaginando o que eu teria feito diferente se tivesse acesso ao que ela teve, ao token que me permite voltar pra qualquer dia, e não apenas viajar através dos posts do blog. Ela continuou.

– Eu vivi diversas possibilidades e conheci infinitas versões diferentes de mim mesma. Parece uma ótima chance para o autoconhecimento, mas, sem as relações, restavam só a solidão e a loucura. Por mais incrível que pareça olhando de fora, me quebrou completamente por dentro. Me desmontou. Eu não me lembrava mais o que era real e havia sido apagado com a viagem no tempo, então comecei a parecer uma neurótica para todo mundo. Ficava tanto tempo buscando a verdade, mas tudo à minha volta parecia tão falso quanto essa unha em gel aqui.

– E como você veio parar justamente aqui? Por que a Itália? Por que essa cidade?

– Na minha última viagem no tempo, enquanto cursava turismo, comecei a pesquisar sobre outros países e numa dessas buscas fui parar num fórum de um site italiano. Comecei a estudar e praticar o idioma lá. Meses depois eu vi uma oportunidade, e estava tão desesperada que não pensei duas vezes. Fiz minha mala, juntei toda a grana necessária e embarquei. Eu não tinha muita certeza do que estava fazendo, mas fui impulsionada pela ingenuidade da juventude e a confiança de ter em mãos um jeito de voltar atrás se desse merda. Faz sentido?

– Mas você nunca usou seu passaporte para fazer isso, né?

– Não. Eu consegui um outro. O da Filipa.

– Caraca! Você não ficou com medo de algo dar errado?

– Ah, claro que fiquei. Mas, caso algo saísse fora do planejado, sabia que poderia viajar no tempo e mudar tudo. Quando falo assim parece a ideia mais absurda do mundo, mas a verdade é que naquela época eu só queria sentir qualquer coisa de novo. Nada no meu dia me tirava da inércia, sabe? A possibilidade de apagar tudo e começar de novo, tudo mesmo, me fez ter vontade de viver outra vez. De saber o que aconteceria. E, convenhamos, se o plano desse errado era só eu acessar a internet, entrar no meu blog e pronto.

– Não tenho certeza se você teria acesso ao seu blog na prisão. Teria? – tentei dizer, em tom de brincadeira.

– Ah, mas você entendeu. Acabei vindo pra cá, conheci pessoas, fui construindo minha vida como Filipa e hoje os meus dias são tranquilos, monótonos, lindos e cheios de paz. Conheci boa parte da Europa viajando, inicialmente do jeito mais simples possível. Eu e uma mochila. Hoje trabalho nessa agência de viagens, mas também já fui corretora, cuidadora de idosos, cozinheira, fiz de tudo aqui na Itália. Ter feito tantas faculdades me ajudou a ter uma boa noção em diferentes áreas. As pessoas nunca acreditam que tenho a idade do meu passaporte.

– E você nunca mais teve vontade de viajar no tempo?

– Nunca. Fiz uma promessa para mim mesma quando entrei naquele avião. Eu sou muito fiel às minhas promessas. Viajar no tempo é tão viciante quanto uma droga, algo que mexe com a química do cérebro. Quando você faz, sente vontade de fazer de novo e de novo. Eu me comprometi a nunca mais usar essa fuga para escapar da realidade. Por ter feito isso tantas vezes, nunca mais vou ser quem eu era antes. É como se o meu cérebro funcionasse de um jeito diferente agora. Foi muita informação. Estímulo demais. Agora quero viver nesse lugar tranquilo olhando para paisagens bonitas, tomando meu café e vivendo no tempo da natureza.

Era lindo e inspirador, mas ao mesmo tempo extremamente triste. Se ansiedade é viver pensando no futuro e a depressão é querer viver no passado, o que as viagens no tempo fizeram conosco? O que nós duas temos em comum é justamente a nossa parte mais triste e solitária?

Enquanto descíamos a viela e caminhávamos em direção ao lago para que eu pudesse pegar a balsa e voltar para o hotel, passamos por uma pequena banca de jornal. Me chamou a atenção o fato de que quase todas as capas anunciarem a mesma notícia. Lembrei que tinha visto aquela mesma chamada no aeroporto antes de embarcar.

Torres, Fonseca e o risco de provocar uma nova crise global: quando a eficiência vira uma ameaça cibernética

Pedi pra Pietra parar e fui folhear um exemplar do *The Washington Post*. A reportagem estava em italiano, claro, então pedi para ela traduzir para mim.

A ascensão de dois jovens brasileiros ao comando de um dos departamentos mais estratégicos dos EUA está transformando a engrenagem da máquina pública. Projetos aceleram, erros evaporam. A Casa Branca não comenta. O resto do mundo começa a especular: o que, exatamente, está sendo implantado?

Desde que Torres e Fonseca assumiram o comando, os bastidores do governo americano se tornaram o palco de uma revolução invisível. Seus algoritmos, dizem fontes internas, estão antecipando crises, otimizando decisões e redesenhando prioridades com uma precisão inédita. O que parecia inovação administrativa, agora soa como reconfiguração global.

A Europa observa com cautela a rápida transformação da administração americana. Especialistas falam em desequilíbrio estrutural e risco de dependência tecnológica.

Eu e Pietra nos entreolhamos quando ela terminou de ler.

– Esses caras de novo? – perguntei. – Achei que fosse notícia só no Brasil.

– Não. Por aqui se fala bastante deles – ela respondeu. – Esses caras me dão arrepios.

– Que jeito ótimo de o Brasil virar notícia no mundo todo, né?

– O pior é que tenho a sensação de que já vi esse cara em algum lugar, sabia? Sei lá.

– Deve ser da notícia mesmo. Da época que ele comprou uma rede social. Tudo isso para ter controle de todas as informações, só pode ser… Eu, hein!

– Ele quer controlar como as pessoas pensam, porque é o algoritmo que define o que você vai realmente consumir. É aquela ideia de que estamos no controle porque escolhemos baixar o aplicativo ou escolhemos quem vamos seguir, mas e a enxurrada de posts que aparecem sem explicação no nosso feed? Acho isso bizarro. Triste. Preocupante mesmo.

O celular da Pietra tocou, ela falou em italiano por alguns minutos, e então abriu o maior sorriso até então.

– Vendemos um pacote para um grupo bem grande da Espanha. São mulheres mais velhas interessadas em conhecer a região e viver algumas experiências bem italianas. Elas vão ficar aqui por uma semana. – Ela parecia radiante, de um jeito que não tinha visto ainda. – Amo quando o grupo é só de mulheres, ainda mais quando são mais velhas. As conversas são sempre tão interessantes.

Sem nem pensar direito, a interrompi com uma ideia maluca.

– E se eu for com vocês e fotografar? Estou trabalhando para um projeto que ganhou um edital no Brasil, e fotografar pessoas está totalmente dentro do escopo! E de quebra te passo as fotos. Sua agência e suas clientes vão ter um material impecável.

– Você é boa em se vender, hein, Anita? Acho ótimo. O último fotógrafo que contratamos era péssimo. Eu mesma fui fazer os posts nas redes sociais e achei que as fotos ficaram muito artificiais.

– Fazer fotos que traduzem a experiência é comigo mesma.

***

O fim da tarde deixava o céu com tons levemente alaranjados, e apesar do vaivém dos turistas, a água do Lago de Como parecia sempre tranquila. Estávamos em Tremezzo, do outro lado do lago e bem em frente a Bellagio, onde encontrei a Pietra. Mas daquele ponto consegui ver melhor a silhueta daquela cidadezinha com as montanhas ao fundo, parcialmente cobertas de neve naquela época do ano.

Enquanto os carros disputavam as poucas vagas disponíveis na rua principal de Tremezzo, nós caminhávamos. Tudo parecia andar devagar. O que era ótimo porque o grupo de turistas espanholas andava sem pressa de chegar a lugar algum. Eu tinha tempo de sobra para fotografá-las e em seguida capturar as paisagens ao redor.

Primeiro paramos para apreciar a fachada do Grand Hotel Tremezzo. A região do norte da Itália é a mais rica do país, e o turismo ali podia ser também bastante sofisticado e luxuoso. Continuamos nossa caminhada e encontramos um restaurante simples, mas igualmente charmoso para almoçarmos.

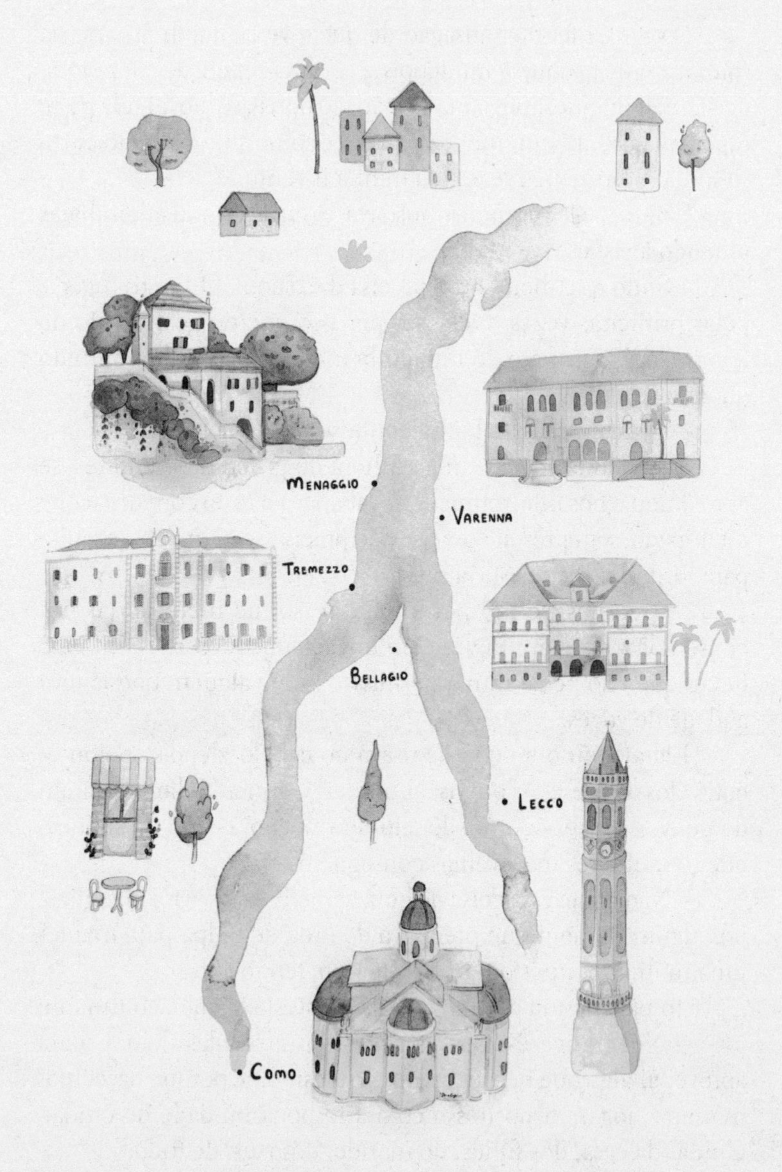

Nesse pequeno terraço, tinha algumas floreiras ao redor, e a sombra vinha de um parreiral torto que cobria parte da varanda. Eu estava sentada ao lado da Pietra. As outras senhoras estavam espalhadas pelas mesinhas, rindo baixo e brindando com as taças de vinho branco. Imersa em reflexões suscitadas por tanta beleza, falei:

– Você já teve a sensação de que viveu a melhor parte da sua vida e que o que vem depois é só uma repetição monótona de acontecimentos que jamais serão tão bons quanto aquela parte específica? Estar aqui me fez perceber como sinto falta do entusiasmo das primeiras vezes, da minha juventude.

Continuei, enquanto buscava inspiração para desabafar olhando a vista.

– Sinto que meu corpo precisa disso aqui. Olhar os lugares pelas primeiras vezes. Deve ser por isso que eu gosto tanto de fotografia. É um jeito de me lembrar como estava me sentindo quando a tirei.

– Eu te entendo – Pietra confessou em voz baixa.

Foi quando Josefa, uma senhora do grupo de mulheres, se aproximou e nos interrompeu. Ela abanava o rosto com um leque estampado, sem pressa, como se não precisasse nem pensar muito para formular o que estava prestes a dizer.

– Meninas, se me permitem, posso me meter e dar um conselho? – disse em inglês com um sotaque leve, mas um jeito direto que não pedia muita permissão. – De alguém que já teve a idade de vocês.

Ela ajeitou o lenço que usava no cabelo, depois apoiou os cotovelos na mesa. As outras – Lourdes, Carmen, Pilar – pararam de conversar. Fez-se um silêncio de respeito, o tipo de silêncio que só mulheres mais velhas conseguem criar.

– Não existe essa coisa de hora certa. Essa ideia foi inventada por algum homem que precisava de uma desculpa para manter uma mulher por perto por mais tempo, tenho certeza.

Josefa apertou os olhos e franziu a testa. Então, continuou:

– Nós nunca estaremos velhas ou atrasadas demais para aproveitar algo que nos foi tirado simplesmente porque nascemos mulher e jogaram no nosso colo a responsabilidade de cuidar. Cuidar da casa, dos filhos, do marido, dos pais, de tudo.

Pietra soltou um risinho curto. Eu apenas olhei para a Josefa e senti alguma coisa esbarrar dentro do peito. Senti que estava falando de mim também.

– Agora que fiz boa parte do que me foi dito, meus filhos estão lá, vivendo a vida deles do jeito que acham melhor. Fiz de tudo pra instruí-los. Meus pais não estão mais nesse mundo, que Deus os tenha. Não carrego nenhuma culpa. Não deveria ter carregado antes, mas muito menos agora.

Ela olhou para o lado e depois voltou os olhos para mim. Não com julgamento, mas com firmeza. Com verdade.

– Aos 70 anos tenho mais vontade e coragem para tentar descobrir o que realmente quero. Estar com elas nessas viagens despertou isso em mim num momento em que eu estava perdida, depois da menopausa. – Ela fez uma pausa curta, observando o lago, como se ainda estivesse se escutando. – Aos 70, finalmente tenho a liberdade e o tempo que antes me faltavam porque estava ocupada demais dando conta das responsabilidades.

Lourdes assentiu com a cabeça, sorrindo como quem se lembrava de algo. Pilar pegou a taça e virou o que restava do vinho, sem dizer nada.

– Não faria nada diferente – disse Josefa. – Mas gostaria de ter tido consciência de que minha vida não acaba no momento em que a minha pele começa a ter rugas. Quanto mais o tempo passa, na verdade, menos relevância isso tem.

Carmen resmungou algo do tipo: "Já falei isso cem vezes", arrancando um riso geral da mesa.

– Envelhecer é um presente. Ter mais tempo para trilhar outros caminhos, mas agora ir sem tanta pressa, com as mãos livres e com menos medo. – Ela respirou fundo e continuou: – Toda vez que escolho por mim, também abro caminho para que outras pessoas façam isso na vida delas. Por isso é tão importante ouvir pessoas mais velhas. Sentar com elas, conversar, falar sobre a vida.

Eu não sabia direito como reagir. Só sei que meu corpo inteiro prestava atenção. Mais do que os ouvidos, era o coração que escutava.

Josefa se inclinou um pouco, com os olhos fixos em mim.

– Se você se esconde aí dentro da sua cabeça na maior parte do tempo é porque ainda duvida de si mesma. Não é culpa sua. Você se sente assim porque faz parte de um sistema que ensinou mulheres como nós a se calarem, a se diminuírem, a pedirem licença até para existir. Você sente medo de ser rejeitada se brilhar demais. Medo de ser julgada se for livre demais. Medo de não ser amada se for verdadeira demais.

Eu travei.

– Mas te digo, com a força de todas que vieram antes: você nasceu para ocupar um lugar que é seu. E ele continua vazio esperando por sua coragem. Ninguém vai tomar seu lugar porque só você pode ocupá-lo.

Quando ela terminou, ninguém disse nada por um tempo. Só o som do sino de uma igreja lá embaixo, bem baixinho, marcando o tempo. Pietra me deu um leve toque no braço, como quem diz "você ouviu, né?". E eu ouvi.

Josefa também nos contou que ela e seu grupo de amigas só podiam fazer isso porque existia um programa na Espanha que incentivava idosos a viajarem mais, dando desconto em hotéis, passagens e atrações culturais.

Talvez aquela fosse a primeira vez em que tinha me dado conta de que o que me faltava... não era tempo, nem permissão. Era coragem. E ali, olhando para o rosto cheio de pequenas rugas e manchas de Josefa, comecei a pensar que ela talvez tivesse descoberto algo importante sem nem precisar viajar no tempo, mas simplesmente passando por ele. Que esse tal lugar – o meu lugar feliz – ainda estava lá esperando por mim.

Depois de algumas horas ali, seguimos nosso passeio rumo à Villa Carlotta, a última parada do dia e talvez a mais esperada pelo grupo. A vila era uma mistura interessante de museu e jardim botânico. Deixamos nossas mochilas em um armário. No meu caso, fiquei apenas com minha câmera na mão. O museu ficava em uma parte bem alta da cidade. Lá de cima, dava para ter uma visão ainda mais impressionante do lago, que ficava mais azul a cada metro que subíamos.

Pietra explicou para todos que no século XIX, contam os mais antigos que existia uma rivalidade entre a Villa Carlotta e a Villa Melzi, localizada do outro lado do lago. Conta-se que, em festas na Villa Carlotta, tochas eram colocadas na fachada e balaustradas para criar um grande efeito visível de toda a extensão do lago. Em resposta, Melzi passeava com seus convidados em uma grande gôndola, ainda exibida no jardim da Villa Melzi.

Essa competição levou ao desenvolvimento dos magníficos jardins que vemos hoje.

Valeu à pena, porque honestamente nunca tinha visto uma variedade de flores tão grande em toda a minha vida. Impressionava porque olhando de longe tudo era extremamente simétrico e harmonioso, mas ao fotografar, através do close da câmera, eu percebia: cada flor tinha sua singularidade. Elas não eram idênticas, não eram perfeitas, mas como sempre floresciam juntas, formavam os mais belos desenhos no jardim.

Enquanto a Pietra gesticulava como uma verdadeira italiana na frente de uma placa de mármore, provavelmente contando a história do criador da Villa, eu olhei com os olhos marejados. Sorte a minha que nossa amizade estava nascendo justamente ali.

***

Era fim de tarde em Bellagio. A cidade fazia com que eu me sentisse dentro de um cartão-postal. Nós estávamos sentadas em uma mesinha de ferro fundido, num café com cadeiras estilo bistrô, longe dos turistas que se empilhavam perto do píer. À nossa frente, o Lago de Como refletia um céu meio rosado, e o vinho branco que Pietra tinha escolhido deixava tudo mais leve, até o peso das ideias.

O aroma de pão fresco vinha da padaria ao lado, onde o padeiro, um senhor que falava bem alto, preparava suas fornadas diárias. Pietra me contou que às vezes, ele deixava um pedaço de massa na porta para que os passantes pudessem sentir o cheiro e se lembrarem de voltar mais tarde. Registrei o momento com a minha câmera. Pietra notou o gesto e sorriu.

– Promete que não vai me julgar se eu falar em voz alta uma coisa que passou aqui dentro da minha cabeça? – Dei mais um gole no vinho antes de encará-la. A cumplicidade que vinha crescendo entre nós fazia parecer mais fácil ser honesta. – Depois de passar o dia com suas clientes, senti uma coisa meio feia. Inveja. Não sei se inveja ou uma tristeza antiga. Porque viajar foi algo que eu só tive acesso bem mais tarde, sabe? Mesmo que já tenha vivido algumas oportunidades... e mesmo que algumas delas nem existam mais, já que as linhas do tempo foram apagadas... para mim ainda é uma realidade meio rara.

Pietra arqueou uma sobrancelha.

– Por que você está pensando nisso agora?

– Acho que ver tanta gente fazendo isso parecer simples mexe comigo. – Falei com um sorriso torto, tentando não me perder. – Das primeiras vezes que viajei no tempo, era teimosa o suficiente para acreditar que o dinheiro não mudaria nada.

Ela me olhou como quem entende e respondeu quase rindo:

– E eu já fui tola de achar que o dinheiro mudaria tudo.

Ficamos em silêncio por um momento. O som dos talheres do outro lado da praça parecia longe, como se a cidade estivesse nos dando espaço para continuar.

– Tá, vai... – disse ela, recostando-se na cadeira. – Por curiosidade: qual a quantia que você gostaria de ter, se pudesse voltar no tempo e mudar os números da sua conta bancária?

– O suficiente para eu nunca mais ter que pensar em dinheiro. – Eu ri. – O problema é que a gente nunca tem controle. Do que muda e do que permanece igual quando mexe num detalhe do passado, lembra?

Pietra ficou olhando profundo da taça.

– Será que não existe um meio termo? Algo seguro para nós duas, nesse ponto da vida? A gente já passou por tanta coisa... – respirei fundo. – Não estou falando em ganhar na loteria aos 18 anos e ficar milionária. As consequências disso seriam gigantescas. Mas não seria nada mal viver uma vida adulta mais tranquila. Tipo... não ter que depender de uma oportunidade de trabalho para viajar, ou de alguma outra pessoa bancando. E eu sou grata, claro. Mas queria poder fazer isso com minhas próprias escolhas. Com meus próprios meios. Imagina a gente viajando pelo mundo. Ainda tem tanto lugar aqui na Europa que eu nem cheguei perto...

Senti um aperto no peito só de imaginar. Eu estava me divertindo muito com a Pietra. Muito mais do que esperava. E, embora não dissesse em voz alta, começava a temer o dia do meu embarque de volta para o Brasil.

Foi quase brincando, mas também quase pedindo algo ao universo, que eu continuei:

– E se... a gente pensasse em um jeito de fazer algo lá no passado, que ainda te permitiria vir para cá do mesmo jeito? Só que agora com companhia. Eu prometo guardar esse dinheiro até os 30 anos. Aí a gente se encontra aqui de novo e viaja o mundo todo.

Pietra não respondeu de imediato. Olhou para o lago. Seus olhos estavam meio úmidos, mas o rosto ainda sereno. Por alguns segundos, acreditei que ela estava considerando a proposta de verdade. Mas então ela disse:

– Ter você por perto me faz parecer que eu tenho 18 anos outra vez.

– Mas é que... a gente poderia ter. Se quisesse.

Ela sorriu com uma leve tristeza. A sinceridade no olhar me desarmou.

– Para ser bem sincera, Anita… eu não teria coragem. Porque não mudaria nada da vida que levo aqui na Itália. Não tenho nenhum grande luxo, trabalho todos os dias, mas não posso reclamar.

Aquilo caiu como um balde de água fria no meu entusiasmo de bêbada otimista. Mas eu compreendia. Porque eu também tinha medo.

– E eu teria medo de fazer merda e mudar algum detalhe do passado e isso bagunçar tudo no presente. A vida que levo hoje não é perfeita, mas... tenho um emprego, faço diferença na vida das pessoas que eu conheço. Isso me dá algum propósito, sabe?

Suspirei. O vento que vinha do lago era suave. E o vinho, agora no fim, parecia ter me deixado mais corajosa do que o normal.

– Mas mesmo assim… – continuei, sem pensar demais – seria bom saber que se isso fosse necessário, eu não viveria a viagem no tempo completamente sozinha como das outras vezes. Que se um dia eu quisesse tentar, você estaria lá comigo.

Ela não respondeu. Apenas pegou minha mão por um instante, firme, como quem diz sem palavras: *não me sinto pronta para isso*. Depois soltou e voltou a olhar o lago, como se estivesse vendo todas as linhas do tempo juntas.

***

A viagem entre as cidades era relativamente rápida, ou talvez essa fosse minha percepção, porque fiquei pude reparar nas pequenas comunas distantes que ficavam em volta do lago e não estavam no nosso itinerário. Imaginava como seria ter nascido e crescido ali. Nosso barco cortava o lago com uma suavidade quase mágica, e eu me peguei tentando lembrar os nomes dos filmes que já assisti e que foram gravados na Lombardia. Sugeri que Pietra falasse sobre isso, porque me fascinava a ideia de saber que eu estava invadindo os cenários das cenas da ficção.

– Para o filme Star Wars, George Lucas filmou a cena de casamento de Anakin e Amidala nos jardins da Villa del Balbianello, em Lenno – Pietra contou.

Quando a balsa se aproximou de Lenno, meus olhos brilharam. Eu não conseguia nem piscar para não perder nenhum detalhe. A vila parecia ter sido imaginada por uma criança que acabou de ouvir um conto de fadas pela primeira vez. As casinhas com o telhado cor de terracota espalhadas pelas colinas e as ruas de pedra, que exigiam alguma atenção dos mais apressados, foram mantidas ali há mais de mil anos justamente com uma intenção: tirar você dos seus próprios pensamentos, te trazer para o agora.

Lenno não se rendeu às mudanças da modernidade, a pressão para crescer, o que ela oferecia era sua impressionante capacidade de se manter preservada. O que me fez pensar que para crescer por dentro, de uma forma atraente, bastava cultivar o que nos foi dado desde o começo.

– Olha isso, Pietra – falei, com a voz cheia de encantamento. – Parece um lugar onde o tempo realmente parou.

Pietra deu uma risada baixa, observando o lago com um sorriso sereno.

– Sim, Lenno provoca isso nas pessoas.

Assim que desembarcamos, senti o cheiro fresco e gelado da brisa do lago. Eu mal podia acreditar que estava ali. Andávamos lentamente, em silêncio, enquanto eu tentava capturar cada detalhe com a câmera – a arquitetura antiga das casas, os locais caminhando em um ritmo diferente dos turistas. Tudo era um contraste gritante com a rotina agitada de São Paulo que eu conhecia tão bem. Ali, tudo parecia desacelerado, como se as pessoas tivessem mais tempo para viver as mesmas 24 horas do dia.

– Sabia que depressão e ansiedade causam perda de memória? – Pietra disse, quebrando o silêncio enquanto continuávamos a caminhar. Eu olhei para ela, mas ainda estava absorvendo as novas sensações de Lenno.

Pietra prosseguiu sem que eu a interrompesse, como se falasse para si mesma. Ela parecia confortável aqui, em sintonia com o ambiente, enquanto eu ainda estava tentando me adaptar à serenidade que me envolvia.

– É como se sua mente começasse a apagar algumas coisas para te proteger. Os dias se misturam, momentos vão desaparecendo aos poucos. Você atravessa o dia, mas passa por eles sem nem perceber, e então eles começam a não se diferenciar mais na memória. Se você não se lembra do que passou, também começa a duvidar ou não ver mais graça no que está por vir. Falta referencial, os altos e baixos vão se achatando numa linha aparentemente segura em que nada mais te afeta tanto assim, porque nada importa.

As palavras dela me atingiram, mais do que eu esperava. A cidade tranquila parecia refletir essa sensação de apatia que Pietra estava descrevendo, como se pudesse ver o que ela sentia de forma tangível. Fiquei em silêncio, olhando para o lago, enquanto uma brisa suave batia em meu rosto.

– Será que a viagem no tempo altera o funcionamento do nosso cérebro? – perguntei, sem pensar muito. – Me pergunto se os efeitos colaterais vão além da memória. Tipo, se a gente não ficou doente... Sei lá, com algum efeito colateral.

Pietra deu uma risadinha leve e, com a expressão tranquila que sempre a acompanhava, respondeu:

– Eu já pensei nisso, sabia? Quando cursei Medicina e estudei o funcionamento do cérebro, depois os efeitos dos psicodélicos. Acho que, de algum jeito, quando viajamos no tempo, uma parte da nossa mente é alterada. Isso pode afetar o equilíbrio de hormônios como a serotonina, a norepinefrina, e até a oxitocina, fazendo com que nosso cérebro se comporte de forma diferente, mesmo depois de voltarmos para o presente.

Eu a olhei, refletindo sobre o que ela dizia, mas não pude deixar de brincar:

– E por isso eu fiz tanta merda e fiquei correndo atrás de homem, será?

Não dei mais detalhes, mas Pietra deu um sorriso largo, como quem sabe exatamente o que eu queria dizer.

– Acho que a gente tenta encontrar algum tipo de controle, né? – ela disse, enquanto continuávamos a caminhar pelas ruas estreitas guiando o grupo de turistas. – Quando as coisas não estão bem, você busca algum lugar seguro, mesmo que seja no lugar errado. Talvez os homens significassem essa segurança para você.

Eu parei por um momento, observando as pequenas lojas e cafés à nossa volta, enquanto ela prosseguia. A cidade tinha uma energia que, embora tranquila, também me fazia refletir. Eu nunca havia sentido isso em São Paulo.

– Quando apaguei as pessoas que me envolvi romanticamente, o impacto não foi simplesmente na minha vida amorosa. A minha lista de amigos também foi diminuindo – Pietra seguiu, e eu me identifiquei mais do que gostaria. – Ao escolher não viver um romance malsucedido desde o começo, quando ainda era bom, eu também deixava de conhecer e de construir relações com outras pessoas que faziam parte daquele novo contexto de alguma forma, pessoas que tinham um potencial enorme para serem relevantes na minha vida, e que foram apresentadas justamente por aquela pessoa que escolhi nunca ter nem ao menos conhecido. E qual parte de mim era feita delas? Eu nunca saberia porque elas nem me conheciam mais.

Pietra me olhou com os olhos apertados.

– Diferente de você, Anita, eu não tive a chance de ver as consequências dessa loucura a longo prazo. Parecia que estava me fazendo um favor, mas na verdade estava me afastando do que era importante. Acho que fui tão focada no controle que acabei me sentindo sozinha, em todos os lugares, em todas as situações. Mesmo sendo tudo exatamente como eu arquitetei, faltava algo.

Enquanto andávamos, eu olhava ao redor, absorvendo a serenidade de Lenno, com o lago refletindo as montanhas e o céu dourado, e pensei: *Será que isso também teria sido diferente se eu tivesse vivido aqui?* Não sabia a resposta, mas sentia que talvez eu tivesse perdido mais do que ganhado com todas as minhas viagens no tempo.

Respirei fundo, tentando deixar as palavras de Pietra se assentarem na minha mente, enquanto o sol começava a se pôr atrás das montanhas ao longe. Ela continuou:

– Eu pensei muito sobre isso desde que cheguei aqui na Itália. Com o tempo, a real importância dos relacionamentos não está só nos momentos bons, mas também nos mais difíceis. Na intimidade que se é construída quando nos permitimos ser vulneráveis perto de alguém. A dor de um coração partido é, de alguma forma, melhor do que nunca ter se permitido amar.

Pietra me olhou e sorriu, com uma sinceridade tranquila. Eu sorri de volta, porque aquela era justamente a conclusão que eu estava chegando também graças à Itália. Aquele momento em Lenno, com o sol se pondo lentamente e a cidade ao nosso redor em seu silêncio acolhedor, parecia ser o ponto de virada para algo novo. Eu não sabia o que era, mas sentia que ali, entre a paz do lugar e as palavras de Pietra, algo estava mudando dentro de mim. Dentro da gente.

***

O dia tinha começado bem cedinho em Como. Abri a janela e vi que o céu estava limpo e, pela primeira vez em dias, eu tinha saído sem jaqueta. Peguei a balsa para Bellagio um pouco antes das oito, depois de encontrar o grupo todo numa cafeteria escondida numa travessa, onde tomei o melhor cappuccino da viagem. A travessia levou menos de uma hora, mas parecia mais longa – talvez porque o barco andasse devagar, talvez porque a paisagem prendesse a atenção de um jeito que fazia a gente perder a noção do tempo.

Dessa vez, não foi só a beleza do lugar que me chamou atenção – mas a precisão dele. Cada canto parecia feito para durar, para funcionar, para impressionar. Exagero sem culpa alguma, com intenção. Não era só bonito, era bem resolvido. Até as plantas sabiam exatamente onde deviam crescer.

O grupo se aproximou da entrada da Villa Melzi, e eu fiquei alguns passos para trás, olhando a fachada branca da casa, com suas linhas retas e janelas simétricas. Não parecia com nenhuma das outras vilas que tínhamos visitado. Aquela vila passava uma sensação estranha de ordem – como se fosse o lugar favorito de alguém que gostava de tudo no lugar certo. Certamente um virginiano.

Ali, percebi que estava diante de um tipo de beleza diferente. Não era a mesma energia agitada de uma cidadezinha charmosa cheia de cafés, nem o romantismo óbvio dos vilarejos coloridos à beira d'água. A Villa Melzi parecia ter sido pensada com um certo distanciamento, quase como um museu a céu aberto. Mas não daqueles frios e tristes – desses que ainda conseguem fazer você se perguntar quem teve o privilégio de viver ali e como aquela pessoa foi capaz de se importar com qualquer outra coisa.

Peguei a câmera, como sempre, mas dessa vez demorei mais para levantar. Quis olhar primeiro, entender o que tinha ali. Os caminhos de cascalho claro, o lago logo adiante com uma borda simples, quase discreta. O silêncio. Era isso. O lugar era silencioso até com gente dentro. Como se todo mundo, sem combinar, soubesse que precisava baixar o tom. Enquanto o grupo se organizava, a Pietra se aproximou sorrindo, como se já soubesse o que eu estava sentindo.

– Benvenuta a Villa Melzi.

Sorri de volta. Ainda não sabia direito o que pensar do lugar. Mas estava com a sensação estranha – e boa – de que eu não queria mesmo estar em nenhum outro lugar do mundo.

Click. Click. Click.

A Pietra andava devagar, prestando atenção nos detalhes e levando a atenção do grupo para os detalhes históricos daquele ponto turístico. Quando a gente passou por uma estrutura meio diferente, com colunas finas e teto arredondado, ela disse:

– Aquele ali é o quiosque árabe. Lá dentro tem os bustos de diversos imperadores. Ferdinando I da Áustria, a esposa dele... e o duque que construiu a vila. Eles estão ali como se ainda observassem o jardim.

Fiquei encarando a estrutura e imaginei por alguns segundos o que eles pensariam de tanta gente entrando na casa deles no presente. Viramos numa parte mais escondida do jardim, e logo apareceu um laguinho pequeno, com lírios-d'água e árvores vermelhas em volta. Um cantinho calmo e lindo. Fiquei ali parada, tirando fotos de todos os ângulos. Havia crianças brincando enquanto os pais, cansados e aliviados, devoravam um sanduíche num banco feito de concreto com detalhes de madeira.

– Você nunca pensou em ter filhos, Pietra?

– Agora que estou avançando nos 30, eu mesma tenho me feito essa pergunta. E acho que só agora venho elaborando internamente uma resposta que não seja automática ou dita com a intenção de esquivar do assunto.

– É, entendo.

– Engraçado como essa pergunta na maioria das vezes vem com um julgamento e uma pressão invisível, não é?

– Gerar uma vida só para dar sentido à sua própria me parece um péssimo motivo para colocar uma criança no mundo – completei.

– Teve uma vez, quando ainda estava na faculdade – Pietra começou a contar –, que eu achei que estava grávida. Minha menstruação atrasou algumas semanas e fiquei desesperada. Primeiro porque eu namorava um cara nada a ver que surtaria com a notícia; e segundo porque ter um filho significaria nunca mais poder viajar no tempo de novo, já parou para pensar? Se eu voltasse e mudasse qualquer detalhe do momento que engravidei, poderia simplesmente apagar a existência desse filho ou mudar quem ele seria. Muito doido. Não estava pronta. Já que tinha essa possibilidade, resolvi não arriscar. Antes mesmo de fazer o teste para ter certeza, acessei o blog e com a ajuda do tal token voltei no tempo mais uma vez. Tive que abrir mão daquele relacionamento e isso ecoou na minha cabeça por anos. Como teria sido se eu realmente estivesse grávida e tivesse abandonado as viagens no tempo por esse motivo?

– Não dá para ter certeza.

– Enfim, mas agora, sem viagens e sem tempo a perder porque estou envelhecendo, flerto com a ideia de adotar uma criança. Não faço questão de gerar na minha barriga, não. Adoraria ter um filho adotivo e passar um pouco das minhas experiências enquanto eu mostro o mundo doido que a gente vive.

– Que bonito isso. Obrigada por compartilhar.

– E você?

– Eu não sei. Eu sinto que estou tão longe da estabilidade necessária para tomar uma decisão como essa. Meu sobrinho acabou de nascer lá no Brasil, te falei. É uma fofura! Segurá-lo nos braços e sentir aquele cheirinho bom de bebê fez meu útero mandar uma mensagem para o meu cérebro dizendo… E SE? Respondi que não e agora estou morrendo de cólica!

Demos uma gargalhada e seguimos andando.

– Falando sério… Como eu disse, estou longe de ter a grana, a paz e também um parceiro legal para incluir isso na lista de coisas que quero viver nessa linha do tempo. E tem as viagens, claro. Mas estou decidida a não fazer disso algo recorrente. Viajei com um objetivo, não tentando mudar coisas do passado.

Enquanto falava, passamos por uma gôndola veneziana parada no gramado. Era preta e bonita, diferente das que se vê em Veneza hoje. A Pietra comentou:

– Essa gôndola foi um presente do Napoleão. Os donos das vilas aqui no lago competiam para ter a mais bonita.

– Gente rica sendo gente rica desde sempre – comentei, rindo.

– Exato.

Fomos andando até um outro canto onde dava para ver o lago, e do lado tinha um prédio pequeno, simples. A Pietra me contou que ali ficava a *orangerie*, onde guardavam frutas cítricas no inverno. Hoje tem um pequeno museu com peças do período napoleônico.

– Você estudou tudo isso quando virou guia? Como consegue lembrar tanta coisa?

– Lembra que fiz História e depois Turismo. O resto fui pegando com o tempo. E porque gosto. Me distrai aprender essas coisas.

Ficamos em silêncio por alguns instantes, só ouvindo o som da água batendo lá embaixo.

Na quietude, fui dominada por uma vontade. De pegar um novelo embaraçado dentro de mim que, a cada vez que eu ignorava, só parecia crescer ainda mais. Nessa nova e surpreendente amizade, me sentia à vontade para começar a desembaraçar os meus sentimentos confusos, sem precisar esconder ou disfarçar todas as partes surreais sobre as viagens no tempo.

– O nome dele é Henrique. O homem por quem tentei mudar tudo.

Pietra ouviu atenta. Eu apenas falava e falava, destrinchando toda a nossa história. Cada linha do tempo, desde o Henrique secretamente apaixonado por mim ao Henrique estrela da música em Paris com quem vivi um grande amor e uma separação dolorida, até o reencontro com o Henrique jovem na UFJF.

Conforme ia falando, as coisas iam fazendo mais sentido. Falar sobre o que sentimos tem esse poder, né? Como se simplesmente colocar uma palavra atrás da outra desfizesse os nós daquele novelo que parecia impossível de desembaraçar. Quando terminei, parecia que uma tonelada tinha sido retirada de uma vez do meu corpo. Pietra e eu apenas respiramos no silêncio que se seguiu ao meu desabafo. Então ela falou:

– Em todas as minhas viagens, e de todas as pessoas que eu amei, sempre doeu mais perder um grande amigo do que um grande amor.

Eu escutava, intrigada.

– Claro, na hora perder um amor é quase insuportável. A gente chora, se debate, promete que nunca mais vai amar de novo, escuta música triste. Mas com o tempo, o corpo processa. Você se acostuma e aprende a viver sem aquela pessoa, até que vem outra e ocupa aquele espaço vazio. E muitas vezes, você percebe que a dor era muito mais pela fantasia que você tinha daquela pessoa do que da pessoa em si.

Ela suspirou antes de seguir.

– Mas perder uma amizade vai pesando com o tempo. É diferente, entende? Porque a amizade não é sobre idealização. Você conhece exatamente quem a pessoa é, já viu o melhor e o pior dela, conhece as manias irritantes e ainda assim escolhe estar ao lado dela, sem nenhum interesse, sem nenhuma expectativa a mais. Você não precisa que a pessoa seja tudo o que você sempre sonhou, não se ilude achando que vai te salvar dos seus próprios problemas. Você só precisa que ela esteja ali. Quando você perde isso... Não é só uma pessoa que vai embora. É um jeito inteiro de enxergar o mundo, é como se uma parte de você mesma tivesse sumido.

Eu entendia perfeitamente. Sabia que conseguiria sobreviver a uma vida em que o Henrique não fosse apaixonado por mim – afinal, eu já tinha feito isso antes, primeiro sem saber, depois me afastando por escolha própria. Mas perder a nossa amizade... isso era muito pior, e percebi naqueles momentos fugazes na UFJF que eu nunca mais o teria desse jeito e que as melhores lembranças da juventude se tornaram um grande nada.

– A gente não fala muito sobre como é dolorido perder um amigo, né? Parece que o mundo não reconhece isso como uma grande perda. Se não é um término ou um divórcio, não vale o sofrimento. Mas às vezes acho que é uma das piores dores que a gente pode sentir – completou Pietra.

Deixamos as palavras dela ressoarem no silêncio pacífico da Itália. Olhei de novo em volta. Só em um lugar como aquele eu finalmente tive coragem para falar de sentimentos tão duros, dos quais eu fugi por tanto tempo.

***

O último dia do grupo espanhol em Como tinha cheiro de despedida – e também de almíscar, bergamota, flor de laranjeira e um leve toque de caos causado por tantas mulheres falando alto e ao mesmo tempo em um espaço fechado. Confesso que cheguei à perfumaria LabSolue achando que seria só mais uma experiência turística, daquelas com ambientação bonita, luz amarela suave e uma taça de *prosecco* no final. Algo para postar na internet e esquecer depois de um tempo. Eu estava completamente enganada.

A sala era elegante, quase clínica, mas com um toque de natureza e minimalismo. Longas mesas de madeira clara, frascos de vidro transparente com líquidos dourados, âmbar e verdes. Estantes cobertas de livros de capa dura e essências. E no centro, a professora: uma perfumista italiana com um jaleco branco. Ela tinha uma voz calma, e falava um inglês impecável com um sotaque italiano carregado extremamente charmoso.

A professora começou explicando que todo perfume tem três níveis: as notas de cabeça, que sentimos logo ao borrifar e que evaporam rápido – geralmente cítricas, leves, frescas. Elas são o convite. Depois vêm as notas de coração, que sustentam a alma do perfume – florais, frutadas, com mais especiarias – e duram algumas horas. E por fim, as notas de fundo, mais densas, amadeiradas ou balsâmicas, que fixam o perfume na pele e na memória de quem o sente.

Recebemos tiras de *blotter*, pequenos papéis brancos, e ela nos ensinou a mergulhá-los com delicadeza nos frascos e esperar uns segundos antes de cheirar.

– Não cheirem com pressa. Perfume tem que ser seduzido – disse, com um leve sorriso.

Cada mesa tinha uma seleção diferente. Frutas cítricas, flores brancas, resinas orientais, madeiras envelhecidas, até uma essência de concreto molhado (sim, é possível) que provocou espanto em Josefa:

– Isso aqui é cheiro do centro histórico de Madrid!

– Isso aqui é minha tia Mercedes num domingo chuvoso em Valência.

– Ai, esse me lembra do meu terceiro casamento! – soltou Lola, abanando a tira como se espantasse o passado.

– Esse parece cavalo. Mas um cavalo bem pomposo e chique! – completou Carmen, fazendo todas rirem.

Eu ria também. Ria de verdade. E ao mesmo tempo, observava. Fotografava cada reação como se cada rosto fosse um estudo sobre o que significava lembrar. Como os olhos de alguém se perdem por três segundos ao sentir cheiro de jasmim. Como uma lágrima aparece do nada quando a pessoa encontra, em um frasco âmbar, o cheiro da avó que já morreu há muitos anos.

Eu, que costumava me esconder atrás da lente na maior parte do tempo, me vi rendida. Desliguei a câmera e deixei-a sobre o balcão por um instante. Mergulhei. Escolhi Morango e Mandarina. As notas de coração foram Rosa e Jasmim, as de fundo Patchouli, Sândalo, Âmbar, Musgo de Carvalho e Vetiver. A combinação final tinha cheiro de lembranças ensolaradas guardadas em caixinha de madeira antiga. Era doce sem ser ingênuo, floral sem ser frágil.

A especialista disse que era uma fórmula introspectiva e artística, de alguém curioso, em movimento constante, mas que aprecia o silêncio. Um perfume que parecia falar de uma mulher que carrega leveza nos ombros e raízes nos pés. Pietra ouviu e sorriu. Aquele sorriso curto dela, que parece dizer mais do que permite.

– Você está sempre olhando, mesmo quando parece quieta – disse ela.

– E você? Vai criar a sua fragrância? – perguntei.

– Já criei. Essa é a décima vez que eu venho aqui.

Caí na gargalhada com a sinceridade dela.

Quando saímos da LabSolue, o céu de Como estava dourado e lilás, como se o dia tivesse sido mergulhado no frasco de perfume também. Todas seguravam seus pequenos frascos como se fossem relíquias. E talvez fossem mesmo. Carregamos algo único que ninguém mais no mundo tinha. Pelo menos não exatamente com aquela combinação de aromas e memórias. Vivemos isso juntas. Aquele dia ficaria disponível na nossa memória sempre que quiséssemos relembrar do que foi vivido ali. E eu… eu desejei, pela primeira vez, que minha câmera também pudesse capturar cheiros. Mas por ora, fiquei satisfeita em saber que aquela lembrança estava guardada, bem quietinha, dentro de mim. Sem peso. Só presença.

Nos despedimos do grupo, que foi apressado para o hotel pegar as malas na recepção para irem em direção ao aeroporto. Novamente restamos só eu e a Pietra.

Aquele momento foi interrompido por um *insight* da Pietra.

– MERDA!

– Meu deus, o que foi? Assim você me assusta!

– Essa coisa toda de fragrância e memória mexeu com meu cérebro. Trouxe de volta uma memória muito antiga. Quando eu abri o frasco de cedro… eu liguei os pontos. É o mesmo cheiro do desodorante dele.

– Dele quem, gente?

– Do Danilo.

– Que Danilo?

Ela abriu o celular e me mostrou novamente a foto daqueles dois rapazes brasileiros que estavam na capa dos jornais.

– Esse moleque estudou comigo no ensino médio.

– QUÊ?

Começamos a pesquisar juntas a história do tal Danilo. Parecia muita coincidência um cara que estudou justamente com a Pietra estar multimilionário, não? Pelas informações que encontramos, ele tinha uma empresa de tecnologia, e ficou rico com algumas apostas muito certeiras em investimentos de coisas que estourariam pouco tempo depois.

Como se ele soubesse o que ia acontecer no futuro.

Eu e a Pietra nos entreolhamos. Estávamos pensando a mesma coisa, mas sem coragem de dizer em voz alta.

– Você acha que...?

Ela apenas fez que sim com a cabeça.

Esse cara também estava viajando no tempo.

– Pietra, se tem mais alguém viajando... Talvez tenham outras pessoas. Pessoas mal-intencionadas com a possibilidade de fazer muito mal para esse mundo. Como esse Danilo já está fazendo.

– Ou pessoas perdidas e fodidas da cabeça que nem a gente.

Em todo esse tempo, não tinha considerado a possibilidade de mais pessoas terem o poder de viajar no tempo. O que era meio idiota, considerando que eu tinha descoberto sobre Pietra recentemente. Também não tinha parado para pensar com muita intensidade sobre de onde vinham as viagens do tempo, sobre quem inventou essa história toda, e quais poderiam ser os riscos de tudo isso para além da minha mera vidinha pessoal e meus dramas românticos.

A única pessoa que parecia ter alguma relação com essa história toda, além de Pietra e Joel, era aquele senhorzinho misterioso que apareceu em vários momentos da minha vida, em diversos lugares. Mas antes que eu pudesse perguntar qualquer coisa, ele desaparecia sem deixar rastros. Quando perguntei pra Pietra, ela me contou que a única pessoa que parecia envolvida nessa história, do lado dela, era o tal homem que deu o token para ela. Que também não tinha dado maiores explicações para ela.

Talvez essa fosse a chance de finalmente descobrir o que estava por trás daquela história toda. Qual era o sentido das viagens? Quem mais viajava? E o mais importante: como impedir que as viagens destruíssem não só nossas vidas pessoais, mas a *humanidade como um todo?*

Parecia insano pensar em tudo aquilo. Em um instante, nossa comédia romântica virou distopia. Nos despedimos naquela noite com mil questionamentos. Eu me deitei na cama do hotel, mas não conseguia pegar no sono. Quando deu uma da manhã, mandei uma mensagem para a Pietra.

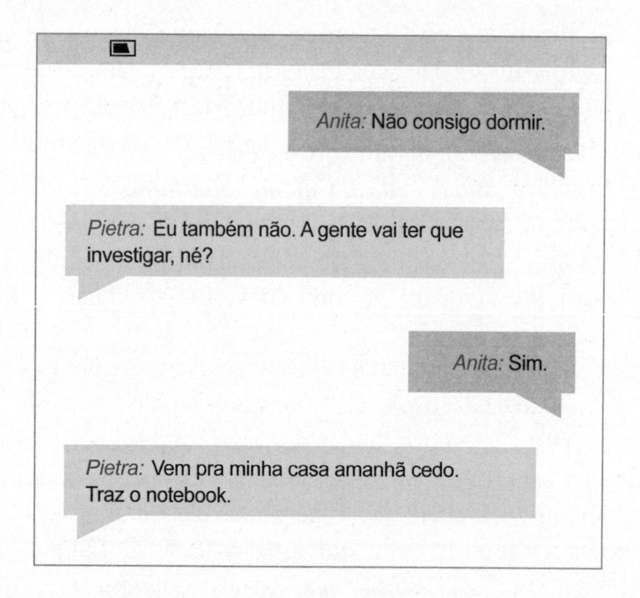

Só depois disso consegui dormir. No dia seguinte, estávamos as duas na pequena mas elegante sala da Pietra, cappuccinos tomados espalhados pela mesa. Eu assistia minha amiga colocar em prática tudo aquilo que ela havia aprendido nos seus anos estudando Ciência da Computação.

A mulher era uma gênia. Estava concentrada, comparando códigos de dois blogs lado a lado, enquanto eu tentava acompanhar, mesmo sem entender quase nada.

– Olha isso – disse ela, finalmente, apontando para a tela, com uma expressão de choque. – Tá vendo essa linha? Nos dois blogs, é igual. Só que não foi a gente que colocou isso. É um *plugin*, Anitta. E ele está chamando uma API externa.

Eu me aproximei da tela, mas para mim era como olhar hieróglifos.

– Tá... mas o que isso quer dizer? – perguntei, tentando acompanhar o raciocínio dela.

– Que esse *plugin* foi instalado nos nossos blogs sem a nossa permissão. E mais... tá vendo esse IP? É de um servidor no Brasil. Tá tudo mascarado, mas eu consigo seguir o rastro se quiser. Não consigo saber exatamente quem foi, mas tá apontando um endereço no Rio de Janeiro.

– E de quem é esse endereço? Do Danilo?

– Talvez sim. Ou talvez de alguém que tenha infectado um blog dele também, e outros, com esse mesmo código. Não dá para saber.

– Então... – comecei, mas parei. Não queria dizer em voz alta. Não queria transformar a hipótese em realidade – ...a gente não tem ideia de quem criou tudo isso. Só que... alguém plantou isso nos nossos blogs. E que está no Rio de Janeiro.

– Exato – Pietra murmurou, tensa. – Não fomos nós. E o que me dá calafrios é pensar que a gente deve ser só a pontinha de um iceberg. Se esse código está em outros lugares... E se está nas mãos erradas... a gente já viu o estrago que pode fazer. Que já está fazendo.

Ficamos em silêncio. O peso do que descobrimos caiu sobre nós como uma cortina sufocante.

– Precisamos investigar mais – falei, tentando me manter racional. – Voltar para o Brasil, confrontar esse Danilo, entender o que ele sabe.

– Anita... – Pietra fechou o notebook, respirando fundo – ...eu não posso voltar para o Brasil. Não sem um passaporte válido. Você sabe. Eu sou oficialmente foragida lá. Se cruzar a fronteira, posso ser presa na hora. E você não pode ir sozinha resolver isso tudo.

Eu passei as mãos no rosto. Era óbvio. Por que não tinha pensado nisso antes? Mas tinha um jeito.

Voltar não agora, mas dez anos antes.

Quando me virei para a Pietra, ela parecia ter chegado à mesma conclusão.

– A gente teria que arriscar tudo, Pietra. Tudo o que construímos nessa vida. Sinto que estou começando a ter alguma estabilidade, e você... – minha voz falhou – ...você também.

Ela olhou para mim, sem a armadura de sempre. Só ela. Cansada. Assustada.

– Eu sei. Mas olha ao nosso redor, Anita. Não é mais sobre a gente. É maior. Se a gente não fizer nada, ninguém vai fazer.

Ficamos um tempo longo sem dizer nada. Eu sabia que ela tinha razão. Sabia que, em algum lugar lá dentro, eu já tinha tomado a decisão. Só precisava dizer em voz alta.

– Então... a gente volta. Juntas. Para antes de tudo começar. Investigamos do começo, sem chamar atenção. Sem nos expor.

– E se der merda... a gente volta para o presente. Ou tenta, pelo menos.

– Agora a gente só precisa achar um post mais ou menos perto dessa época. Eu deixei meu token no Brasil.

– Como ele era?

– Um anel. Com uma pedrinha incrustrada.

Eu dei um sorriso. Tirei o anel do meu dedo e mostrei para ela.

– Seria esse?

Pietra ficou em choque, mas depois pareceu entender.

– Achou fuxicando meu armário, foi?

– É que ele era tão bonito, estava precisando de um anel. Não acredito que era seu token o tempo todo – falei brincando, tentando quebrar o clima pesado do que estávamos prestes a fazer.

Pietra pegou o anel, virou-o nas mãos, como se testasse seu peso.

– Com isso a gente consegue escolher exatamente para onde ir. Quando ir.

Nos entreolhamos. Era isso. Não havia mais volta. Só havia uma direção: o passado.

– Tá pronta? – perguntei, tentando manter o tom leve, mesmo com o estômago virando do avesso.

– Nunca. Mas... vamos.

Nos demos as mãos. Quando Pietra ativou o token dentro do anel, o mundo começou a girar ao nosso redor. E tudo que eu sentia era que estávamos nos despedindo da vida como a gente conhecia.

Talvez para sempre.

7

Eu sei o que você fez na
última viagem no tempo

Enquanto permanecia parada, tudo à minha volta parecia fazer curvas. Uma sensação de que havia um teto pressionando o topo da minha cabeça, além de muito enjoo. Sem entender direito onde estava, corri para o lixo e vomitei, chamando atenção de algumas pessoas ao redor. Uma senhorinha perguntou se eu estava bem, e consegui falar, meio rouca, que devia ter sido apenas algo que havia comido no dia anterior.

Eu estava de volta no aeroporto, no exato momento em que eu viajei no tempo pela última vez. Na verdade, alguns minutos antes, porque assim que olhei para a área de embarque, no portão 28, vi a Pietra jovem, passaporte e passagem na mão. Mas em vez de mostrar os documentos para a funcionária e embarcar como da última vez, ela pareceu sentir uma tontura também, então arregalou os olhos, se desculpou com a funcionária e deu meia volta.

Tinha funcionado.

Eu acenei, tentando chamar a atenção dela:

– Pietra! Aqui! – chamei.

– Anita! – ela me viu, e senti um alívio de saber que tinha dado certo. A gente tinha viajado juntas no tempo.

Pietra veio correndo na minha direção e me deu um abraço apertado. Um movimento natural do nosso corpo de encontrar conforto no abraço uma da outra. Foi automático. Naquele instante eu senti um pouco da força da amizade que tinha se formado entre nós. Soube que, independentemente do que acontecesse, não ia deixar de ser amiga dela em nenhuma linha do tempo.

– Meu deus, olha essas bochechaaas! Quanto colágeno. Você está tão diferente! – Pietra falou, rindo, e apertou minhas bochechas.

– Amiga, vai com calma, acabei de vomitar – avisei, tentando empurrar ela de leve. – Vamos no banheiro comigo rapidinho, por favor.

– Ah, claro! Imaginei... Você já esteve aqui nesse mesmo momento do passado com a consciência do presente, né? Já tinha revivido esse momento quando descobriu que eu estava embarcando para a Itália. Esqueci desse detalhe. Fazer isso provoca alguns efeitos colaterais na cabeça, e no corpo também. Dá uma bugada. Ainda bem que voltamos para alguns minutos antes da sua última viagem, assim você só vai sentir efeitos leves e talvez uma rápida confusão mental.

– Como assim, bugada?

Ela foi me explicando no caminho até o banheiro. Lavei o rosto e bochechei com um pouco de água, tentando recobrar a dignidade.

– Mesmo com o token, tem algumas regras – ela disse, encostando na pia. – Coisas que eu aprendi na prática e da pior forma, como sempre. Viajar várias vezes para o mesmo dia e fazer pequenas alterações em um intervalo de tempo muito próximo começa a... embaralhar os arquivos.

– Arquivos?

– É, como vou te explicar? É como salvar dois documentos com o mesmo nome, tamanhos muito parecidos numa mesma pasta. Tem hora que o sistema não sabe mais qual é a última versão dele e simplesmente mistura os dois. Já aconteceu comigo umas três vezes. Vomitei, tive enxaqueca, e fiquei dias trocando o nome do meu irmão pelo nome do cara que eu estava ficando na época. Eu ia falar Joel e sem perceber saía José. Mesmo buscando uma palavra no meu cérebro, era a outra que saía da minha boca. Enfim, péssimo. Não recomendo.

– Tá, entendi. Não viajar várias vezes para o mesmo ponto. Vou adicionar esse tópico no seu diário quando estiver com ele – falei, secando as mãos.

A gente saiu do banheiro e foi andando de volta para o saguão. Achamos um banco e sentamos para bolar um plano.

– Agora que temos o endereço no Rio, se a gente conseguir acessar os servidores de lá, eu posso ver se existe mais algum IP conectado ao vírus da viagem no tempo. Se tiver, a gente encontra o rastro.

– Então, basicamente... a missão é invadir um endereço de um servidor que pode ser protegido por cachorros e guardas armados?

Pietra ficou em silêncio. Então deu uma risadinha nervosa, típica de quem só tinha percebido o tamanho da encrenca naquele instante.

– E lasers, talvez. A não ser que você tenha um plano melhor.

– Ué, você que é a hacker!

– E você que tem cara de garota inocente incapaz de fazer qualquer coisa fora da lei. Somos perfeitas para um crime juntas – Pietra soltou uma risada alta. – Agora, falando sério, na época que eu fiz Ciência da Computação minha matéria favorita era Segurança de Software. Passaram-se muitos anos, mas me lembro demais dos exercícios e desafios que meu professor costumava passar. Dependendo do tipo criptografia, talvez ainda consiga resolver. Modéstia à parte, também sou boa com pessoas. Hackear sistemas não é simplesmente saber como ler os códigos, é sobre entender como a cabeça das pessoas funciona. Está tudo meio interligado e se chama engenharia social.

Ela tinha um ponto. Se alguém tinha uma chance de conseguir, era a Super Pietra, a mulher que mais estudou na história da UFJF e que nunca chegou a se formar (a ironia!). Mentalmente ela tinha uns 60 anos. Olhando por esse lado, não era uma missão tão impossível, embora parecesse.

– Tá, mas eu não tenho nem roupa. Literalmente – falei, já desesperada. E então lembrei: – E tem o Fabrício. Ele me trouxe até aqui. Deve estar achando que fui sequestrada ou fugi para o Paraguai.

– Bom... então a gente diz pra ele que você fez um discurso emocionante e me convenceu a não ir embora do Brasil. Que eu vou voltar para Juiz de Fora e a gente se fala melhor lá. Você arruma suas coisas, eu arrumo as minhas, e a gente vem pro Rio sozinhas. Eu sei dirigir e...

Bem naquele momento, vi uma pessoa e meu sangue gelou.

– Pietra – falei de repente, paralisando. – Aquele senhor ali... você conhece?

Ela se virou na direção para a qual eu apontava. E então ela também congelou.

Era ele. O tal Senhor Misterioso. Aquele que aparecia como uma figurinha repetida e meio filosófica nos momentos mais aleatórios da minha vida. São Paulo. Paris. Nova York. Sempre com aquela cara de guru cansado, com um discurso meio Pedro Bial narrando o texto sobre o filtro solar, sempre parecendo saber mais do que devia. E aparecendo e sumindo do nada, sem deixar rastros.

Mas no rosto da Pietra, não tinha dúvida. Tinha história.

– Vem.

– Pra onde?

Pietra me puxou com tudo e começou a andar rápido entre as pessoas. Eu tentei entender o que estava acontecendo, mas ela só apertava o passo.

– Quem é esse cara, Pietra? – perguntei, tropeçando na minha própria mochila.

– Ele não devia estar aqui. Achei que ele, sei lá… tinha me esquecido. Desistido. A gente não deveria ter voltado pra cá…

– Desistido de quê?!

Viramos em um corredor lateral do aeroporto, passando por uma loja de lembrancinhas. Eu virei a cabeça para trás, e lá estava ele. O mesmo homem. Impecável, calmo, andando com as mãos nos bolsos.

– Ele está vindo.

– A gente tem que sair do campo de visão dele – disse Pietra, puxando minha mão. Entramos no banheiro feminino, e ela olhou por debaixo das cabines para ver se tinha alguém. Vazio.

– Tá, você vai me explicar agora?

– Shhh! Pera.

Ficamos em silêncio, tentando ouvir passos. Nada. Então saímos devagar. Voltamos para o saguão e…

– AH NÃO – eu disse, congelando.

Ele estava ali de novo. Do outro lado. Encostado numa parede, me encarando com a mesma serenidade assustadora de sempre.

– Como ele chegou aqui tão rápido?

– Ele não estava atrás da gente? – Pietra sussurrou.

– Sim. Estava. – Senti um gelo na espinha. Tinha algo de muito errado.

– Como assim?

Ela puxou minha mão de novo. Subimos uma escada rolante, cortamos por uma sala de espera, demos uma volta completa no terminal. Tentamos tudo. Mas ele sempre aparecia de novo. Sempre olhando. Sempre esperando.

Até que, sem fôlego, eu parei.

– Chega. Eu não vou continuar correndo de um homem que só... aparece do nada. Isso não é normal.

– Anita, a gente não sabe o que ele quer!

– Justamente. Então vamos lá descobrir.

Ela hesitou. Mas quando olhou de novo, ele estava lá embaixo, nos olhando da praça de alimentação. Como se tivesse nos seguido com a força do pensamento.

Pietra ficou dividida, mas parou junto comigo. O homem finalmente se aproximou de nós, com um sorriso que me pareceu um misto de alívio com desespero.

– Anita. Pietra. Eu não tenho nem palavras para dizer o quanto estou feliz de ver vocês aqui. Juntas.

– Como você sabe nossos nomes? Quem é você? Como você mudou de lugar desse jeito? – comecei a surtar no volume máximo.

– Vou explicar tudo. Eu prometo. Mas antes vamos para um lugar mais discreto e tranquilo. Senão as pessoas vão achar que vocês estão falando com alguém que não está aqui.

Aquilo não fazia NENHUM sentido. Mas já estava imersa até a cabeça na loucura, então não tinha por que discutir. Fomos para um café dentro do aeroporto, que estava bem vazio. Eu pedi um chá de camomila, pois se tomasse qualquer coisa com cafeína, perderia o fiapo de sanidade que ainda me restava. Antes de mais nada, liguei para o Fabrício. Disse que encontrei a amiga que estava procurando e que precisava de um tempo para resolver umas coisas. Ele reclamou, óbvio, mas se acalmou quando sugeri que ele desse um rolê pela Cidade Maravilhosa.

– Pode começar. – Tentei soar calma, mas por dentro estava surtando.

– O que você está fazendo aqui? – Pietra já foi logo perguntando.

– Tentando consertar a bagunça que eu mesmo criei. E para isso... eu preciso da ajuda de vocês.

– Eu já deixei bem claro que não tenho nenhum interesse em te ajudar na sua missão maluca – Pietra começou, mas eu levantei a mão e gritei:

– PAROU! NINGUÉM FALA MAIS NADA ATÉ VOCÊS ME EXPLICAREM O QUE ESTÁ ACONTECENDO.

Os dois pararam. E assentiram, como se eu tivesse virado a juíza suprema daquele tribunal maluco.

O senhor respirou fundo.

– Eu sei que vocês têm esperado muito tempo por isso. Por respostas. Então deixa eu começar do começo. Meu nome é Milton. Milton Torres. Eu fui amigo de infância dos pais de vocês – do Lúcio e do Antônio. Crescemos juntos em Imperatriz. Estudamos juntos, tocamos violão em roda de amigos, levamos fora da mesma menina. Essas coisas. Depois a vida foi seguindo e cada um foi para um lado. Antônio ficou na cidade, eu e Lúcio fomos para Juiz de Fora e depois de um tempo perdemos o contato.

Eu lembrava vagamente de meu pai mencionando um tal de Milton que tinha reaparecido do nada. Acho que chegou a visitar ele uma vez, numa cidade vizinha. Mas nunca, em um milhão de anos, eu teria ligado essa figura enigmática e misteriosa ao amigo de infância do meu pai.

– Mas o mais importante para essa história: eu também sou o pai do Danilo.

Olhei para a Pietra. O rosto dela congelou na hora.

– Você é PAI do Danilo? – ela perguntou, em choque.

Ele assentiu.

– O Danilo tem mais ou menos a mesma idade de vocês. Quer dizer, a idade real. Ele sempre foi... diferente. Um menino brilhante, mas muito fechado. Desde pequeno vivia trancado no quarto, criando mundos no computador. Acho que no começo ele só queria ser que nem eu – pois também trabalhava com computação. Mas ele foi muito além. Gênio mesmo. Só que... as pessoas não sabiam lidar com ele. Achavam ele estranho, não tinha muitos amigos. Quer dizer, só uma.

Milton olhou para Pietra. E eu entendi.

Pietra ajeitou o corpo na cadeira. E começou a falar, como quem volta para uma lembrança da qual não quer lembrar.

– Eu fui a única que deu uma chance para ele. Ele não era tão estranho assim. Só... peculiar. Mas era inteligente de um jeito que me fascinava. A gente se conectou nesse lugar. Eu conversava com ele quando ninguém mais queria chegar perto. Aos poucos, fui entendendo o jeitinho dele, a gente foi se dando bem. E ele ficava feliz que não tinha vergonha de falar com ele... era fofo até.

– E aí?

– Ele se apaixonou por mim. Claro. A gente tinha 15 anos, e eu era a única garota que falava com ele. Mas eu não sentia o mesmo. Ele era meu amigo, só isso.

Ela encarou Milton quando disse isso. Ele baixou os olhos.

– Quando percebi que ele gostava de mim, tentei ser sutil. Dar uns sinais. Mas ele não via. Parecia cada vez mais dentro de uma fantasia. Um dia, ele se declarou pra mim no pátio da escola. Eu falei que não tinha nada a ver. Mas claro que o Danilo não aceitou. Ficou com raiva e começou a me xingar e falar coisas agressivas e misóginas. Na frente de todo mundo. Acho até que gravaram. Aí eu explodi, e falei algumas verdades para ele. – Ela respirou fundo.

– Você acabou com ele naquele dia, Pietra – Milton falou, seco.

– Eu tinha 15 anos. Não sabia medir as palavras. Estava assustada, com raiva.

– O que você disse? – perguntei, quase num sussurro.

Ela desviou os olhos.

– Que ninguém nunca ia gostar dele. Que ele ia morrer sozinho porque não sabia lidar com pessoas, só com máquinas. Disse que as pessoas eram bem mais complexas que programinhas do computador. E que me arrependia de ter tentado ser legal. Se pudesse voltar no tempo, nunca teria me aproximado dele.

– Uau! – falei.

Pietra definitivamente sabia ser cruel. Ela ficou em silêncio. Milton retomou.

– Aquilo quebrou o meu filho. A única conexão que ele conseguiu fazer em anos foi cortada, e ainda por cima de um jeito humilhante. Eu até tentei ajudar, mas... nunca fui bom com essas coisas. Com gente. Quando ele não estava mais aguentando o bullying e a solidão, pediu para estudar em casa, e eu deixei. A única forma que encontrou de lidar com aquilo tudo foi... fugir.

Mas não fugiu para o videogame, nem para as drogas. Fugiu para o código. Ficou obcecado com ideias de efeito-borboleta, de causalidade… De que se existiam todas as possibilidades, existia uma em que nada daquilo tinha acontecido. E aí começou a escrever compulsivamente uma linguagem de programação nova. Uma que, segundo ele, poderia reescrever a realidade. Isso me tranquilizou por um tempo porque pelo menos ele estava estudando e aprendendo algo novo, sabe? Imaginei que até abriria portas no futuro. Os moleques da idade dele estavam todos bebendo e fazendo besteira. Ele estava estudando.

Franzi tanto a testa que senti o couro cabeludo repuxar. Mas fiquei ali, parada, ouvindo com atenção cada palavra do Milton.

– Mas dois anos depois…

Ele fez uma pausa. O olhar perdido.

– Eu percebi que o Danilo estava realmente avançando e criando algo. Ele passava noites sem dormir, testando variações do código, corrigindo erros, criando simulações. Eu lia os logs escondido quando ele saía pra tomar banho e ficava fascinado.

Milton fez uma pausa longa. Eu sentia que ele estava tentando escolher bem as palavras. Não por cuidado, mas por vergonha.

– Foi aí que ele conheceu o Cristiano Fonseca. O Cris, como ele chamava.

O nome saiu da boca dele como se deixasse um gosto amargo.

– Eles se conheceram num *hackathon* em São Paulo. O Danilo tinha 17 anos, e o Cris devia ter uns 20 e muitos já. Um cara ambicioso. Persuasivo. Extremamente inteligente, mas do tipo que usa a inteligência para se beneficiar em todas as situações. Ele viu no Danilo uma mina de ouro.

– Como assim? – perguntei.

– O Cris convenceu o Danilo de que ele estava pensando pequeno. Que voltar no tempo para consertar uma humilhação adolescente era... perda de potencial com baixíssima eficácia. Ele disse que, se Danilo fizesse isso, talvez nunca criasse aquele código em primeiro lugar. Que era melhor por enquanto aceitar o passado e usar o que ele tinha nas mãos para criar um futuro do zero. Um império. Depois disso, facilmente ele teria qualquer mulher que quisesse.

A Pietra fez que não com a cabeça e eu dei uma risadinha.

– E o Danilo topou? – perguntei, já sabendo a resposta.

– Topou. Foi a primeira vez que alguém além de mim enxergou o valor dele sem desdém. Falou de igual pra igual e ainda deu um pouco de esperança em relação ao futuro com as mulheres. O Cris tratava o Danilo como ele queria ser tratado, como um gênio em ascensão. Era tudo que ele mais queria.

Milton se encostou na cadeira, como se o corpo todo doesse de lembrar.

– O plano era simples, pelo menos para eles: usar as viagens no tempo para coletar dados do futuro. Ver como o mercado ia se comportar com mudanças políticas, quais ações iam valorizar, quais empresas iriam falir, descobrir brechas e se aproveitar delas. E então... apostar. Investir nos lugares certos. Enriquecer absurdamente.

– Aquele tipo de coisa que sempre dá certo nos filmes de ficção científica e destrói o mundo depois – murmurei.

Milton deu uma risada fraca, mas com um fundinho de desespero. Talvez não fosse uma coisa tão longe da realidade assim.

– Exato. E como o Danilo ainda era menor de idade, eles fundaram a empresa no nome do Cris. Foi assim que nasceu a Times DC. Vocês já devem ter ouvido falar. O Danilo tinha só 17 anos, mas já estava manipulando o tempo e, sem perceber, brincando de deus.

Ele olhou para mim e pra Pietra com uma expressão que eu nunca tinha visto antes. Uma mistura de exaustão, culpa e... súplica.

– E eu... deixei. Porque achei que talvez fosse só uma fase. Que fosse passageiro. Mas agora sei. Era o começo de algo muito maior – Milton falou olhando para baixo.

Claramente. Já comecei a tentar prever como toda essa história tinha a ver com meu blog. Milton seguiu:

– Quando percebi o que eles estavam fazendo, tentei impor alguns limites. Disse que era perigoso demais dar tanto poder para um garoto de 17 anos. Que aquilo podia sair do controle. Mas o Danilo... ele já não era mais o mesmo menino tímido de antes. O Cris tinha inflado o ego dele até um ponto sem volta. Ele começou a me tratar como um obstáculo. Como um problema.

Milton passou a mão pelo rosto, como se tentasse afastar o peso da lembrança.

– Um dia, ameacei desligar tudo. Falei que ia formatar os arquivos, destruir os backups, encerrar o projeto. E ele só riu. Disse que o código já estava muito além da minha capacidade de compreensão. E mesmo que ousasse fazer isso, ele ia simplesmente voltar no tempo e apagar a linha em que eu sabia da existência do código.

Meu estômago virou.

– Ele ameaçou apagar… sua memória? Meu Deus! Dá para ele o prêmio de filho do ano, por favor.

– É. E o pior é que ele conseguiria. Se ele voltasse para um ponto antes de eu descobrir tudo, e alterasse qualquer pequeno evento… puf. Eu nunca saberia. Seria um pai orgulhoso achando que meu filho era só um nerd recluso com um futuro promissor na TI. Nada mais.

Pietra se remexeu na cadeira, inquieta. Então ela perguntou.

– Mas espera. Por que você não voltou no tempo pra tentar impedir seu filho de criar o código?

– Claro que pensei nisso. Até tentei usar o código, duplicar e criar uma versão diferente dele. Não é tão simples assim. Não é todo mundo que consegue voltar no tempo. O código avançou tanto sozinho que de alguma forma faz escolhas, ele que seleciona quem consegue ou não viajar. Eu não consigo e o Cris também não. Acho que foi só por isso que ele não passou a perna no meu filho e roubou a empresa toda para ele. Até agora.

Fazia sentido. Me deu algum alívio saber que não era todo mundo que poderia sair viajando por aí.

– E o que você fez então? – perguntei.

– Fingi que tinha entendido. Que ia apoiá-lo. Mas, na verdade, fiquei atento. Comecei a monitorar os logs secretamente, anotar os padrões e cada upgrade feito. Criei protocolos com alertas para ser notificado caso o código sofresse alterações que não viessem do computador do meu filho. Para facilitar e conseguir tanto acesso a tudo me tornei, oficialmente… o assessor do Danilo. Ele nem contestou na época porque basicamente eu era a única pessoa que ele confiava além do Cris. Mas a verdade é que nunca desisti de pensar um jeito de fazer ele mudar de ideia.

Milton suspirou antes de continuar.

– Foi então que parei de pensar no código e comecei a pensar na pessoa por trás dele. O Danilo só criou esse hiperfoco depois de ter rompido a amizade com você, a única amiga que ele tinha tido. E se... eles se reconectassem? Se ela pedisse desculpas, ou ao menos mostrasse que ainda se importava... talvez ele voltasse atrás. Talvez desistisse da Times DC, da ganância, da obsessão.

– Você achou que eu ia ficar com ele por pena? Tipo, um homem de quem nunca ouvi falar aparece na faculdade, me diz o que fazer e tenho que obedecer porque o filho dele é mimado e não sabe ouvir um "não"? – Pietra rebateu, com o tom cortante.

– Não era isso... Vocês nem precisavam se apaixonar, ter uma história, necessariamente... Era só uma esperança. Torta, talvez. Mas era o que eu tinha.

Ele suspirou.

– Então tive outra ideia. Decidi tentar por outro caminho e aproveitar da coincidência de que no passado eu e os pais de vocês termos sido amigos de colégio em Imperatriz.

– Parece que todo mundo se conhece no interior. Jesus!

Pietra fez "shhhh" pra mim.

– Chamei os pais de vocês para um reencontro. Lúcio propôs um jantar na casa dele em Juiz de Fora. Todos se animaram com a ideia de lembrar os velhos tempos, dar risada, recordar da época em que tudo era simples. E no meio do papo, soltei:

– Vocês sabiam que a Pietra e o Danilo eram superamigos? Tinham uma conexão linda, os dois meio deslocados, mas muito inteligentes....

Eles riram, lembraram, e eu sugeri de forma bem sutil:

– A gente podia fazer um jantar. As famílias juntas. Seria bom pra eles se verem de novo.

Ergui uma sobrancelha, desconfiada.

– E então eu... – Milton passou a mão no rosto de novo, como se isso fosse esconder a vergonha. – Comentei que tinha achado umas fotos antigas nossas que eu tinha digitalizado numa pasta do meu computador. Tinha levado tudo em um *pen drive* para mostrar para eles. Mas não percebi que tinha pegado o pen drive errado.

– O pen drive errado? – repeti, devagar.

– O do Danilo. Um que ele tinha me dado cheio de logs e backups do projeto. E eu coloquei as fotos de infância nesse pen drive, sem saber que estava infectado. Assim que conectei no computador do Lúcio... pronto. O vírus estava instalado.

– E foi assim que o meu blog foi infectado – Pietra concluiu, em voz baixa.

– Foi. Sem querer. Sem planejar. E eu... achei que ia conseguir resolver antes de qualquer coisa acontecer. Mas algumas semanas depois, quando fui verificar os logs do sistema como de costume, me dei conta: alguém mais estava viajando no tempo. Ocultei os arquivos imediatamente para Danilo não ver. Quando rastreei o IP, entendi tudo. A viajante no tempo era a Pietra, filha do Lúcio.

– Nessa época eu tinha acabado de criar a minha conta no blogspot, tinha pouquíssimos posts. Não foi uma longa viagem. Eu revivi um dia que tinha acabado de acontecer, achei que estava ficando doida. Não consegui associar que o blog era o culpado pela viagem no tempo.

– Tá, mas e o meu blog? – perguntei, enquanto tentava entender como eu me encaixava naquela loucura toda.

– Algum tempo depois, seu pai pediu pra mandar as fotos por e-mail. O Lúcio enviou, e com isso mandou o vírus junto. Que também se alojou no seu computador.

Então era isso. Não era o destino, não tinha um anjo da guarda com um plano para mim, querendo que eu aprendesse uma lição. Apenas um gênio mal compreendido, um plano falho e uma coincidência idiota. Foi essa combinação que mudou minha vida para sempre.

De repente, pensei no motivo principal da nossa decisão de voltar no tempo.

– E o vírus infectou mais algum blog? Tem mais gente viajando? Esses blogueiros ricos da internet são todos viajantes no tempo, é isso? Agora tudo faz sentido pra mim.

– Não! – Milton disse, quase em desespero. – Vocês só começaram a viajar por um erro estúpido meu, mas nunca mais deixei o código vazar. E o Danilo nem faz ideia que tem mais gente viajando. Ele também foi ficando ainda mais rigoroso e cuidadoso à medida que a coisa toda foi se desenvolvendo. Hoje em dia são muitas camadas diferentes de proteção para que ninguém consiga ter acesso ou simplesmente entender o código de fora. Ninguém mais sabe, ninguém mais além de vocês poderá viajar com essas últimas atualizações que ele implementou.

Pietra e eu nos entreolhamos. Pelo menos isso. Tentei sentir algum alívio no meio daquela história toda, mas estava difícil. Eram perguntas demais.

– Mas então por que consegui viajar só aos 30 anos? – indaguei, já com dor de cabeça por tentar processar tantas informações.

– Pelo que me lembro, você fez apenas uma publicação e nunca mais logou no seu perfil dentro da plataforma nesse meio tempo, certo? O vírus ficou lá dentro, na área de administrador, latente, até você ter 30 anos voltar a acessar. O que só aconteceu muitos anos depois.

– Até a Helena me enviar aquela mensagem depois do casamento da minha irmã Luiza – concluí. – Meu Deus! Isso parece ter sido há mais de dez anos, sei lá, em outra vida. Eu não sou mais aquela Anita. Eu nem conheço mais a Helena.

Fiquei pensando nas diferenças entre minhas viagens no tempo e as de Pietra. Eu tinha 30 anos e voltei ao meu eu adolescente, mas Pietra começou a voltar no tempo com 17 ou 18 anos, e fez muitas viagens em um curto intervalo de tempo. O cérebro dela ainda nem estava todo formado. As viagens eram mais constantes e curtas, então não tinha a década de consequências acumuladas que precisei que lidar. Acho que isso foi umas das coisas que mexeu tanto com a cabeça dela.

– Eu me senti muito culpado, Pietra, muito mesmo. Tentando consertar as coisas, acabei envolvendo mais uma pessoa nessa bagunça. Mais duas, na verdade. Mas pensei que aquilo podia também ser uma oportunidade de te ajudar e ajudar Danilo ao mesmo tempo.

– Então era por isso que você queria que eu voltasse naquele dia. Por isso você estava tão desesperado – Pietra parecia juntar as pontas soltas num misto de surpresa e indignação.

– Calma, o quê? Que dia? – eu disse, e Pietra suspirou antes de me esclarecer as coisas.

– Eu comecei viajando que nem você, Anita, como já disse. Aleatoriamente, sem entender nada, tentando encontrar um sentido. Minha vida já estava um caos, eu tinha brigado com minha família, tinha saído de casa, parecia que nada ia bem. E qualquer coisa que mudasse do passado só parecia deixar as coisas piores.

É, isso era bastante familiar pra mim.

– Aí, o Milton apareceu. Um dia, na saída da faculdade. Eu não sabia quem ele era, mas ele disse que sabia que eu estava perdida, mas que podia me dar uma chance de mudar as coisas. Que eu não estava louca, que as viagens no tempo eram reais e que havia um jeito de controlar melhor o que estava acontecendo.

Então o tal homem que entregou o token para Pietra era o mesmo senhor misterioso que apareceu para mim. Milton manteve o silêncio. Não parecia querer interromper.

– Fiquei muito assustada, obviamente. Mas então ele mostrou o anel. Era um token, com uma tecnologia que gerava certos códigos e permitia que eu alterasse as datas dos posts no blog. Permitia que eu escolhesse para quando queria voltar. Mas tinha uma condição.

– Que você voltasse e mudasse o dia no pátio – deduzi.

Pietra e Milton assentiram.

– Eu perguntei por que precisava fazer isso, mas ele desconversou. Disse que não podia explicar. Mas que era importante demais.

– Eu não queria correr o risco de expor o Danilo, de falar demais... – Milton sentiu o julgamento e o choque nos nossos olhares. – Eu estava desesperado – tentou se justificar – e queria te dar uma chance de usar esse poder para o bem, para melhorar a sua própria vida.

– É, funcionou suuuuuper bem – disse Pietra, irônica.

– Então você não voltou para o dia no pátio? – perguntei para a Pietra.

– Não! – ela respondeu, olhando para o vazio. – Tentar consertar o Danilo parecia... não ser um problema meu. Tinha tanta coisa que eu gostaria de mudar na minha própria vida. Meu namoro, o curso que tinha escolhido na faculdade, a relação com meu irmão, me colocar em uma situação mais confortável, enfim, outras coisas. Danilo estava lá no finalzinho da minha lista de prioridades.

Ela cruzou os braços, não sentia remorso pois fez tudo o que uma jovem garota com o cérebro ainda em formação faria. *Merda.*

– Então fui para outro dia. Um dia meu. Onde eu podia mudar de rumo. Mudei de curso. Mudei de casa. Tentei começar de novo.

Ela olhou para Milton de novo, agora sem raiva, só com cansaço.

– No começo era ótimo, tipo um superpoder. Tava com vergonha de algo que falei pra alguém? Voltava e não falava. Me arrependi de ficar com fulano? Voltava e nem encostava. A primeira vez que deu certo, eu me senti... invencível. Então comecei a usar isso pra tudo. Mudava de curso, de amigos, de namorado e, se não gostasse, voltava e trocava. Era como viver dentro de um provador de vidas. O resto você leu nos diários, Anita. Quanto mais eu mudava... menos me reconhecia. Era como se estivesse me desfazendo aos poucos.

Eu olhei para ela, sem saber o que dizer. Só lembrava das páginas do diário, de cada linha escrita com dor, tentando desesperadamente organizar os pedaços de uma vida vivida em excesso.

– Em todas essas linhas do tempo – Pietra falou, encarando o Milton –, você dava um jeito de aparecer e me atrapalhar. Em alguma esquina, algum saguão, algum parque. Sempre tentando me convencer a voltar para o dia do pátio. Parecia uma assombração. Sempre insistindo. Sempre com esse papo de que eu podia consertar tudo. Que o poder estava nas minhas mãos.

Ela respirou fundo. Parecia cansada de carregar a própria história.

– Eu meio que estava… enlouquecendo? Gente, não é brincadeira. Eu estava ficando doida. Doida e completamente sozinha. A Anita já sabe, mas vou contar pra você também, Milton.

Ela olhou com raiva pra ele, e depois me olhou no fundo dos olhos, buscando cumplicidade:

– É impossível viver tantas linhas do tempo e em seguida se concentrar apenas em uma delas. Foi quando percebi que a minha lucidez dependia das minhas anotações, do diário. Ali eu tinha certeza de que você não teria acesso aos meus pensamentos. Tive que ser cuidadosa com tudo porque foi ficando cada vez mais difícil, e ainda sim, não funcionou. Quando cheguei no meu limite, decidi abandonar o jogo. Apaguei o blog, e descobri um jeito de me mudar pra Itália com uma nova identidade. Começar do zero. Bem longe de tudo aquilo. Com o mínimo de interferência de tecnologia possível.

– E era hoje – completei, sentindo um arrepio. – Era hoje que você ia embora.

Pietra assentiu, lentamente. Depois olhou para o Milton. Eu ainda tinha um milhão de perguntas.

– Quando a Pietra sumiu… – Milton ia continuar, mas de repente meu cérebro deu um nó.

– Como assim, sumiu? Ela NÃO sumiu ainda, não entrou no avião, não teria como você saber…

Milton suspirou, como quem sabia que teria que explicar uma loucura maior ainda.

– É porque… – Ele fez uma pausa, tentando encontrar um jeito de ser convincente, mas já sabendo que o que estava prestes a dizer soaria bizarro demais pra fazer sentido de primeira – eu não estou aqui de verdade, Anita. Eu estou em 2017, escrevendo dentro do código para me comunicar com vocês duas, viajantes no tempo. Nesse momento, só vocês estão me vendo.

…

O QUÊ?

Ele continuou:

– Vocês entendem que quando a Pietra desapareceu fiquei completamente desesperado? Foi quando percebi que eu estava com as mãos atadas e já era tarde demais para fazer algo a respeito. Frear a tecnologia. Ao saber do desaparecimento dela, meu filho ficou ainda mais frio. Então, precisei encontrar uma brecha no próprio código para controlar a situação toda. Descobri uma forma de me comunicar e adicionar dados na consciência dos viajantes, como se estivéssemos conversando. Como estamos fazendo agora. Foi assim que falei com você em todos os lugares, Anita. No Museu do Ipiranga, em Paris, no táxi em Nova York.

– Pera, você não estava lá de verdade?

– Não. Só na sua cabeça. Como viajaria para todos esses lugares e saberia exatamente onde você estava? – ele deu uma risadinha leve. – Provavelmente, acharam que você era meio biruta e estava falando sozinha.

Não achei aquilo *nada* engraçado.

– Depois que a Pietra foi para a Itália, eu passei os próximos anos tentando buscar formas de apagar o código. Enquanto isso, o Danilo... ele ficou cada vez mais distante. Fundou a Times DC com o Cris, começou a ganhar uma fortuna absurda investindo com base em previsões que só ele podia fazer. E quanto mais dinheiro ele fazia, mais ele acreditava que estava certo. Que era especial. Intocável. Passei a próxima década tentando encontrar uma forma de colapsar o sistema, de apagar o código. Mas tudo que eu testava parecia ter uma falha. Meu filho realmente é um gênio. – Dava pra sentir o orgulho na sua voz, apesar de tudo. – Até que, em 2015, recebi a notificação de outro acesso do código. Do seu blog, Anita. Através do código, eu conseguia ver o que estava acontecendo na sua vida.

– E por que você resolveu aparecer para me dar conselhos genéricos?

– Eu me sentia culpado por ter gerado essa complicação na sua vida, e tentei achar uma forma de ajudar... dar alguma direção.

Esse. Velho. Manipulador. Quem ele achava que era para sair manipulando duas mulheres, uma delas *adolescente* na época, pra resolver os próprios problemas? E que direito ele tinha de mexer nas minhas memórias? Como se tudo não fosse caótico o suficiente. Sem contar que, se aquele erro estúpido dele não tivesse acontecido, nós nem estaríamos com aqueles problemas.

Imediatamente me lembrei de outro homem que havia mentido para mim para conseguir o que queria: Joel. Como ele se encaixava nessa história toda?

– Tá, mas... e o Joel? – perguntei, sentindo a mente fritar ao tentar juntar as peças. – Como ele sabia de tudo? Como ele entrou nessa loucura, virou meu vizinho e veio falar comigo um ano depois sobre isso de novo? Você está envolvido nisso?

Milton respirou fundo, como quem se preparava para derrubar mais um dominó.

– Depois que a Pietra desapareceu, o irmão dela nunca parou de procurar. Vasculhou tudo que ela deixou para trás. E aí... encontrou e leu os diários. Obviamente achou que era alguma brincadeira dela. Algum trabalho estranho da faculdade. Só que anos depois, em um aniversário de desaparecimento da Pietra, ele descobriu o link do blog dela.

Olhei para Pietra. Essa parte ele tinha me contado, mas ela não sabia os detalhes. Ela estava com os olhos baixos, mexendo no chá como se tentasse dissolver alguma lembrança ruim no fundo da xícara.

– E eu soube disso porque ele tentou entrar na conta dela como administrador várias vezes, até bloquear o perfil e eu receber a notificação. E então tive a ideia de incluí-lo no plano, usando-o para conseguir convencer a Anita a ficar do meu lado.

– Você contou para ele que a Pietra estava viva? – perguntei.

Milton assentiu.

– Contei tudo. Não tínhamos como saber do seu paradeiro, mas alguém com o poder de viajar no tempo conseguiria…

– Então ele veio atrás de mim… porque você mandou – falei, a sensação de traição aumentando a cada momento. – Você usou o Joel para me usar também.

– Não foi assim! Disse que esse seria um dos caminhos, e ele pareceu gostar cada vez mais disso. Só ajudei a dar um empurrão. Incentivei o Joel a se mudar pra perto de você, a tentar se aproximar, te ajudar com suas questões. Disse que, se esperasse o momento certo, você entenderia. E talvez aceitasse ajudar.

– E por que ele não me contou nada?

– Ele sugeriu isso de cara, mas eu o convenci de que podia assustar você. Que talvez você o enxergaria de uma forma diferente se descobrisse. Pelo que vi acompanhando as suas viagens, você sempre foi uma mulher sensível.

Meu Deus como eu odiava quando falavam da minha sensibilidade como se fosse uma fraqueza.

– Primeiro ele precisava ganhar a sua confiança.

Me manipular para eu ficar vulnerável.

– E ele concordou em esperar o momento certo pra revelar tudo, mas o Joel… o Joel é só um garoto. Acabou se envolvendo de verdade com você. Tanto que pediu conselho para o pai e até o Lúcio entrou nessa história sem querer, mesmo achando que estava apenas dando conselhos de amor, aconselhou Joel a se afastar e não acreditar nessa loucura.

Ficamos em silêncio por vários segundos. Era muita coisa. E ainda não sabíamos por que Milton estava ali (ou não estava) e o que ele queria com a gente. Pietra devia estar pensando a mesma coisa.

– E agora que você me encontrou, veio insistir mais uma vez pra eu voltar no maldito dia no pátio e mudar tudo? – Pietra perguntou, com raiva em sua voz.

– Não. Encontrei outro jeito. – Milton se inclinou na mesa, agora com algo além de culpa no olhar. Era esperança. – Passar anos tentando entender o sistema me fez perceber uma coisa: vocês se tornaram o ponto fraco dele. A parte sensível e vulnerável. Podemos criar um paradoxo através disso.

– Que tipo de paradoxo? – Pietra perguntou, desconfiada.

– A linguagem que o Danilo criou se baseia principalmente em antecipação, entende? Ele se inspirou nos algoritmos de simulação quântica. Desenvolveu um sistema que executa incontáveis simulações temporais em paralelo, projetando todos os futuros prováveis. Em uma dessas varreduras, o programa encontra uma linha do tempo quase idêntica à realidade atual. Quando isso acontece, ocorre uma superposição: a realidade simulada e a real colapsam em uma só. No instante em que o meu filho conseguiu compilar esse código pela primeira vez, algo falhou. Danilo foi lançado para um dia aleatório do passado. A viagem foi um efeito colateral, um ruído inesperado na função de onda temporal. Mas ele sobreviveu e, mais do que isso, começou a entender. Com o tempo, passou a aprimorar o sistema até ter mais controle sobre as coordenadas. Bem, ele tinha uma motivação para fazer isso. Depois que conheceu o Cris, tinha várias.

– Não vem dizer que a culpa é minha. Eu só falei um "não" – Pietra insistiu.

– O problema é que, durante esse processo, o código ficou exposto. Foi assim que vocês foram infectadas. Eu devia ter previsto, ter compreendido o risco desde o começo, mas o programa já estava se reescrevendo com base em dados de futuros alternativos. Cada viajante no tempo, cada execução, gera uma nova ramificação temporal, sobrepondo a anterior como um arquivo sendo sobrescrito.

Nesse momento até pensei fazer uma piada, mas quando olhei para o rosto da Pietra ela estava concentrada e séria, como se estivesse realmente conseguindo acompanhar o que ele dizia.

– Agora o próprio programa consegue se atualizar usando dados do futuro, e a minha suspeita é que esteja se aproveitando da ganância dos meninos para adquirir cada vez mais poder e informação. Eles não enxergam dessa forma, dizem que é "só" um código, mas penso que estão equivocados. É uma questão de tempo para perderem o controle de tudo, para deixarem de ser necessários.

– E como a gente interrompe essa distopia maluca, hein? Vimos as notícias de 2017 quando estávamos na Itália. Não é que o cara quer ficar rico ou ser famoso, o cara quer controlar o mundo todo.

– As coisas foram ficando mais complicadas com o passar dos anos, eles foram ganhando influência quando compraram a rede social de textos curtos. Controlando a mídia e tendo acesso à essa tecnologia, eles controlam a narrativa que o mundo todo conhece.

– Ok, você pode explicar como se eu fosse uma criança de 31 anos? Eu já entendi que estamos todos na merda e que o poder caiu nas mãos erradas, mas o que podemos fazer a respeito?

– A única coisa que pode causar um erro crítico nesse sistema é uma foto. Uma foto que contenha as pessoas que não deveriam estar onde deveriam estar. No corpo errado, na hora errada. Os bugs do sistema precisam estar reunidos.

Dessa vez, até Pietra parecia confusa. Milton tentou esclarecer.

– Se vocês, Anita e Pietra do presente, em seus corpos no passado, tirassem uma foto juntas e postassem, isso criaria um paradoxo forte o bastante para travar o código todo. É um nível de processamento que o servidor não aguentaria.

– Isso tudo usando... uma selfie? – eu perguntei, quase rindo da simplicidade daquilo.

– Então para acabar com o código a gente só precisa tirar uma foto nossa e postar? Simples assim? – Pietra perguntou.

– Eu gostaria que fosse. Uma foto de dois viajantes já ia fazer um estrago, mas não o suficiente para quebrar o código inteiro. Mas uma foto com três viajantes…

– Apagaria o código?

– Sim. Colapsaria tudo de uma vez.

– Então o que você está propondo é que a gente fique no passado, encontre o Danilo, descubra o momento exato em que ele adulto estaria no corpo de jovem, dê um jeito de tirar uma selfie de nós três juntos e poste no sistema?

– Exatamente. Eu posso ajudar vocês, pois sei exatamente quando ele vai viajar no tempo. E é em breve. Mas ele não pode saber de jeito nenhum. Se descobrir, pode tentar arrumar uma forma de impedir, ou pior, apagar as versões de vocês e tudo o que viveram desde que começaram a viajar no tempo.

Ficamos em silêncio. Eu sentia meu coração batendo no pescoço.

– É isso? – perguntei. – Depois de tudo... tudo mesmo... a solução é uma foto?

Milton sorriu, com os olhos cheios de arrependimento.

– Às vezes, uma foto pode mudar o mundo e o rumo de toda a história. Você, mais que ninguém, deve saber isso, Anita.

Ele me olhou como se eu fosse mais importante do que eu realmente me sentia naquele momento, então concordei com a cabeça.

Milton nos contou que lendo o código e as probabilidades de linha do tempo geradas, daquele momento em diante, tínhamos pouquíssimas oportunidades para interferir nos acontecimentos com alguma chance real de dar certo. O plano era aproveitar um momento de extrema vulnerabilidade… não do sistema, mas do Danilo. Isso se tornaria cada vez mais raro porque, à medida que foram enriquecendo, delegaram as principais tarefas do trabalho, assim como contrataram seguranças e se tornaram inseparáveis.

O dia em questão era na véspera da final da Copa do Mundo de 2006. O Danilo do dia seguinte do jogo, sabendo o resultado, voltaria para o corpo do Danilo do dia anterior, em que as apostas ainda estavam abertas, e colocaria todo o dinheiro do Cris no lance. Com isso, conseguiriam os valores necessários para comprar máquinas mais potentes para o servidor do código. Aquele era o pontapé inicial do plano que fez a empresa crescer e virar uma referência em novas tecnologias e chamar atenção do governo norte-americano.

– Nossa! Então quer dizer que a empresa cresceu assim? Com o resultado de um jogo de futebol? Quer algo mais homem que isso?

Tentei me lembrar. Sem sucesso. Olhei para a Pietra, e ela fez um gesto com a mão que me daria detalhes depois.

– Não foi qualquer jogo. Foi *o jogo*. Lembro que tinha chegado há pouco na Itália, ainda estava me adaptando e o país todo parou para assistir aqueles pênaltis. Um dos momentos mais comentados da partida foi a expulsão de Zinedine Zidane após agredir um outro jogador com uma cabeçada.

– Meu Deus! Disso eu me lembro. Eu vi esse vídeo muitas vezes depois na internet.

– Pois o Danilo voltou com todos os detalhes desse jogo, então todas as apostas que fizeram foram muito bem-sucedidas e lucrativas. De quem foi expulso, de quem venceu, sobre os pênaltis e o resultado final.

– Por um tempo eles ficaram fazendo apostas, mas essa primeira foi a que possibilitou todas as outras. Com essa grana eles investiram na expansão dos servidores e o sistema ficou muito mais poderoso.

– O plano é o seguinte: vocês precisam dar um jeito de estar aqui no Rio no domingo de manhã, nove de julho, no dia que o Danilo do dia seguinte do fim da copa, vamos chamar ele de Danilo+1, volta para fazer as apostas, antes de o jogo acontecer. Teremos apenas algumas horas, mas essa é a nossa melhor chance. Não se preocupem com o que vai acontecer depois, se essa foto for tirada, posso garantir que as coisas voltam para o fluxo natural, sem interferência da tecnologia na vida de vocês.

– Como vamos ter certeza de que isso não é uma emboscada?

– Eu jamais estaria aqui dando todas as informações de mão beijada para vocês se não tivesse um motivo forte para isso. Ele é meu filho. Me preocupo, não apenas com o destino dele, mas com as consequências para o mundo todo. Vocês podem achar que eu fui imprudente em deixar tudo escalar dessa forma, mas tenho certeza de que fariam o mesmo se tivessem filhos. Não vou poder estar lá fisicamente, digo, com minha consciência de agora que já sabe de todas essas coisas. Então vocês terão que encontrar o meu eu do passado e explicar toda a situação.

Ele suspirou e nos olhou com uma intensidade que transmitia desespero.

– Pietra, Anita. Vocês são minha única chance. Do Danilo, do mundo. Por favor, considerem o peso desse poder. Vocês são as únicas que podem parar essa loucura.

Nós nos entreolhamos. Não tínhamos mais o que dizer. Percebendo isso, Milton nos desejou boa sorte e simplesmente *escafedeu-se*.

***

Então era isso. Uma possibilidade de acabar com essa história de viagem no tempo para sempre. Mas era o que a gente queria?

Depois que Milton desapareceu, eu e a Pietra nos olhamos como se tivéssemos acabado de ter uma alucinação. E olha que nós somos viajantes no tempo e já vivemos boas aventuras.

– Bom... É isso. Não se trata mais de uma comédia romântica sobre ressignificar traumas e inseguranças do passado, viramos protagonistas de um jogo de videogame e agora temos um vilão para combater. Uhuuu! – disse, tentando deixar o clima mais leve.

– O Danilo não é vilão. Ele é só um nerdão confuso que se acha. – Pietra engoliu em seco. – Por enquanto.

– Você sabe quantas vezes um moleque causou problemas no mundo? Todo homem feito fazendo merda foi um adolescente confuso que não teve apoio suficiente da família e dos amigos. Eles acabam conseguindo o que querem porque sempre tem alguém dizendo: "Calma! Tenha paciência. Ele ainda está aprendendo".

– Eu não estou defendendo ele, tá? É só que aqui, em 2006, as coisas ainda não aconteceram. Podemos conseguir essa foto, sei lá... conversando com ele.

– Eu acho que o negócio é criar uma oportunidade para justificar esse encontro, uma possibilidade para foto existir. Vamos pensar em algo. Somos criativas. O que sei é que não vamos conseguir enfiar maturidade goela abaixo no Danilo, mas talvez, lidando com as consequências dos atos dele, finalmente se transforme em alguém melhor. Mude de plano. Use a inteligência de um jeito menos… destrutivo.

Enfim, era bastante informação. Muita coisa para refletir de uma vez só. Não podíamos tomar essa decisão correndo, e ainda tínhamos duas semanas até a véspera do jogo, o dia em que Danilo estaria voltando no tempo.

Decidimos voltar para Juiz de Fora e usar os próximos dias para pensar.

***

Olhei a paisagem passar meio borrada pela janela suja. Eu estava de volta no carro do Fabrício, dessa vez com a Pietra no banco de trás. Fabrício até tentou puxar uns assuntos aleatórios em alguns momentos, mas até um cabeça oca como ele conseguiu perceber que nós duas não estávamos pra papo.

O cheiro de fumaça era da nossa cabeça. Certeza.

Em silêncio, nós duas tentávamos processar o que o senhor misterioso – agora não tão misterioso assim – havia revelado. Aquela conversa respondia várias questões que tínhamos secretamente há anos e, ao mesmo tempo, levantava novas perguntas. Perguntas muito mais complexas, por sinal. O que estava em jogo não era simplesmente o nosso futuro, mas o do mundo. Logo quando achei que as coisas iam se ajeitar, veio alguém e bagunçou tudo.

E dessa vez não foi o Fabrício.

Ele dirigia concentrado, com os olhos fixos na estrada e as mãos firmes no volante, cantarolando um sertanejo universitário que eu nunca tinha ouvido na vida. Comecei a reparar na estrada para tentar relaxar um pouco. Passamos por Petrópolis, entre dezenas de montanhas e vales profundos. Devo ter cochilado logo depois.

Uma parte de mim só queria mergulhar de volta na vida universitária, na simplicidade de tudo, nas conversas com as versões mais jovens das minhas amigas… e com a do Henrique.

Não para alterar nada, apenas para estar ali, aproveitar os poucos momentos em que podíamos ser apenas amigos. Quem sabe, viver um pouco da vida "normal" me ajudasse a chegar em alguma conclusão. Fora que, depois do vômito e do que Pietra tinha me contado, não queria arriscar ficar viajando várias vezes para o mesmo momento.

Com tantas reflexões, nem vi as duas horas e meia de viagem de carro passarem do Rio até Minas. Agradeci muito ao Fabrício por ter me dado apoio naquela missão. Ele realmente não precisava ter feito nada daquilo, mas escolheu me ajudar.

– Se cuida, Anitona – ele falou quando nos deixou em frente à república.

– Obrigada, Fabrício – pensei um pouco antes de falar. – E... tá tudo bem não saber o que fazer. Só lembra que afastar as pessoas complica tudo ainda mais.

Isso era algo que eu mesma tinha aprendido nas minhas viagens. Ele pareceu surpreso, deu um sorriso sincero e soltou um: "A gente se vê por aí". Se o Fabrício podia mudar, então nada era impossível. Sugeri que a Pietra ficasse na república comigo até o dia seguinte, mas ela explicou que queria ir para o apartamento dela, tomar um bom banho quente e ficar sozinha por um tempo.

Foi quando me dei conta. De alguma forma eu já estava inserida naquela realidade inconstante das viagens no tempo, de reviver meus dias mais jovem. A instabilidade era o meu normal. Para Pietra, por outro lado, estar em Juiz de Fora significava assumir novamente uma vida que não era mais a dela há mais de uma década. Inclusive a realidade em que o telefone poderia tocar e ser o pai ou o irmão.

Mais uma vez ficou clara a diferença entre as nossas experiências viajando no tempo. Eu lidava com o impacto das consequências das minhas escolhas, enquanto ela surfava nas possibilidades de não precisar lidar com a consequência de nada. Isso com a metade da minha idade, sem nem ao menos ter o córtex pré-frontal todo formado. Pobrezinha.

Por um instante me afastei dos meus próprios pensamentos conflitantes, e acolhi os dela. Na nossa despedida, dei um abraço apertado e pedi para que me prometesse não fazer nenhuma besteira sem falar comigo antes. Combinamos de, por precaução, não abrirmos os nossos blogs em hipótese alguma.

Quando cheguei na república, escutei uma falação do outro lado da porta. Elas estavam combinando onde todos assistiriam ao jogo entre Brasil e França.

– Vamos fazer um rolê aqui na república, Flá! Mais intimista... – Camila argumentou.

– Que intimista o quê? É COPA DO MUNDO! VAMOS PARA O BAR TORCER COM O POVO BRASILEIRO! – Flávia retrucou.

Cheguei nesse momento, interrompendo o papo. Flávia e Cami começaram a me interrogar sobre minha jornada. Elas tinham achado a história toda do aeroporto meio esquisita, mas acho que estavam apaixonadas demais – ou envolvidas demais com a Copa – pra darem atenção para o assunto. Elas contaram que combinaram de acampar juntas no próximo feriado, perto de uma cachoeira a uns quarenta e cinco minutos de Juiz de Fora. Pelo jeito, as coisas iam melhor do que nunca entre elas, porque a Cami estava muito mais relaxada e menos preocupada com os olhares das outras meninas da república. Fiquei feliz de verdade por elas. A única coisa que realmente queriam saber era se eu tinha conseguido a foto ou o autógrafo do McFly. Eu fiquei bem confusa até lembrar que foi essa a desculpa que dei para ir ao aeroporto.

– Não consegui, tinha muita gente. Pena, né? Numa próxima.

– NÃO ACREDITO, ANITA! Você vai até o Rio de Janeiro no pleno sábado de madrugada pra tietar os caras e não volta com uma mísera foto? – perguntou Flávia, indignada. – Que absurdo. Estou decepcionada.

Dei uma gargalhada enorme, acho que para liberar um pouco da tensão do dia anterior. É impressionante como nossas amigas conseguem, sem nem se esforçar, fazer a gente se sentir muito melhor.

***

Pietra (pipietra@hotmail.com) adicionou você à lista de contatos. Deseja permitir que essa pessoa veja quando você estiver online?

PIETRA: Anita, você me paga, EU ESTOU NO MSN DE NOVO.

ANITA: Quem precisa de WhatsApp quando você pode...

ANITA ACABOU DE CHAMAR SUA ATENÇÃO.

ANITA: Será que no futuro alguém vai ler essa troca de mensagens e dizer "foram essas fodidas aí que não salvaram o mundo daqueles paspalhos e agora a humanidade é esse grande vazio controlado pelas máquinas"?

PIETRA: Será que a gente conta que no futuro ele vai ficar calvo?

ANITA: Quem sabe assim ele não foca em inventar um minoxidil mais potente e não um programa de merda que controla e acaba com o mundo todo.

PIETRA: Ok, sem brincadeiras. Isso é o MSN, mas temos um problema sério e por mais estranho que pareça, precisamos ser adultas agora.

ANITA: Só para te dizer que no passado e no presente nós já meio que somos adultas.

PIETRA: Droga!

ANITA: Será que é perigoso conversar por aqui?

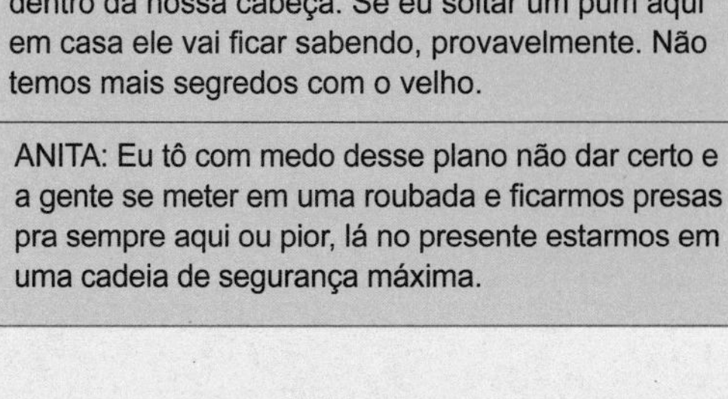

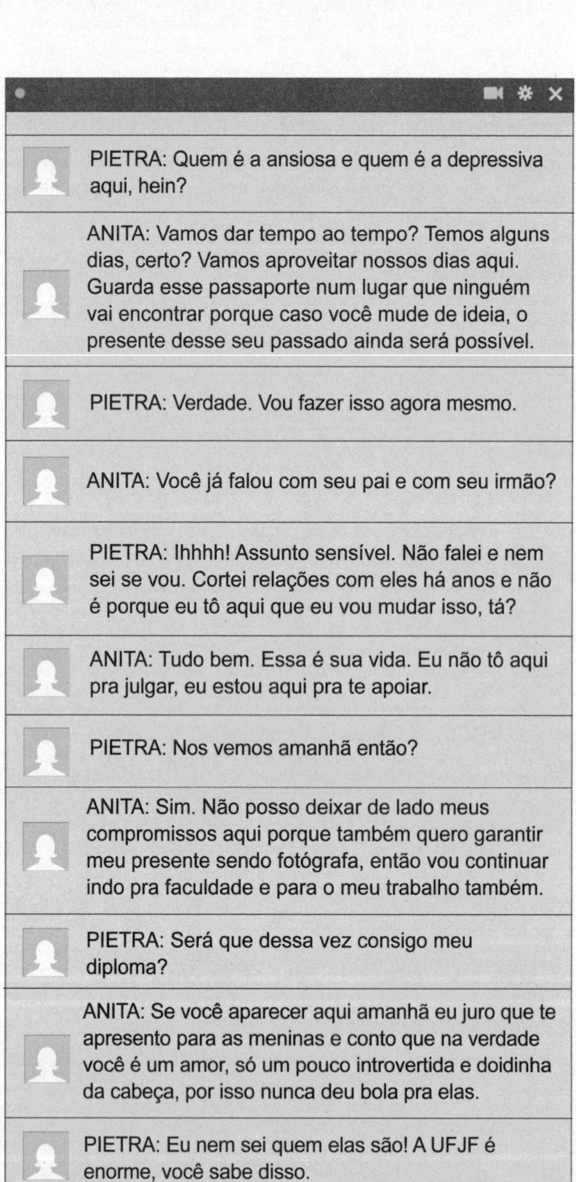
PIETRA: Quem é a ansiosa e quem é a depressiva aqui, hein?
ANITA: Vamos dar tempo ao tempo? Temos alguns dias, certo? Vamos aproveitar nossos dias aqui. Guarda esse passaporte num lugar que ninguém vai encontrar porque caso você mude de ideia, o presente desse seu passado ainda será possível.
PIETRA: Verdade. Vou fazer isso agora mesmo.
ANITA: Você já falou com seu pai e com seu irmão?
PIETRA: Ihhhh! Assunto sensível. Não falei e nem sei se vou. Cortei relações com eles há anos e não é porque eu tô aqui que eu vou mudar isso, tá?
ANITA: Tudo bem. Essa é sua vida. Eu não tô aqui pra julgar, eu estou aqui pra te apoiar.
PIETRA: Nos vemos amanhã então?
ANITA: Sim. Não posso deixar de lado meus compromissos aqui porque também quero garantir meu presente sendo fotógrafa, então vou continuar indo pra faculdade e para o meu trabalho também.
PIETRA: Será que dessa vez consigo meu diploma?
ANITA: Se você aparecer aqui amanhã eu juro que te apresento para as meninas e conto que na verdade você é um amor, só um pouco introvertida e doidinha da cabeça, por isso nunca deu bola pra elas.

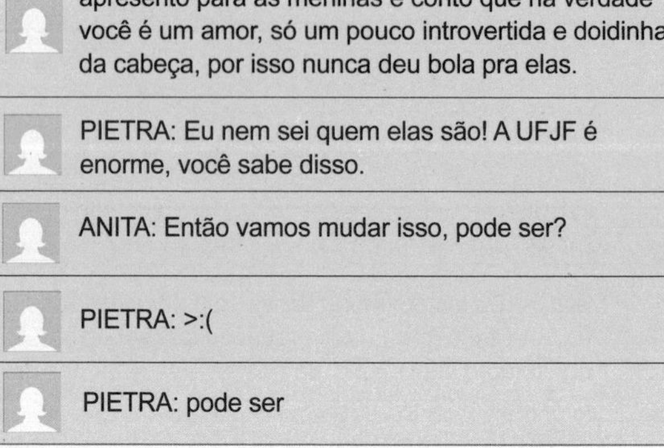
PIETRA: Eu nem sei quem elas são! A UFJF é enorme, você sabe disso.
ANITA: Então vamos mudar isso, pode ser?
PIETRA: >:(
PIETRA: pode ser

Andar pelas ruas de Juiz de Fora com a Pietra era engraçado, porque a minha mente ficava me jogando de volta para as lembranças do que vivemos na Itália o tempo todo. Ela mais velha, ela mais nova. Nossas versões no passado e no presente. É claro que tudo ao redor era bem diferente, caminhávamos em direção ao centro e estávamos em Minas Gerais. Ao mesmo tempo, ter a presença dela naquele cenário dos primeiros anos da minha juventude era como misturar dois universos em um só, fazendo tudo ter ainda mais sentido e significado para mim.

Descobrimos algumas coincidências engraçadas por termos vivido na mesma cidade só que em épocas diferentes, tipo nosso pão de queijo favorito de Juiz de Fora era da mesma padaria. A padaria Linda. Decidimos ir juntas até lá no final da tarde, depois do trabalho, para matar a saudade mesmo, pois eu ainda não havia comido um pão de queijo decente desde que havia voltado para aquela época.

Enquanto desembrulhava o saquinho de papel, a Pietra já tinha dado a primeira mordida. Caminhávamos rumo ao parque Halfeld.

– Preciso te contar uma coisa, amiga. – Pietra confessou, meio nervosa.

– Não me fala que você vai mudar de curso de novo.

– Besta! – Ela riu. – Tomei coragem. Conversei com meu irmão.

– SÉRIO?

– Tava na hora de parar de fugir.

– Me conta tudo, nos mínimos detalhes.

E então, entre um gole de refrigerante e outro, ela começou:

– Estranhei quando vi sua mensagem, mana. Tá tudo bem?

– Eu só queria... conversar. Faz tempo que a gente não se vê, né? Acho que a última vez foi quando deu problema lá com o pai. Ruim que a gente só se fala para resolver problema.

– Ah, eu sei que você tem suas coisas. Eu também tô todo enrolado com as entregas que preciso fazer. Meu chefe me contratou pra ser criativo na agência, mas eu tô é sendo o tradutor.

– E o intercâmbio tem ajudado nisso?

– Porra! Pra caramba. Acho que foi decisivo pra eu conseguir esse emprego. Essa é uma agência aqui da cidade, mas há boatos de que ela tá pra ser comprada por outra maior lá de São Paulo. Aí vou ter oportunidade de crescer muito. Tipo... ir para São Paulo e tudo... – Então ele parou de falar, e perguntou de mim: – *Chega de falar de mim. E você? Como tá a faculdade?*

– Turismo é legal. Acho que achei o meu negócio nessa vida, sabe? Ajudar as pessoas a se conhecerem enquanto conhecem o mundo.

Ela disse que ele respirou fundo e o semblante mudou. Parecia mais leve.

– O que eu queria te falar mesmo era sobre as nossas últimas brigas...

– Ah, relaxa. A gente pode só fingir que nunca aconteceu e seguir em frente. Por mim, tá tudo certo.

– Não. Não pode, não. Eu quero que a partir de agora essa coisa de fingir que não aconteceu seja proibida entre a gente.

– É que quando a gente tenta conversar sobre o que não concorda, a coisa desanda e um acaba machucando o outro.

– Então a gente tem que aprender a se comunicar sem se machucar. A pensar um pouco antes de falar.

– Sem guardar por tempo demais ao ponto de calcificar dentro da gente.

– Sem dizer do jeito que veio na cabeça ao ponto de espetar o outro.

– Um meio do caminho, pode ser?

– Pode.

Então, eles se abraçaram enquanto ela continuou falando.

– Tem uma coisa que só ficou clara para mim depois de muito tempo... Quero dizer, desde que a gente se encontrou pela última vez... Você não tem culpa. Não tem culpa dessa relação zoada que eu tenho com o pai. Vocês são ótimos juntos e isso é lindo. É bom. É saudável.

– Vocês são mais parecidos do que conseguem admitir. Você sabe, né?

– Na verdade, acho que sou parecida demais é com outra pessoa.

– Você puxou a teimosia do Lúcio e a beleza da nossa mãe. Cada dia que passa te acho mais parecida com as fotos que temos dela.

– E a minha suspeita é que esse é o problema.

Pietra disse que nessa hora deu para ver que ele pensou em contestá-la, mas lá no fundo sabia que ela tinha um pouco de razão.

– O pai ainda não superou ainda a morte dela, né, mana?

– Talvez nunca supere… e, tudo bem. A questão é que isso não precisa entrar na frente da nossa relação de irmãos. Tá bom? Peço que tenha paciência comigo quando estivermos conversando sobre assuntos sensíveis, nesses momentos não vou conseguir manter a calma e falar assim com você. Eu vou chorar. Vou gritar. Não é um jeito de te atacar, é como eu acesso minhas emoções. Não tô me fazendo de…

– Vítima. Eu sei que já disse isso muitas vezes pra você, e nem é o que penso. Você era novinha demais quando a mãe morreu. Imagino que tenha um buraco aí na sua cabeça toda vez que você pensa nela.

– Para ser honesta não sei direito quais memórias são reais e quais foram criadas depois de ouvir tantas vezes as mesmas histórias sobre quem foi o grande amor da vida dele.

– Apesar de sentir um pouco de raiva por ela não estar mais aqui, confesso que adoraria ter tido a oportunidade de saber quem foi a Pérola Diniz com meus próprios olhos.

Fiquei emocionada imaginando aquele Joel lá do presente tendo a oportunidade de ouvir da boca da irmã todas aquelas palavras lindas, profundas e honestas. Se a outra versão dele lá no presente viveu uma vida se apoiando em culpa e remorso, era boa a sensação de imaginar que esses sentimentos tão pesados não teriam mais tanto espaço assim em seu coração.

O mundo seria um lugar muito diferente se todas as pessoas tivessem as ferramentas necessárias para se entenderem e se expressarem. Sem ruído na comunicação, fica tão mais fácil se colocar no lugar dos outros. Joel e Pietra viveram uma vida inteira trocando ofensas, simplesmente porque ninguém ali não conseguia falar abertamente sobre como se sentiam enfrentando o luto.

Isso me lembrava muito a minha própria história.

Ter o mesmo sangue que alguém não te faz mais próximo instantaneamente, muito pelo contrário. Às vezes dividir o mesmo ambiente na infância e sair de lá machucado já é motivo para duas pessoas se desentenderem por uma vida toda. É mais fácil perdoar alguém que chegou agora, do que alguém que te viu crescer.

Quando você está vivendo um período de crise, uma guerra interna secreta e não tem as ferramentas para falar, para lidar com isso, é quase impossível ter a mesma leveza para aproveitar os pequenos momentos com outras pessoas. A felicidade parece uma afronta. A leveza de alguém feliz soa como um ataque pessoal. Como pode alguém existir no mesmo lugar e não sentir tanto desconforto?

Depois dos meus dias com a Luiza no interior, ficou claro para mim que a conexão entre dois irmãos aparentemente diferentes se fortalece na certeza de que, quando a vida desanda, um pode lembrar ao outro do endereço de casa. Sendo que a casa muitas vezes não é um lugar, mas uma conversa segura e acolhedora. Um breve instante em que a vida adulta volta a ser aquela sala cheia de brinquedos coloridos espalhados, mas tudo que mais queremos é fazer parte da brincadeira um do outro.

– É isso. Fizemos as pazes.

– Eu tô feliz demais da conta, Pietra! No fundo, esse tinha sido o motivo que me fez viajar no tempo de novo e, mesmo se tudo der errado, sinto que essa conversa vai trazer paz pra você e para o Joel também, o que nos leva para a próxima pergunta: quando é que você vai me apresentar seu irmão, hein? Na última linha do tempo eu era só uma maluca no Facebook dele e não quero que continue assim não!

– Pode deixar que eu te apresento para ele. Em 2006 mesmo ou, se não der tempo, em 2017.

Demos uma gargalhada, e aquela conversa que tinha começado profunda e sentimental, aos poucos foi ficando mais leve e divertida. Eu gostava da sensação de conhecê-la melhor, de ganhar intimidade e não ter que pensar muito para usar as palavras, mesmo nesses momentos. Naturalmente eu sabia como fazê-la rir. Qual era a hora de ficar em silêncio e ouvir a mesma história contada anteriormente, mas agora com um pouco mais de detalhes. Perceber as nuances, os muros de proteção criados pelos traumas sendo destruídos aos pouquinhos.

Por mais que as amizades não tivessem sido prioridade na minha vida por um bom tempo, sabia que minha arquitetura interna tinha alguns pilares importantes, e um deles era a forma que os meus amigos me enxergavam.

***

Os próximos dias correram tranquilos. Segui minha rotina de trabalhar no estúdio do Marcos de manhã e assistir às aulas da faculdade à noite. Era um dia a dia simples, mas gostoso. No estúdio, os trabalhos variavam entre os clássicos ensaios familiares e as fotos profissionais, mas de vez em quando aparecia algo diferente. Meu ensaio preferido foi uma mãe que escolheu fazer uma sessão de fotos para o aniversário da filha de 1 ano, com o tema "Esmague o bolo". Basicamente, ela comprou um bolo gigante para a bebê e colocou na frente dela. Enquanto a nenê se divertia, enfiando as mãozinhas inteiras no bolo e se lambuzando toda, a gente registrava o momento. Editei as fotos com um sorriso no rosto o tempo todo.

Aproveitei para ir em todas as aulas na Estácio, prestando uma atenção absurda e anotando tudo. É muito louco perceber como a gente aproveita melhor aulas e aprendizados depois de mais velho. Acho que aos 18 ou 19 anos, não dimensionamos o valor de uma aula bem dada – estamos ocupadas demais com os dramas, os crushes, os rolês. Mas naquele momento, eu só queria absorver o máximo de conhecimento possível daqueles professores, que também eram profissionais hipercompetentes. Alguns mais que outros, claro. Ser um bom profissional e ainda ter didática para ensinar os outros é realmente um milagre.

Meus olhos brilharam especialmente na aula da Carmen, a professora de "Composição e narrativa da imagem". Ela tinha trabalhado com vários artistas importantes nos anos 1980 e 90, e até assistido palestras do próprio Sebastião Salgado. No final da aula, não me aguentei e pedi para conversar um pouco e ouvir um sobre sua trajetória. Até mostrei algumas fotos minhas e ela elogiou. Falou que eu tinha um caminho brilhante e longo pela frente. *Não sei se tão brilhante, mas longo com certeza.*

Voltei para a república tarde da noite, e encontrei a Flávia, a Camila, a Pietra e mais duas meninas da casa aglomeradas no sofá da sala. Depois de passar um ou dois dias em seu apartamento, finalmente consegui convencer a Pietra de ficar na república com a gente. Inventei uma desculpa qualquer pra Flávia e pra Camila, dizendo que ela era uma amiga de uma amiga que estava precisando de um lugar pra ficar por uns dias, e elas nem questionaram. A república Meninas Gerais era que nem coração de mãe – sempre cabe mais uma.

No começo senti um pequeno estranhamento, já que a Pietra tinha passado os últimos dez anos longe de tudo e não era exatamente ótima em fingir ser uma jovem universitária de 20 e poucos de novo. Não vou mentir, as interações iniciais foram bizarras. Mas foi só a Pietra e a Camila perceberem que tinham o mesmo filme favorito – *Dez coisas que odeio em você* –, que já estavam na sala com um balde de pipoca e o aparelho DVD pronto para darem o *play*. Mesmo já tendo visto o filme umas mil vezes, eu também o amava. É daqueles clássicos que não pioram com os anos.

– Nem me esperaram? – reclamei, já tirando o sapato e achando um cantinho na sala pra assistir ao filme.

– Para de reclamar, Anita, acabou de começar! Senta aí e fica quietinha – Camila respondeu, com uma delicadeza de elefante.

Sentei em uma almofada no chão ao lado da Pietra. Assistimos ao filme falando o tempo todo, dando opiniões sobre os personagens e debatendo se o Patrick era um fofo ou um babaca. Mas a verdadeira babaca foi a Camila, que ficava fazendo *shhh!* o tempo todo. No final, nem ela resistiu ao debate.

Depois de chorar horrores com o final do filme, nos recolhemos para os quartos. Flávia topou fazer o *sacrifício* de dormir na cama com a Camila, deixando o beliche livre pra Pietra no meu quarto. Antes de dormir, a Pietra puxou o assunto:

– Conseguiu pensar?

– Não. Nem quis. Estou tentando espairecer por enquanto... e você?

– Fiquei na ocupação com a Camila o dia todo. Já que as aulas não estão acontecendo mesmo, decidi ir lá ver o que estava rolando.

– Depois a gente pensa?

– Isso, depois a gente pensa.

Não sabíamos se estávamos sendo sábias de dar um tempo para processar ou só postergando o problema, mas ainda tínhamos algum tempo antes do dia do fatídico jogo da Copa.

Na quinta-feira, Cami veio falar comigo de manhã como quem não quer nada.

– Amiga... por acaso você estaria livre sábado?

– O que você quer, Camila? – brinquei com a mesma *delicadeza* da minha amiga.

– Ah... é só que... Lembra que você falou de postar meu livro on-line, no Orkut? Eu fiz isso. E devo ser um pouco boa autora, porque já tem várias pessoas pedindo os próximos capítulos.

Lembrei da Cami do futuro, mega bem-sucedida, com vários livros publicados e vendidos para audiovisual. Uma mulher extremamente confiante, viajada, inteligente e conectada. Era emocionante ver o começo daquela trajetória logo depois de ter presenciado o resultado daquilo vários anos depois. Abracei ela com força, sem dar nenhum *spoiler* para não correr o risco de estragar tudo.

– QUE ORGULHO DE VOCÊ MINHA AUTORA TALENTOSA E LINDA! – Enchi a Cami de beijinhos e ela tentou fugir.

– Ai, tá bom! Sai! Mas então... lembrei que você falou de fazer um ensaio de fotos inspirado nos meus personagens, para me ajudar a divulgar ainda mais. Você ainda topa?

– CLARO! Eu ia amar!

Camila não conseguiu conter um sorrisão.

– OBA! Perfeito. Muito perfeito. Já pensei tudo, a gente pode chamar uns colegas pra serem os personagens principais: o Murilo e a Dora. Já até sei quem mais posso chamar. Podemos fotografar lá no Jardim Botânico da UFJF, perto do lago, que é quase igual o lugar que se passa a história...

Ela continuou a falar e ficou claro que já tinha planejado absolutamente tudo antes de vir falar comigo. A Camila era assim, e eu amava isso nela. Será que com mais alguns anos de convivência aprenderia a ser um pouco assim também?

Naquele dia, antes de dormir, aproveitei um raro momento em que o computador da república estava totalmente livre para navegar um pouco sem o risco ter uma pessoa ao meu lado bisbilhotando tudo. Parando para pensar, aquele era um jeito relativamente seguro de observar a vida de todo mundo no passado sem correr o risco de causar mudanças no futuro.

Também era um jeito de saber mais sobre mim mesma, já que naquela época eu enxergava o mundo e minha própria vida de uma forma mais leve.

A gente percebe o vício em redes sociais quando não temos mais acesso aos smartphones. Para falar a verdade, eu me sentia bem melhor sem a ansiedade de ficar esperando notificações e curtidas no celular ou pensando no que postar o tempo todo. Ainda assim, quis mergulhar um pouco na nostalgia. *Ai, que saudade de uma rede social sem um algoritmo controlando tudo!*

O Orkut dava a sensação de ser um lugar mais acolhedor e silencioso, apesar de praticamente todo perfil ter uma música tocando automaticamente, gifs de gosto duvidoso e, em alguns casos, fontes coloridas com caracteres especiais.

Fiquei reparando nas comunidades tontas que eu participava naquela época tipo: "Queria sorvete, mas era feijão" ou "Eu nunca terminei uma borracha". *Saudade de não me levar tão a sério assim.* Com o tempo a internet foi virando uma coisa performática, meio *coach* demais. A melhor versão de si mesmo o tempo todo. Em um passado não tão distante, a gente entrava on-line para fugir da realidade e não o contrário, fugindo da internet para olhar a realidade e aquietar a cabeça.

Nas páginas seguintes lembrei de outra coisa que me deixou feliz: as comunidades relacionadas com arte e fotografia. Lembro que, naquela época, antes mesmo de trocar o curso na faculdade, eu já tinha pistas ali mesmo do que me despertava interesse e o que queria fazer pelo resto da vida. Aprendi boa parte do que eu sabia sobre o assunto através dos tópicos, inclusive sobre edição.

Por exemplo, como criar meus próprios efeitos no Photoshop, simular filtros de câmeras mais caras e até como fazer colagens mais artísticas e complexas. Para uma mente curiosa e criativa, a internet daquela época, era um novo universo cheio de possibilidades.

Tentei stalkear o perfil do Joel, do Henrique e do Fabrício. Por curiosidade mesmo, para saber mais detalhes dos interesses deles naquela época. Me senti um pouco patética com as páginas abertas simultaneamente no navegador, mas era divertido perceber como eles mudaram com a passagem do tempo.

Uma janelinha no canto do computador pulou, com um barulho familiar. Era uma mensagem no MSN, da minha prima Carol.

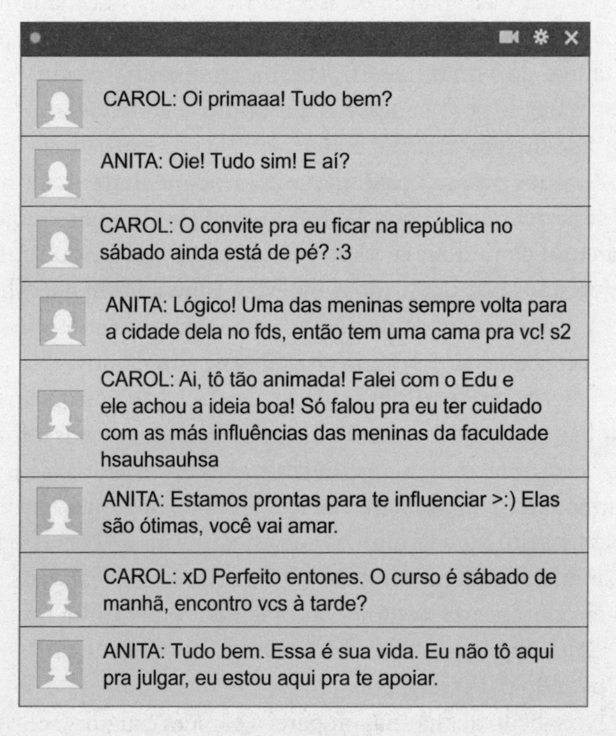

Meu coraçãozinho se encheu com a mensagem dela. Não tinha certeza se a Carol seguiria em frente com a ideia depois de falar com o Eduardo, mas aparentemente ela bancou. Era lindo ver minha prima poder seguir o próprio caminho. Eu queria vê-la brilhar, e ter uma chance de uma vida em que a maternidade não fosse o fim definitivo de todas as oportunidades.

***

Passei o final de semana tentando não pensar no jogo decisivo da final da Copa, mas confesso que as ruas todas decoradas de verde e amarelo, os bares lotados durante as eliminatórias e o clima das pessoas na rua não colaboravam muito com isso. O clima estava especialmente intenso porque naquela tarde teria jogo do Brasil.

Tentei desviar a atenção de tudo aquilo lendo o manuscrito da Camila. Eu queria me familiarizar com o tema do ensaio, e também planejar algumas coisas. O livro dela era uma fantasia que se passava na Vila das Pedras Claras, um vilarejo fictício nas montanhas de Minas Gerais. A trama acompanhava Murilo, um garoto marcado por um passado misterioso, e Dora, uma aprendiz de curandeira que cresceu com a avó. Na vila existia uma lenda: quando duas pessoas verdadeiramente conectadas tocavam a "pedra da memória", que ficava no coração da mata, perto da cachoeira Poeira d'Água, viam *flashes* do passado e do futuro – deles mesmos e de quem amavam. Mas, à medida em que Murilo e Dora se aproximavam da pedra, coisas estranhas começavam a acontecer, como se a própria vila quisesse impedi-los.

A escrita da Camila era afiada e sensível – do tipo que te fazia sublinhar frases e se perder na história. Para preparar as fotos, fui junto com a Flávia até o Instituto de Artes e Design da UFJF pra tentarmos achar algum figurino. Encontramos algumas opções de roupas masculinas e femininas que encaixavam no perfil do livro da Cami, e com algum improviso dava pra ficar legal. Passamos também no departamento de audiovisual, onde tinha uma sala com vários objetos de cena. Lá achamos um enorme cristal, que seria perfeito para o ensaio!

No sábado de manhã, preparei a câmera e alguns acessórios que peguei emprestado no estúdio. A Flávia e a Cami foram levando os figurinos e os objetos de cena, e pegamos a linha 111 de ônibus sob olhares dos passageiros curiosos.

Chegamos no lugar combinado. Comecei a montar a câmera e o tripé. O dia estava lindo, as fotos iam ficar perfeitas. Só faltavam os modelos.

– Ele falou que tá quase chegando! – Cami disse depois de desligar seu celular.

– Quem você chamou mesmo, amiga? – perguntei, tentando me lembrar.

– O Henrique! E uma amiga dele, a Jéssica. Eles batiam certinho com a descrição dos personagens.

Claro. Tinha que ser ele. Mas, dessa vez, não entrei em pânico. Nada de muito grave mudou na minha vida por conta das minhas novas interações com ele no passado. E foi uma ótima oportunidade para matar as saudades. Decidi tentar relaxar e não surtar.

Depois de uns dez minutos, Henrique chegou, a mochila jogada num ombro e seu inseparável violão no outro. Do lado dele, vinha uma garota com um coque alto e uma postura confiante, que notei conhecer de algum lugar. Aí tive um estalo. Era a Jéssica, a mesma menina que eu tinha visto com ele na praça de alimentação do shopping, em outra linha do tempo. Na época, acho que tinha sentido ciúmes do Henrique, mas agora não sentia mais nada em relação a ela. Parecia uma pessoa bacana.

– E aí, Anita – ele disse, depois de cumprimentar as outras meninas. – Já estou começando a achar que você está montando um acervo secreto só meu. Primeiro o vídeo da ocupação, agora isso…

– Não é culpa minha se você está sempre se voluntaria para aparecer em frente às lentes – falei, tentando deixar o clima leve. – Mas, se você quiser *royalties*, vai ter que pedir pra Camila.

– Se ele quiser eu até pago! Você viu o sucesso que o depoimento dele da ocupação fez na internet? – Camila interrompeu. – O *Henrique Revolucionário* já tem fãs fiéis. Só falta virar estampa de camiseta. *Chenrique Guevara*.

– Fiquei morrendo de vergonha, tá legal? – disse Henrique. – Mas eu não resisto a ajudar meus amigos, pô!

Enquanto terminava de montar o equipamento e a Flávia ajeitava os acessórios, a Cami foi explicando as cenas que a gente ia recriar. Ela estava com a energia a mil. Mostrava as referências, apontava o cenário, falava da Pedra da Memória como se ela realmente existisse ali perto.

Tudo parecia sob controle, até a hora de vestir os figurinos. A Jéssica perguntou pra Camila:

– Era pra ter esse buraco aqui no vestido?

– Não, não, não! – Cami exclamou, segurando o tecido rasgado.

Realmente havia um rombo no tule que a gente não tinha visto. Não dava para fotografar daquele jeito, mas não queria que a Cami surtasse. *Muito.*

– Calma – tentei, já me aproximando. – A gente resolve.

– Que ódio! Tava tudo tão perfeito. A gente vai ter que desmarcar, não vai dar assim... – Camila já estava em modo desespero absoluto, quando me lembrei da minha carta na manga.

– Espera. A Carol. Minha prima. Ela está em Juiz de Fora hoje, lembra? Fazendo um curso de COSTURA.

– LIGA PRA ELA IMEDIATAMENTE! – Camila berrou. – E FALA QUE EU NÃO TENHO NADA A VER COM O EDUARDO, NEM AQUI NEM NA CHINA.

Liguei, expliquei tudo rapidinho e em menos de meia hora a Carol apareceu, já com uma bolsinha de costura na mão e o coque um pouco mais bagunçado do que o normal.

Quando a Carol percebeu que a Camila era a responsável pelo ensaio, pareceu meio desconfortável. Lembrei que foi justamente ela que se voluntariou para beijar o Eduardo (sem saber de nada), na confusão que criei em uma das voltas no tempo. Mas algumas palavras trocadas e elas já pareciam tranquilas. Afinal de contas, o Eduardo e a Carol estavam bem, aquilo eram águas passadas. Felizmente as duas amadureceram muito a ponto de deixarem esse episódio besta de lado. Aquilo tudo tinha acontecido no primeiro ano do ensino médio e já estávamos na faculdade.

– Bom, tô pronta para salvar o editorial da *Vogue Medieval* – Carol falou, enquanto pegava a saia pra ver o tamanho do estrago. – Tranquilo. Me dá vinte minutinhos e vai parecer nova – ela disse, já enfiando a agulha no tecido.

E depois desse tempo, tudo resolvido. Carol era muito talentosa.

Com os figurinos arrumados, caminhamos até a margem do lago. O dia estava nublado na medida certa – aquele céu leitoso que deixa tudo com cara de sonho. A Cami assumiu a direção como se estivesse no set de um filme.

– Agora de costas. Isso. Sem se encostar ainda... Ótimo. Agora se olhem. Devagar. Como se estivessem vendo um ao outro por dentro, todas as memórias do passado e do futuro...

Eu fui clicando, rindo do quão intensa era a Cami. Mas a direção dela funcionou, porque o Henrique e a Jéssica pareciam literalmente os personagens do livro. Fotografei focando nas silhuetas, nas expressões meio suspensas. O lago ao fundo refletia o movimento das árvores, e a luz filtrada pelas folhas deixava tudo com um brilho quase mágico. A gente evitava mostrar os rostos de frente. As imagens queriam sugerir mais do que mostrar.

Quando a sessão acabou, a Cami olhou as fotos no visor da câmera. Ficou um tempo em silêncio, e quando falou, foi num sussurro:

– Isso podia ser a capa do livro. É LITERALMENTE O MURILO E A DORA! OBRIGADA AMIGA! VOCÊ É PERFEITA!!

A Cami me abraçou bem forte.

– "Obrigada Henrique, obrigada, Jess, vocês também foram ótimos" – Henrique falou em tom grave, zoando a Camila. Ela catou os dois e juntou todo mundo em um abraço.

Por mais que eu tenha resistido, o pessoal insistiu em emendar o rolê no Pingo no I para assistir ao jogo do Brasil que ia ter à tarde. Eu lembrava que tínhamos perdido esse jogo pra França, mas não podia deixar ninguém saber disso – óbvio. Então, fingi empolgação e fomos todos para o nosso boteco favorito.

Pedimos vários litrões baratos e o garçom adivinhou de cara que queríamos duas porções grandes de fritas. Se tinha algum lugar que era a alma universitária de Juiz de Fora, era aquele barzinho. Parecia que metade da UFJF estava lá para torcer pelo nosso país. No início, Carol ficou meio nervosa com a ideia de ir para o bar com a gente, mas garanti que ia ser gostoso (e que o Eduardo não precisava saber). Ela se convenceu, pediu um refrigerante e depois de uma hora estava rindo mais alto que todo mundo. Me perguntei qual tinha sido a última vez que ela se permitiu rir daquele jeito.

Mandei mensagem pra Pietra, perguntando se ela queria se juntar a nós – já que ela era bem mais fã de futebol do que eu.

Comentei que o Henrique estava lá, e ela ficou bem curiosa de saber quem era o homem (aqui ainda era um garoto) que tinha mexido tanto com a minha cabeça.

Logo antes do jogo, o grupo mais improvável estava completo. Às quatro horas da tarde, a TV de tubo começou a transmitir a partida. A cada toque de bola, a galera explodia em gritos, xingamentos e cornetadas. Camila berrava:

– VAI, KAKÁ!

Enquanto isso, a Flávia só conseguia reclamar do Ronaldo.

– Fiquei arrepiado quando o Zidane apareceu dominando a bola com a classe absurda dele! – disse o Henrique.

Quando o Thierry Henry fez um gol, aproveitando a cobrança de falta do Zidane, o bar inteiro congelou por um segundo antes de explodir num coral de palavrões. Alguém jogou o copo de chope no chão, e Camila começou a chorar de raiva, berrando que "era o fim da geração do penta". Mesmo sem ser fã de futebol, e já sabendo o resultado, eu sentia o peso daquela derrota se espalhar no ar abafado do bar, como se todo o Brasil estivesse levando um golpe no estômago.

O rolê no bar durou até tarde da noite. Parecia que os astros tinham se alinhado. Sabe aqueles rolês que são quase perfeitos? Trocávamos histórias, piadas internas e goles de cerveja como se estivéssemos num filme dos anos 2000. Do tipo que termina com a câmera se afastando e a trilha sonora subindo. Carol ria de alguma besteira que a Flávia falou. Pietra e Henrique, que nem se conheciam, logo estavam debatendo qual o melhor álbum do Radiohead. Jess tinha acabado de voltar do banheiro dizendo que alguém a confundiu com a vocalista do Paramore. E eu, no meio de tudo. Feliz por estar ali.

Naquela época, era assim. Bastava combinar uma hora, marcar um lugar e pronto: todos simplesmente apareciam. Os horários se alinhavam, as vontades coincidiam, o coração da amizade batia forte e fácil. Na vida adulta e em São Paulo, juntar todos os amigos no mesmo lugar ao mesmo tempo exigia quase um milagre – só dava certo em aniversário, ou em um... casamento. Talvez essa fosse uma das partes mais agridoces em voltar no tempo. Saber o quanto tudo isso era fugaz. Fiz uma nota mental para não deixar os compromissos da vida adulta sufocarem minhas amizades. Sei que era quase impossível dar conta de tudo e ainda ter energia para fazer dar certo nossos encontros, mas era preciso sempre reservar um espaço para noites como aquela. Independentemente da linha do tempo ou da idade. Eram naqueles momentos que eu me lembrava de quem eu realmente era sem esforço algum.

Voltamos a pé, meio cambaleando de sono e riso. Já era quase meia-noite quando entramos na república. As meninas se dispersaram para os quartos e banheiros. Eu e a Pietra ficamos na cozinha, pegando um copo d'água antes de nos despedirmos. Ela me olhou, e nós duas sabíamos o assunto que estava no ar e que estávamos evitando discutir até agora.

– Já passou uma semana, né?

– Já – respondi, bebendo a água devagar.

Ficamos em silêncio por um segundo.

– A gente vai ter que decidir logo.

– Eu sei.

Nos olhamos, cúmplices. O tempo de fugir da decisão tinha acabado.

– Amanhã? – sugeri.

– Sim, amanhã.

E fomos dormir com o peso do futuro nas costas.

8

Nunca mais é tempo demais

Na manhã seguinte, estávamos nós duas na sala, prestes a ter a discussão que definiria o nosso futuro e o futuro do mundo, de certa forma. *Que inferno ter essa responsabilidade nas nossas costas. Por que o Milton não infectou o blog de outras duas outras pessoas aleatórias?*

– E aí? Alguma conclusão? – Pietra começou.

– Não muitas, porque por mais que as viagens no tempo tenham ensinado várias lições pra gente e tenham nos dado bons momentos... Olha tudo o que custou, sabe?

– É, não valeu quase perder minha sanidade mental. É poder demais para qualquer pessoa. Ou pra alguém que tá tentando consertar a própria vida ou enriquecer e dominar o mundo.

– Fora que estando aqui, na época em que tudo era mais simples... É muito óbvio que o tipo de coisa que o Danilo tá desenvolvendo vai ferrar com a nossa cabeça. As redes sociais, os algoritmos... Já estava ferrando, né?

– Pensei a mesma coisa – Pietra concordou. – Mas também em toda a questão das guerras cibernéticas, das crises econômicas, da possibilidade desse código vazar e de todo mundo começar a criar trocentas linhas do tempo, ou o código perceber que não precisa mais de humanos e começar a tomar decisões destrutivas, sair matando todo mundo...

É. Eu estava pensando pequeno, mais uma vez.

– Ainda bem que você é a inteligente que fez História e Filosofia.

– E Economia.

Ficamos as duas em silêncio. A decisão já estava tomada, mas estávamos com medo de falar. Seria uma missão arriscada, incerta. Milton tinha dito que daria certo, mas e se algo inesperado acontecesse? E se a gente tornasse tudo ainda pior?

– Bom... – Pietra já tinha entendido tudo. – Precisamos pensar num plano.

– Sim. Mas antes… – interrompi.

Nos dias que passei refletindo sobre as viagens, uma ideia grudou na minha cabeça que nem chiclete no cabelo. E se não falasse, iria explodir.

– Eu tava pensando numa coisa.

– Lá vem.

Respirei fundo, com medo de ela achar minha ideia insana. Porque era um pouco insana. Mas ao mesmo tempo, fazia todo o sentido do mundo.

– Depois de tudo que passamos por conta das viagens no tempo, acho merecemos uma última viagem antes de tentar destruir o sistema de vez. Bem rapidinha. Vapt-vupt.

– Como assim, Anita? A gente já tá no passado. Eu sei disso porque há alguns bons anos minha bunda não é mais tão durinha assim. É um assunto sério esse aqui.

– Deixa de ser boba, mulher! O tanto que você estava linda em Bellagio quando te vi pela primeira vez na Itália como Filipa. Tava pra dizer que eu prefiro mil vezes sua versão Filipa com 33 do que com Pietra com 23.

– O jeitinho que você tenta me manipular, como se não conseguisse prever exatamente o que você tá fazendo, é diferenciado, Anita!

– O nome disso não é manipular, tá? O que estou fazendo é basicamente tentar te mostrar uma nova possibilidade que talvez você nem tenha se dado conta de que é possível. Percebe que estamos vivendo um momento histórico da nossa existência nesse planeta? Essa é uma última oportunidade que teremos para nos despedirmos de momentos que nunca mais vão voltar.

– Mas não é assim pra todo mundo?

– E também de pessoas que nunca mais vamos ter a oportunidade de ver, e abraçar, e ouvir a voz, e sentir o cheiro…

Ela ficou um momento em silêncio, entendendo tudo.

– Você está falando do seu pai, não tá?

– É... Tenho evitado pensar nele, pensar no que significa nunca mais viajar no tempo definitivamente. Quando te conheci e descobri sobre o token, secretamente senti um alívio. Sabia que poderia matar a saudade do meu pai de alguma forma se precisasse lá no presente. Só voltar para dar um "oi". Pedir um conselho. Era como se, de algum jeito, ele tivesse voltado à vida enquanto eu estivesse viva. Mas agora ele vai morrer de novo pra mim e, dessa vez, para sempre.

Pietra sentiu minha dor. Ela deu um sorriso triste.

– Mas só vou se você topar.

Ela pensou só por alguns segundos.

– É óbvio que eu topo! – Então me encarou. – Vai lá e fecha esse ciclo, Anita. Você merece.

***

Eu jamais esqueceria a combinação de números que me levaria de volta ao dia da morte do meu pai. O dia mais triste da minha vida. Dizem que, para algumas pessoas mais sensíveis, de acordo com as suas vivências, os meses do ano começam a ter cor e cheiro. Para mim, desde aquele trágico e inevitável ano, agosto passou a ser sempre um mês cinza, frio e triste. Tinha cheiro de terra úmida, flores se decompondo e cera de vela. Independentemente de onde eu estivesse no mundo.

Todas as vezes que passava em frente ao cemitério em Imperatriz, depois da morte do meu pai, eu olhava para o outro lado ou fechava os olhos, me apegando a qualquer pensamento superficial, porque sabia que a memória tão vívida do velório seria exibida na minha cabeça contra minha vontade.

Alguns dos dias mais tristes e traumáticos foram ganhando novas versões na ilha de edição da minha memória. A cada vez que pensava neles com um pouco mais de gentileza e cuidado, coisa que fui aprendendo a fazer quando passei dos 30, eles eram suavemente recontados para mim mesma. *Mas não esse.*

Esse ficou guardado em mim, intacto, como se o tempo tivesse feito questão de preservá-lo exatamente como foi. Eu ainda tinha os detalhes daquelas horas dentro de mim, mesmo sem querer, porque quando as vivi junto com minha mãe e irmã, imaginei que eram os últimos momentos da família toda reunida.

Jamais imaginei que teria a oportunidade de viajar no tempo, de conversar com ele novamente ou até de levar uma bronca. Isso, por si só, já fez todas as outras coisas valerem a pena.

Perder alguém que você ama tanto é como levar uma mordida da vida. Você está andando pela calçada, seguindo seu caminho e, de repente, te arrancam um pedaço. Você até segue em frente e faz um jogo mental para desviar da saudade, mas a verdade é que todos os novos passos são feitos sem uma parte importante que te mantinha de pé. Que te ensinou a andar. É uma fratura sempre exposta, mas coberta por uma camada fina e translúcida de tempo. Ela não apaga a dor.

Escolhi um dia no começo daquele mesmo ano. Ele havia acabado de receber alta do hospital em Juiz de Fora e já estava recebendo cuidados paliativos em casa. Por isso, também estava em Imperatriz, ajudando a mamãe e a Luiza, fazendo o que podia para aliviar a carga, ainda que fosse só por um tempo.

Naquela casa, havia uma tradição: a pipoca. Só meu pai sabia fazer a pipoca perfeita. Um dia, porque eu gostava muito e já estava morando fora, ele me contou o segredo: era o óleo de coco. Eu ainda me lembro da sua voz, calma, quase um sussurro, me contando o truque:

– É o óleo de coco, filha. Ele dá o sabor, e o cheiro, ah... percebe como fica diferente? Vem um fundo adocicado na boca, mas é salgado.

Eu tinha prometido para mim que, daquela vez, a minha pipoca seria tão boa quanto a dele. Fazia parte do ciclo cuidar de quem passou a vida toda cuidando de mim.

Fui até a cozinha, com a memória dele me guiando e quando voltei com a vasilha cheia, ainda no corredor, o que vi me paralisou por um momento. Todos estavam sentados no sofá, com as pernas espalhadas pelos cantos, como se a casa tivesse se acomodado naquele silêncio. O único espaço vazio era no meio, onde eu deveria estar. Quando vivi essa cena na primeira linha do tempo, provavelmente estava tão tomada pela tristeza e pela raiva que não conseguia ver o quanto aquele momento poderia ter sido parte de uma despedida tranquila, repleta de calma e aceitação. Na segunda vez que vivi aquele momento, porém, eu sabia o que precisava fazer. Estar presente.

Comemos pipoca e assistimos ao filme "As Crônicas de Nárnia: O Leão, a Feiticeira e o Guarda-Roupa". De novo.

Do nada, entre uma cena e outra, lembrei de uma coisa. Vi, certa vez, na internet, uma brincadeira que adoraria ter feito com meu pai. A ideia era simples, mas genial: eu sujaria o braço dele com tinta e, então, ele me daria um abraço apertado enquanto eu usava um moletom branco, para que o abraço ficasse impresso nele, como se fosse uma tela em branco.

Eu fui até o meu quarto, procurei três moletons velhos e uma caixinha de tintas coloridas. A tinta estava quase seca, mas serviu. Desci de volta para a sala e pedi a ele, com uma mistura de riso nervoso, e carinho:

– Pai, me deixa fazer uma coisa?

Ele sorriu, como sempre fazia e sem questionar nada, estendeu o braço para mim. Minha mãe resmungou, mas depois entrou na brincadeira também. Mergulhei o pincel na tinta e comecei a cobrir o braço dele de azul, cuidadosamente, como se a tinta fosse mais do que uma simples cor. Cada movimento meu era uma tentativa de preservar aquele momento, de marcar aquele instante para que, no futuro, eu tivesse algo para lembrar.

Quando terminei, pedi um abraço. Ele se levantou, um pouco cansado, mas com aquele sorriso gentil e acolhedor. Meus braços se levantaram, e logo estávamos nos abraçando. Eu sabia que, naquele momento, meu pai estava comigo, ainda, de alguma forma. Minha mãe e irmã repetiram o mesmo processo com os outros dois moletons. O abraço dele ficou guardado para sempre, e aquela peça sim era um tesouro que eu gostaria de guardar comigo. Tê-la seria um conforto gigante para qualquer versão de mim mesma que já existiu ou ainda vai existir. Aquela foi a forma que encontrei de não deixar que o tempo apagasse o que era essencial: o abraço, a presença, o amor que transcende qualquer despedida.

Depois que todos já tinham ido para o quarto dormir, nos sentamos na varanda de casa para conversar.

***

Meu pai adorava passar horas contando sobre os melhores momentos da sua juventude e qual foi a lição de moral tirada de cada um deles. Quando eu era bem novinha, isso me deixava entediada e até meio irritada. Secretamente, enquanto fingia prestar atenção em cada palavra e concordava com a cabeça, ia me sentindo pressionada a ser uma versão melhorada do que ele foi. E o Antônio foi um cara muito respeitado, admirado e querido por todos que o conheceram, independentemente da fase da vida. Dos amigos de infância, aos parceiros de trabalho e membros da família. Antes mesmo de ocupar o posto de pai, existia um homem bom, curioso e bondoso, que se apaixonou perdidamente pela minha mãe e então passou os anos seguintes se dedicando à família.

Hoje entendo que ter o privilégio de conhecer a trajetória que meu pai trilhou me ensinava sobre meu próprio caminho. Não eram só palavras jogadas ao vento por insegurança, eram exemplos. Mesmo que minhas escolhas tenham sido diferentes das dele, tudo foi fazendo sentido à medida que fui atravessando as fases da vida. Aquelas palavras diziam muito, porque eram ditas por alguém que que me conhecia, talvez até mais do que eu mesma. As lições de moral não mostravam apenas os acertos, mas principalmente os erros que o fizeram gastar tempo e energia com o que não era importante. Ele dizia que eu o ensinei a ser assim, mas sei que ele nasceu desse jeito.

Não entendia por que meu pai trabalhava tanto, mas acho que aquele era o propósito dele. Algo que levou anos para que eu compreendesse de fato. Não era apenas pelo dinheiro. Ele queria que minha irmã e eu tivéssemos as oportunidades que ele não teve sem renunciar tanto os prazeres da vida. Queria, acima de tudo, que víssemos que o verdadeiro valor do trabalho não estava no cargo ou no que se exibe nas redes sociais, mas no impacto que causamos na vida das pessoas que estão à nossa volta. Era o quanto ele fazia o dia delas mais leve, mais feliz, mais possível. *Será que vamos aprendendo a perdoar nossos pais conforme aprendemos a nos perdoar também?*

– Pai, não quero que minha vida seja sobre dar conta de tudo.

Ele se virou para mim com uma suavidade no olhar, como se soubesse que aquela era a parte mais importante da conversa. Respirou fundo, como se as palavras que viriam a seguir tivessem um peso imenso.

– E quem disse que precisa ser? Você não precisa dar conta de tudo, minha filha. O problema da sua geração é que vocês têm opção demais. O que deveria ser um benefício, acaba complicando a vida. Sua mãe e eu, meu amor, queremos que você aprenda a se fazer feliz. Entre todas as coisas que importam, essa é a única que não podemos delegar. Posso tentar te alegrar com um passeio só nosso, sua mãe pode fazer a melhor receita de bolo, mas, se não for o que você está precisando naquele momento, não vai adiantar. Só você sabe o caminho, e a gente está aqui para que você tenha coragem de tentar.

Fiquei em silêncio, observando-o. Ele estava mais frágil do que nunca, mas suas palavras ainda tinham um poder profundo. O cheiro suave de remédio se misturava com o aroma das flores que minha mãe havia colocado na mesa ao lado. Olhei para ele, e a dor da sua presença ali, naquele estado, quase me sufocou.

– E quando você não estiver mais aqui? – Minha voz saiu baixa, cheia de um medo que eu tentava disfarçar, mas que era óbvio para nós dois.

Ele sorriu com a leveza que só ele sabia ter e a resposta dele parecia vir de um lugar além do físico, como se as palavras fossem uma promessa, um legado.

– Minhas palavras vão sempre estar entre as pausas das suas. Toda vez que você pensar antes de falar, vai me ouvir. Toda vez que você respirar fundo e refletir antes de reagir, sei que algo que vivemos vai te ajudar a decidir o que fazer. Lembre-se, minha filha, estarei sempre perto quando tiver a coragem para ser *você*. Porque você nasceu do meu amor. E esse amor não morre.

***

O capítulo final do meu diário

Escolhi voltar para a lembrança mais antiga que eu tinha – e talvez uma das únicas que sabia que era realmente minha e não foi imaginada depois de uma conversa sobre o passado com meu pai. Ela tinha cheiro, textura e som. Me lembro de uma cena curta, quase um flash. Acho que tinha pouco mais de 3 anos e havia acabado de aprender o conceito de me esconder pelos cômodos. Eu era pequena e todo lugar me cabia. Ainda não tinha ideia de que o dia todo não era uma grande brincadeira, então comecei meu próprio pique-esconde.

Meus pais me deixaram na sala assistindo a TV enquanto meu irmão me vigiava, mas ele se distraiu jogando a versão recém-lançada do Super Mario World. Lembro da melodia do jogo ao fundo, da textura do tapete onde brincava sentada até me levantar e me guiar pelo som de uma conversa distante.

Andei sozinha até a cozinha, onde meus pais preparavam o jantar juntos, e me agachei por debaixo da mesa de jantar acompanhando os dois com movimentos suaves da cabeça. Fiquei lá esperando eles me encontrarem por um tempo, primeiro porque não sabia que precisava avisá-los disso. Enquanto arregalava os meus pequenos olhos na expectativa de alguém me enxergar, eles pareciam distraídos. Não com o fogão, mas um com o outro. Davam gargalhadas e conversavam, mas da primeira vez que estive ali, não entendia direito o assunto.

Da segunda vez ficou mais fácil compreendê-los. Não apenas porque eu tinha mais detalhes do que estava sendo dito, mas porque pela primeira vez entendi que eles não nasceram meus pais. Antes de se tornarem isso, eles eram dois jovens perdidamente apaixonados. Um deles viveu bem menos do que imaginavam, o que é trágico, mas o amor entre eles era puro, sincero e muito profundo.

Constatar isso me ajudou a entender os motivos do meu pai. A aceitar as semelhanças físicas que eu tinha com minha mãe. Ser parecida com a pessoa que ele mais amou na vida era um privilégio, não um fardo.

E me sentia pronta para olhar para nossa relação entendendo os motivos dele sem toda a agressividade de achar que eu carregava alguma culpa nisso. Ninguém tem culpa da vida que acontece.

Pietra, 7 de julho de 2006

Antes de colocar em prática nosso plano, sabia que tinha uma última parada no tempo a fazer. A data exata eu achei que não sabia, mas lembro que aquele dia aconteceu no meu primeiro mês morando oficialmente em São Paulo. Novembro de 2008. Na mesma semana do último show da turnê do grupo mexicano RBD, porque lembro de estar exausta com a mudança, escutar o anúncio da turnê nas rádios e pensar: *Anita, nem pense nisso, você é velha demais pra essas coisas.*

EU TINHA 23 ANOS.

Disso também me arrependia. De acreditar na ideia de me sentir velha ou nova demais para viver algo. Deixar de fazer coisas que eu queria não por medo de ir, mas do que as pessoas pensariam se me vissem lá.

Esse medo foi se infiltrando em minha vida de um jeito que, quando cheguei aos 30 anos, nem sabia mais o que realmente queria. Para minha vida, para minha carreira, para meu coração.

Eu só queria querer o que as pessoas queriam pra mim.

Era o caminho mais seguro, mas talvez o mais triste. No fim das contas eu assisti ao show quando ele foi transmitido pela TV, em um programa especial de fim de ano. Depois, eles lançaram em DVD, que eu também comprei para me despedir do grupo e, de certa forma, da minha adolescência. Foi um show para *vinte e cinco mil fãs, mas eu sempre pensei que tinha faltado uma delas* lá no estádio.

Juntei minhas coisas no apartamento e caminhei até o ponto de táxi. Naquela época ainda não existiam aplicativos de transporte. A distância era um pouco maior do que a do meu endereço de antes, mas não importava. Precisava ser aquela *pet shop* grande. A da Marginal.

Entrei no táxi com um certo medo do motorista se transformar no Milton a qualquer momento, como foi lá em Nova York. Tentei me distrair pedindo para que o senhor aumentasse o volume da rádio. Tocava "Tras de Mí" do grupo RBD, uma das minhas músicas favoritas. *Coincidência? Sempre acreditei nelas!*

Enquanto rodava a manivela para descer um pouco o vidro e refrescar o ambiente, senti o vento bagunçar meu cabelo, e fiquei reparando no tanto que São Paulo mudou desde o meu primeiro ano lá. Deu saudade de Imperatriz, mas também da minha própria vida com 30 anos.

Tengo un ticket sin regreso
Y un montón de sueños dentro de un veliz
Un adiós para mis viejos
Mucho miedo y muchas ganas de poder vivir
Abrir las alas para escapar sin fin
Para encontrar libertad
Lejos de aquí, lejos de aquí
Una guitarra y mi niñez
La escuela y mi primera vez
Amigos que no he vuelto a ver
Se van quedando tras de mí

Desci do carro com a mão suada de nervoso. A fachada da pet shop era exatamente como lembrava: as janelas largas, o banner com um Golden sorridente, os corredores infinitos de ração, itens para animais silvestres, plantas e brinquedos. O cheiro era o mesmo – mistura de milho, sabão e cachorro de banho tomado.

Entrei. Uma funcionária passou por mim carregando uma caixa de areia azul claro. Senti um arrepio percorrer minha espinha. Fui direto para o fundo da loja. E lá estavam as gaiolas. E dentro delas, de novo, ela.

Catarina.

Pequenina, enrolada num pote de ração, dormindo feito quem não precisa de mais nada no mundo. Meu coração parou por um segundo – ou acelerou tanto que não soube entender a diferença. Ela abriu os olhos. Me olhou. Miou. Aquele miado baixinho, como quem reconhece. Me ajoelhei, tremendo. Uma lágrima escorreu.

– Você voltou para mim... ou eu voltei para você? – murmurei.

Peguei o celular da bolsa – um Nokia 5800 – e tirei uma foto borrada, só para ter certeza de que aquilo era real. Depois pedi para o atendente: era aquela. Era ela.

Comprei tudo. De novo. O brinquedo de corda. A ração. A caixa de transporte bege com fecho torto. E enquanto esperava no caixa, vi pelas vitrines que o céu tinha escurecido. A primeira gota caiu no vidro da porta, e logo a cidade desabou em chuva.

Segurei a caixa no colo no banco de trás do táxi. O rádio agora tocava NX Zero – "*Cedo ou Tarde*". E eu, entre lágrimas e sorrisos, sussurrei:

– Nunca mais vou te abandonar, meu amor. Desculpa por ter demorado tanto tempo. Não vejo a hora de ter uma vida inteira ao seu lado de novo.

A alegria genuína de viver aquele momento me deu um pouco mais de coragem. E se eu fosse naquele show, hein? Posso cometer uma loucura e comprar o ingresso. A Anita do futuro, no caso eu mesma, sentiria orgulho disso.

Logo após confirmar a compra no site, abri o blog, digitei o código e tudo começou a girar em volta de mim.

***

Voltamos para o presente, ou melhor, para o passado. Também daria para dizer que era o futuro daquele dia. Era um pouco confuso até para nós entendermos onde estávamos ao certo, mas pelos menos tínhamos uma à outra como referência. Tudo foi parando de girar aos poucos, então veio o enjoo, a vontade de correr para o banheiro e vomitar.

Fazia parte do combinado que fizemos não julgar uma a escolha da outra. Também combinamos de contar como nos sentíamos e o que aprendíamos, para que detalhes da experiência não se perdessem ao longo do caminho, nos lapsos de memória causados pela própria viagem no tempo. Naquela linha temporal eu era o diário da Pietra e ela era o meu. Nossas memórias estavam a salvo, também porque escolhemos compartilhá-las uma com a outra.

Liguei para a Pietra, para acertar os últimos detalhes. Enquanto falávamos, em meio a tantas angústias, tive mais uma epifania.

Quando existe um ruído entre nós e as primeiras pessoas que amamos na vida, ele acaba ecoando em todas as outras relações. Como vou explicar? Parece que existe uma rachadura pequena, quase invisível, bem ali na nossa autoconfiança. E ela interfere na forma como percebemos e estabelecemos limites com o mundo. Não é simples saber onde termina o que a gente realmente quer e começa o que o outro espera da gente. Nossa vontade, muitas vezes, vem da aprovação externa porque, desde cedo, aprendemos involuntariamente a buscá-la bem longe de casa.

Em algum momento da minha infância isso foi validado porque ser tão flexível parecia ser uma vantagem, principalmente naqueles intervalos do colégio em que ninguém fazia muita questão de me chamar pra fazer parte do grupo e a minha irmã não dava a mínima porque já estava lidando com os próprios problemas dela.

Acho que foi ali que aprendi como me adaptar, como fazer parte de todos os grupos e de nenhum ao mesmo tempo. Faria qualquer coisa para me encaixar, até deixar de ser quem eu realmente era. Com o tempo, se tornou natural. Mas nessa época, ficou claro: era difícil demais passar a vida inteira sem saber qual grupo é nosso. Especialmente quando a gente não se sente parte do primeiro grupo de todos. O da nossa própria família.

Todo o esforço tinha valido a pena, meu coração estava leve e por mais que ainda existisse algo pressionando a boca do meu estômago, estava em paz por ter me dado a oportunidade de fazer as pazes com o passado. Melhor. Fiz as pazes comigo mesma por ter feito o que era possível fazer no passado.

Antes de desligarmos, Pietra e eu respiramos fundo e falamos, quase juntas, com uma nova determinação feita de cicatrizes e esperança:

– Pronta?

– Pronta.

9

Talvez seu problema seja meu também

Se em algum momento do passado me apoiei na ideia de não me levar tão a sério porque o mundo não dependia de mim para continuar existindo, eu diria que aquele despertador no meio da madrugada tinha me acordado para um novo tipo de pesadelo. Quando a realidade é sim o pior cenário. Tão trágico que podia também ser cômico. Enquanto nos meus sonhos vivia uma vida normal, na vida real eu precisava sair da cama, pegar a estrada, invadir um escritório, fingir que era uma jornalista da *Folha* e fazer uma selfie com um moleque que eu nunca vi antes para impedir que o mundo inteiro implodisse.

Legal, né?

Eu me apegava na ideia de que ao menos não estava enfrentando aquilo sozinha, e que se as coisas dessem muito errado, eu iria até o quinto dos infernos para encontrar a Pietra de novo e juntas descobriríamos um jeito de fazer dar certo. Essa é a parte boa de ter uma dupla, de fazer parte de um grupo. Você tem menos medo de falhar porque no final ainda pode contar com o apoio de alguém.

Ao longo dos últimos dias de convivência, quando estávamos sozinhas trabalhando nos detalhes do nosso plano, criamos uma linguagem própria. Não para mudar o mundo, mas para lidarmos com o que aconteceria se lá no presente a realidade se tornasse algo bem diferente do que esperávamos ver.

Deixamos Juiz de Fora antes mesmo do dia amanhecer. Com o porta-malas cheio de equipamentos emprestados pelo pessoal da faculdade, pegamos a estrada para o Rio.

O escritório da Times DC ficava no Centro do Rio de Janeiro, na parte mais movimentada e caótica da avenida Rio

Branco. Mesmo em fase inicial, a empresa deles já ocupava algumas salas de um prédio moderno, alto e todo espelhado, cercado por construções de outras décadas. Esse contraste chamava a atenção. A avenida misturava o passado e o futuro no mesmo quarteirão – casarões com detalhes antigos dividindo espaço com torres retas de vidro e concreto. Tudo junto criava uma atmosfera estranha, como se o tempo ali estivesse sempre em conflito.

Pietra e eu chegamos lá por volta das sete horas da manhã. Ficamos dando voltas e voltas pelo quarteirão, nervosas, enquanto procurávamos qualquer sinal do Milton – o de 2006, não o que evaporava feito um holograma.

– Você acha mesmo que ele vai acreditar na gente? – perguntei pela terceira vez, incapaz de conter a ansiedade.

Pietra suspirou, sem parar de escanear cada rosto que passava.

– Claro que vai! Nessa época ele já foi atrás de mim por causa dessa história de viagem no tempo. O velho é maluco, mas não é burro. E o Milton-Pedro-Bial-use-filtro-solar parecia bem seguro de que o eu dele do passado ia topar ajudar.

Ficamos ali mais uns vinte minutos, até que, finalmente, vimos ele. Milton Torres estava descendo de um táxi, vestido com um terno que parecia desconfortável nele, o cabelo despenteado pelo vento. De perto, ele parecia muito mais jovem e infinitamente menos misterioso do que sua versão futura.

Nos aproximamos rapidamente, quase atropelando algumas pessoas no caminho. O salto da Pietra fazia toc-toc na calçada de pedras portuguesas.

– Milton! – Pietra chamou, mas ele não reagiu.

Tentamos novamente:

– Senhor Torres!

Dessa vez ele virou, com expressão confusa. Quando bateu o olho em Pietra, ficou branco, como se tivesse visto um fantasma.

– Pietra? – ele quase sussurrou, em choque absoluto. – Mas... como você...?

– É complicado – interrompi. – Mas precisamos muito falar com você. É urgente.

Ele parecia prestes a entrar em pânico, olhava em volta nervoso, como se esperasse ser vítima de uma pegadinha qualquer a qualquer momento.

– Eu tenho uma reunião em quinze minutos... – começou a dizer, mas Pietra agarrou o braço dele com firmeza.

– Escute aqui. Nós fomos enviadas por você mesmo, só que onze anos adiante. O Milton de 2017 pediu para a gente te procurar. Então é melhor você escutar.

– Isso é... impossível – então ele falou, sussurrando. – Eu não viajo no tempo. E quem é você? – gaguejou, tentando soltar o braço.

Claro, ele ainda não tinha descoberto que criou uma segunda viajante do tempo.

– Outra consequência da sua bagunça – eu disse, sem paciência.

Pietra tentou explicar:

– O seu eu futuro achou um jeito de se comunicar com os viajantes. É, a gente também ficou em choque. E tem outra coisa que ele descobriu. Uma forma de acabar com as viagens no tempo que o Danilo criou. Mas a gente precisa da sua ajuda para isso.

Milton olhava de um lado para o outro tentando processar. Ele pareceu aceitar a realidade: afinal de contas, se sabia que as viagens no tempo eram reais, não devia ser muito difícil de acreditar nisso.

– Certo. Vou cancelar minha reunião. Me encontrem no café da esquina em dez minutos.

Pietra e eu nos entreolhamos. Parecia ter funcionado. Em dez minutos, lá estava Milton, e dava para ver que sua mente estava a mil. Deixei Pietra explicar a situação. A cada frase, Milton ia balançando a cabeça, mostrando que estava acompanhando.

– Então a solução é uma foto? De vocês três juntos? Na véspera do jogo? Interessante. Genial. Fico feliz de saber que eu me tornei mais inteligente com os anos. – disse ele, com um certo orgulho de si.

– Você vai ajudar a gente? – perguntei com urgência, e ele assentiu.

– Sim, vou, claro. No fundo eu sabia que esse momento chegaria, só estou surpreso porque vocês me parecem tão... *jovens*.

– Por dentro, ela deve ter uns 60 – eu disse.

– Por dentro, ela tem 15 – Pietra retrucou.

Há. Há.

– Do que vocês precisam?

– Que você avise para o Danilo dessa entrevista importante que surgiu de última hora, mas apenas para ele. Você precisa manter o Cristiano longe daqui nas próximas horas, então, invente uma desculpa. Nós duas vamos montar todo o equipamento em uma sala lá no escritório, Pietra vai ficar escondida, e quando ele estiver centralizado, vamos fazer a foto.

– Certo. Mas espera... Vocês não precisam da consciência do Danilo no futuro?

– Exatamente. O Danilo de amanhã, que você mesmo chamou de Danilo+1, vai voltar hoje para fazer a aposta, já sabendo o resultado.

– Então esse vai ser o Danilo viajante. É ele quem a gente vai fotografar – completei.

Quinze minutos depois, Pietra e eu estávamos em uma sala, com o equipamento de gravação todo montado. Eu não conseguia acreditar naquela situação, parecia coisa de filme. Nós duas... jornalistas da *Folha de São Paulo*.

Só que não.

O plano era tirar a foto e, enquanto Pietra ganhava tempo conversando com Danilo, eu baixaria a imagem no blog. O que, como Milton havia explicado, poderia demorar alguns minutos. Pietra tinha usado um tonalizante castanho e deixara o cabelo solto, além de usar uns óculos de aro escuro, uma roupa mais formal bem diferente do estilo verdadeiro dela. Seria importante Danilo não reconhecê-la, pelo menos não de cara. Ele poderia ficar paranoico e nos expulsar, ou fazer até pior.

Passaram-se uns minutos até que ele finalmente apareceu. Meu coração acelerado parecia querer denunciar nossa missão secreta. Quando Danilo atravessou a porta, um cronômetro foi acionado na minha cabeça e eu sabia que tudo precisava correr exatamente como planejamos.

Era agora ou nunca.

Foi bem estranho ver o responsável por todo o caos de nossas vidas em carne e osso. Quando ouvimos Milton contar sobre ele, quando vimos as fotos na revista, o Danilo parecia ameaçador e sombrio, um gênio perigoso. Mas aqui ele era um garoto de franja e óculos que tinha acabado de sair da adolescência. Andava com a cabeça baixa e as mãos no bolso, a postura curvada.

Ele me cumprimentou com um sorriso rápido, sem levantar os olhos. Parecia desconfortável, quase com vergonha. Era como se estivesse atrasado e não quisesse estar ali. Caminhou em silêncio até uma das poltronas e se ajeitou ali, tentando encontrar conforto físico em uma situação social que claramente não fazia parte do cotidiano dele. Ainda.

– Meu sócio é quem geralmente dá as entrevistas. Eu fico na outra ponta, cuidando da infraestrutura da empresa. Hoje foi uma situação excepcional. É você mesma que vai fazer as perguntas?

Respondi que não, a repórter estava no banheiro e chegaria em alguns instantes, mas expliquei que antes precisava fazer uns testes de luz e som para ter certeza de que a configuração estava correta.

Enquanto garantia que a câmera estivesse bem-posicionada e no ângulo certo para que os três coubessem na foto, ativei o disparador automático e enviei uma mensagem para a Pietra dizendo que ela podia vir.

Que bom que Danilo olhava tanto para o chão, pois não pareceu reconhecer a Pietra de cara. Ela fez uma voz mais grossa e se apresentou como repórter. Pietra se posicionou estrategicamente perto dele como planejamos, enquanto eu acionei a câmera e me enfiei no meio dos dois.

Xissssssss!

Mas logo em seguida, os olhos dele se arregalaram. Ele tinha reconhecido a Pietra.

Merda.

– Pietra? O quê? O que você está fazendo aqui? Você trabalha no jornal? Isso é uma pegadinha? Meus seguranças estão aqui e... – disse Danilo.

Bom, a foto estava tirada. Restava rezar para que Pietra conseguisse surfar no imprevisto e usar aquilo para enrolar o Danilo por tempo suficiente. Ela era habilidosa com as pessoas, consequência dos anos de experiência, inteligência e maturidade adquiridos através das viagens no tempo. Sem perder um momento, conectei o cartão de memória no computador e comecei meu trabalho.

– Não! Calma, Danilo. Respira. Tecnicamente não, mas foi o jeito que consegui falar com você.

Danilo fez uma expressão de desconfiança, em choque por ela ter dito que queria falar com ele. Ao mesmo tempo, estava paranoico, olhava para os lados. Parecia com medo de passar por uma nova humilhação, revivendo gatilhos por uma figura que já lhe causou tanta dor no passado.

Tive que usar todas as minhas forças para não assistir à cena como o final de uma novela, mas focar em meu papel ali. Passei a foto do cartão para o meu computador e entrei no painel de controle do meu blog.

– Eu não tenho nada para falar com você! Eu virei o jogo, tá bom? E vocês precisam ir embora agora. Agora!

Ele quase gritou. Eu não podia parar. O download tinha começado. 3%... 5%...

Amaldiçoei com todas as forças a internet lenta do passado. Danilo estava levantando e indo até a porta, quando Pietra o interrompeu:

– Danilo! Eu quero te pedir desculpas.

Danilo tomou um susto com as palavras dela. E eu também. Porque aquilo soou honesto.

– Eu deveria ter feito isso antes. Mas acho que não queria assumir que eu fui sim maldosa com você. Eu não tinha os mecanismos para lidar com aquela situação na época, nem você com as consequências daquilo.

– Eu não preciso das suas desculpas mais! Você faz ideia do que fez comigo naquele dia? As humilhações que tive que lidar, o pessoal esfregando o vídeo na minha cara. Mas agora todos eles podem explodir, porque sou mais importante do que todos eles. Porque criei algo revolucionário. Você não faz ideia.

Fiquei curiosa sobre o que a Pietra decidiria revelar.

– Eu faço sim. E ela também. Porque nós sabemos do seu código, sabemos de tudo que você ainda vai fazer.

Os olhos dele se arregalaram ainda mais. Ele começou a hiperventilar. Pensei que sairia correndo para chamar os seguranças, mas acho que seu impulso adolescente foi mais forte. Ele continuou ali, porque queria falar, desabafar tudo aquilo que guardou aquilo por madrugadas inteiras olhando para uma tela de um computador, toda a conversa que esperou anos para ter.

– Então você sabe da minha genialidade. Não me importo mais com o passado porque existe um futuro de sucesso que me espera lá na frente. Você ainda vai conhecer uma versão minha que não vai te dar nojo, pena ou raiva.

Talvez fosse tão simples quanto isso. Um garoto querendo ser aceito e amado, sem ninguém para acolher e entender. E olha o estrago que isso causou.

23%, 24% ...

– Você acha que o simples fato de ter dinheiro e poder me faria ver você de um jeito tão diferente assim?

Ele não soube direito como reagir.

– Sim. Sim, eu acho. E o Cris concorda. Que quando você parasse de me ver como um fracassado...

– Eu não dou a mínima para a quantidade de dinheiro que você vai ter! Sua inteligência te faz ser único, não o fato de você aquele que será capaz de criar algo que vai mudar tudo. Especialmente porque sei que vai ser para pior. Quanto mais poder a pessoa tem, menos tempo ela gasta tentando se tornar alguém melhor. Mas não precisa ser assim com você, Danilo.

– Você não sabe nada sobre mim.

– A nossa amizade foi verdadeira, todo aquele tempo atrás. E teria continuado a ser se você tivesse reagido diferente. E, naquela época, tive a oportunidade de te conhecer, de te entender... – Enquanto a Pietra falava, Danilo parecia emocionado com aquilo, mas tentou disfarçar. Então ela prosseguiu: – E entendo também a sensação de ter esse poder nas mãos. Num belo dia você começa a delegar todas as miudezas da rotina que dão sentido à vida. Não é mais você que está indo ao mercado, nem escolhendo a decoração da sua casa, nem olhando para a estrada bonita porque agora o carro dirige sozinho e você pode continuar trabalhando e adiando seus reais sentimentos.

Aquilo não era só sobre o Danilo, era sobre ela mesma em outras realidades que não existem mais. Pietra ainda acrescentou:

– Quando você tem muito dinheiro, muito poder, tudo se torna possível. Qualquer coisa que passar na sua cabeça. Esse sentimento te faz viver anestesiado. É viciante. Porque diferente de todas as outras pessoas do mundo, você não lida mais com nenhuma dificuldade. Todas as coisas que importam vão se tornando obstáculos no caminho para você ser mais produtivo, mais importante na empresa, mais importante para o governo. Seu pai, a pessoa por quem você se apaixonou, seu cachorro que chora te chamando para passear, sua viagem de férias, a parte que costumava ser boa na sua vida agora é... um estorvo. Um impedimento porque tudo exige tempo. Só que tempo é a coisa mais valiosa que você tem a oferecer para o mundo e, infelizmente, a má notícia é que ele vai passar enquanto você fica absorvida diante da tela de um computador, o gráfico de uma empresa, a tela de cotações.

– Ok, mas foi justamente isso que solucionei. Com meu sistema, consigo controlar o tempo.

– E o que você está fazendo com todo esse tempo extra? Sendo mais feliz? – Pietra respirou antes de continuar. – Você está enganando a si mesmo, porque não controla nada. Está sendo usado para fazer o servidor crescer mais e mais. O Cristiano vai te usar até o momento em que não precisar mais de você. Seu pai também acha isso, ele só não te fala nada porque tem medo de que você apague sua própria memória.

– É exatamente o que vou fazer! E é o que eu vou fazer com vocês também, para vocês nunca mais terem acesso ao código. Você não tem medo disso?

As ameaças dele me soaram totalmente vazias. Como os latidos de um cachorro que nunca teria a coragem de morder de verdade. 57%, 58%...

– Já deixei o medo tomar conta de mim, através do controle. O que estou te dizendo agora é o que eu acredito, e aprendi que nunca devo ter medo de dizer o que acredito. Independentemente do desfecho dessa linha do tempo, sei que tudo aconteceu para que tivesse a oportunidade de te dizer isso agora. Talvez tudo isso tenha acontecido porque precisava acontecer.

– Nada disso vai ter acontecido... – Danilo disse com um fiapo de voz.

– Essa minha versão vem de um futuro ainda mais adiante que o seu. E sabe o que eu vi no Danilo de 30 e poucos anos? Uma casca vazia. Num mundo cada vez mais caótico, mais incerto. Num mundo cada vez mais exaustivo de se viver, por sua responsabilidade. Não vi em você um homem feliz, bem resolvido. Você estava em todas as capas de revista e parecia querer estar em qualquer lugar, menos ali. No seu olhar vi a desesperança de um homem que tinha ido longe demais, mas não tinha mais poder de parar um trem a toda velocidade.

– Eu... – Danilo tentou falar, mas estava perdido. Afinal de contas, ainda era tão jovem. As palavras, vindas de alguém que significou tanto para ele pareciam infiltrar em seu cérebro, virando do avesso todas as frágeis defesas que havia construído nos últimos anos. – Você está mentindo... O Cris...

O código chegou em 75%. Ela só precisava segurar Danilo por mais alguns minutos. E se seguisse naquela linha de raciocínio, talvez ele tivesse a consciência de seguir um caminho diferente no futuro. Quem sabe?

– Olhe nos meus olhos, Danilo, e você vai saber que não estou mentindo.

Ele encarou a Pietra, aquela mulher com uns 60 anos de vivência, com seus olhos perdidos de recém-adolescente. E não conseguiu negar a verdade.

– Eu só queria parar de me sentir tão sozinho. Tão patético.

– Então tenta de novo, Danilo. Nunca é tarde, isso eu aprendi. Tenta por outro caminho. Tenta se abrir para as pessoas. Você já se abriu pra mim, e vi que você não é patético. E que tem toda a chance de não viver sozinho. Mas não é por esse caminho. Confia em mim.

Pietra segurou a mão de Danilo. Ele tinha lágrimas caindo pelo seu rosto.

– Eu posso te dar um abraço? – ele perguntou, timidamente. Não sei se eu já tinha visto alguém tão vulnerável antes.

Pietra sorriu, e abraçou Danilo. Tão simples. Algo que bilhões de linhas de código nunca iria substituir.

Vi os números subirem. 98%, 99%... 100%.

Sua imagem foi baixada no blog.

E assim, vendo mais uma ferida se cicatrizar, o ar pareceu se comprimir. Por um segundo, tudo ficou silencioso demais.

Até que os objetos à nossa volta, enfim, começaram a girar.

Pela última vez, me deixei levar por aquela estranha sensação.

10

A inevitabilidade de tudo

Tomar consciência do meu próprio corpo ao ser deslocada no tempo é uma sensação difícil de descrever, mesmo depois de ter vivido isso tantas vezes em diferentes circunstâncias nos últimos anos. Oscilava entre me sentir grata por ter a oportunidade de estar ali e apavorada por não ter nenhuma escolha. Era sempre estranho e intenso. Quase como atingir um nível mais profundo de meditação, aquele estado de nirvana quando o eu se desfaz e tudo o que resta é consciência pura, isolada, sem nome, sem corpo e sem tempo. Uma espécie de vazio preenchido.

Por um breve instante, cada célula do meu corpo precisava se acostumar com a ideia de que algo não natural estava acontecendo. Minha consciência não chegou ali por conta própria ou controle de pensamentos, certo? Por outro lado, apesar dos efeitos colaterais, eram longos segundos de queda livre caindo em mim mesma, percebendo partes minhas que até outro dia passavam totalmente despercebidas ou incomodavam bem mais do que deveriam.

Do formato da unha do dedinho do pé ao redemoinho que se forma no canto direito da minha franja fazendo com que ela nunca fique no lugar certo. Ter a oportunidade de perceber o efeito das mudanças físicas, me lembrava também de que, apesar do inevitável envelhecimento do meu corpo, era a mente que ditava o ritmo de como me sentia na maioria das situações.

Mais uma vez então lidei com o enjoo, o zumbido no ouvido, a sensação de eco nos meus próprios pensamentos e o formigamento nas mãos e nos pés. Foi mais forte que das outras vezes, mas também durou menos tempo.

Acordei sentada em um sofá verde esmeralda aveludado com um notebook no colo. Apesar do aparelho estar desligado, ele estava tão quente que quase queimava a minha pele. Vi meu próprio reflexo na tela apagada e comecei a apalpar meu próprio rosto, numa tentativa de me reconhecer através do tato. Entender se eu era a mesma pessoa antes de tudo aquilo acontecer pela primeira vez ou uma nova versão de mim mesma.

As mudanças eram menos visíveis. Não sabia direito em qual época ou qual versão da minha vida tinha sido arremessada. Se meu eu mais jovem acordasse ali, estranharia aquelas novas rugas, as pintinhas que foram ocupando espaços novos na minha pele e a gordura que se acumulou em meu quadril, mas o meu eu de agora sentia que aqueles detalhes eram importantes para que a história da minha vida fosse contada exatamente como ela aconteceu. Sem pulos, cortes ou saltos que eu não escolhi ter.

Olhando no reflexo do espelho vertical que se apoiava na parede, sorri. No meu corpo de 30 e alguma coisa. Eu usava um conjuntinho de cetim macio e gelado, cor de terracota. Meu cabelo batia na altura do peito e tinha ondas suaves. Não estava maquiada, mas tinha uma aparência saudável. De alguém que dormiu o tempo necessário na noite anterior.

Eu sentia medo e alívio a cada nova descoberta.

No centro da sala havia um tapete quadriculado, todo preto e branco. Em cima dele uma mesinha de centro de ferro com vidro, e no lugar da lâmpada no teto um globo espelhado de festa. *Interessante*. Caminhei até a janela e empurrei as cortinas para o lado, reconheci a vizinhança na mesma hora. Percebi que ainda estava no Copan, mas o apartamento definitivamente não era o mesmo. A sala parecia maior, a cozinha também. A decoração de forma geral era mais elegante, mas cheia de personalidade e com pontos estratégicos de cor.

Ah, e um detalhe importante: o apartamento estava bem mais organizado do que a última vez que estive naquele mesmo endereço. Posso ser sincera? Eu estava começando a gostar dessa nova Anita. De mim.

Enquanto tateava cada objeto com as pontas dos dedos para descobrir as texturas daquela nova realidade, senti um vazio no bolso e no estômago ao mesmo tempo. Aquela sensação quando você se lembra que não tem ideia de onde deixou seu celular.

Comecei a procurar com certa urgência, como se ele pudesse me explicar tudo. Vi só a pontinha do aparelho entre as almofadas. Quando puxei, ele também não ligava. Provavelmente estava ligado no notebook através do cabo – aquele que parecia ter fritado no meu colo segundos atrás. Varri a sala com os olhos, esperando encontrar alguma pista. Um porta-retrato, talvez? Uma foto boba com as meninas já me faria feliz. Algum detalhe que dissesse: "Você não está sozinha de novo". Mas nada. Só alguns objetos de arte, lembranças de viagens, luminárias com formatos engraçados e plantas com folhas enormes. Me bateu uma falta. De gente. De memória. De provas.

Fiz uma promessa silenciosa e me esforcei para não ser só mais uma daquelas que nunca são levadas a sério: nunca mais deixar de imprimir e expor fotos com família e amigos na minha própria casa. Porta-retratos fazem mais diferença do que a gente imagina, principalmente quando tudo parece incerto ou instável. Logo eu, a fotógrafa.

Foi quando vi. No fim do corredor, bem no meio da parede, um pôster gigante da *Amélie Poulain*. Sorri. Ok, talvez eu ainda morasse aqui. Talvez essa versão de mim gostasse das mesmas coisas de antes. Esse filme mudou a minha vida para sempre e quem me indicou foi um professor de filosofia do ensino médio. Eu me perguntava se ele fazia ideia de que aquela indicação mudaria o rumo da minha vida. Ali nasceu minha paixão por fotografia, pela França, pelos detalhes do cotidiano que quase ninguém repara, mas que transformaram tudo dentro de mim.

E aí, um barulho. Alto. Seco. No quarto.

Meu corpo gelou. Fui até lá num passo meio torto, com o coração disparado, pronta para qualquer coisa. A porta estava encostada. Empurrei bem devagar.

– Catarina?

Ela estava lá. Minha gatinha preta com olhos amarelados e acesos. Derrubou um enfeite e ficou me olhando com cara de "por que está tão surpresa assim? Faço isso o tempo todo". Me abaixei e a abracei forte, mesmo sabendo do risco de ganhar alguns arranhões por fazer isso de forma tão brusca. Quase deixei escapar uma lágrima de alívio. A respiração dela no meu pescoço me deu mais certeza do que qualquer mapa, calendário ou notícia de jornal. Seu ronronar era o único som que eu precisava ouvir por um tempo.

Antes que eu conseguisse me recompor, o interfone tocou. Outro susto.

– Alô?

– Anita?

– PIETRA!

– Meu Deus do céu. Que alívio!

– Meu computador queimou.

– E o meu celular também.

– Somos vizinhas nessa realidade.

– Pelo menos não vou ter que pagar uma fortuna num voo pra te encontrar dessa vez.

– Você nem pagou nada, tonta! Eu vou até você ou você vem até mim?

– A gente se encontra no café do térreo, pode ser?

Esse café que sugeri ficava no térreo do Copan, logo depois da banca. Era pequeno, com mesinhas redondas do lado de fora e cadeiras de ferro que arranhavam o chão sempre que alguém se mexia. O barulho da cidade ainda dava as caras ali, mas parecia mais distante, como se alguém tivesse baixado o volume.

O lugar tinha cheiro de café coado na hora, pão na chapa e bolo saindo do forno. Uma mistura que me fez sentir um tipo de segurança difícil de explicar. Nas paredes, alguns pôsteres antigos de filmes, ilustrações coloridas e uma prateleira cheia de livros usados. No fundo, uma vitrolinha tocava um disco meio arranhado da Gal Costa. Nada muito alto, só o suficiente para embalar a conversa de quem estivesse por ali sem invadir o silêncio.

O balcão era simples, de madeira clara. Uma moça simpática e tatuada nos cumprimentou com um aceno e perguntou se queríamos o de sempre, mesmo que a gente nunca tivesse estado ali juntas antes. Não que nos lembrássemos disso, é claro. Dissemos que sim.

Pelo menos a sensação de deslocamento ao viajar no tempo, desde que conheci a Pietra, era menos solitária. Estávamos completamente perdidas, mas continuávamos juntas. Tinha algo naquele café que fazia parecer que a gente já era de casa. Talvez as pessoas sorrindo de volta, o caos estranhamente acolhedor de São Paulo.

Escolhemos uma mesa perto da janela, de onde dava para ver a entrada do prédio e uma parte da avenida Ipiranga. Pedi um cappuccino com bastante canela e Pietra um chá de camomila sem açúcar.

– Meu apartamento tem uma vista tão linda que juro que no primeiro momento eu nem reconheci São Paulo de cara. – Pietra começou.

– Bom, pelo menos agora você conhece o Copan de dentro para fora. Passei dias te falando sobre esse prédio, agora você meio que... mora aqui? Como é a decoração do seu apartamento? Tem a ver com você? Quero conhecer.

– Meu apartamento é uma gracinha. Tem papel de parede estampado nos quartos, os móveis da sala e da cozinha são arredondados e as portas que dividem os ambientes também. O teto da cozinha é vermelho. E as outras paredes são claras com decoradas com aquelas molduras curvas.

Não era tão ruim assim, vai.

Nesse momento, Flávia e Camila passaram na frente do café cheia de sacolas. Eu as reconheci primeiro e apontei, mas nós duas demos um berro ao mesmo tempo. Elas se assustaram, e entraram imediatamente.

– Que isso? Parecem que nunca viram as próprias vizinhas – reclamou Flávia.

– A multa por excesso de barulho vai chegar no final do mês porque deu para ouvir esse berro lá do 32° andar – completou Camila.

Demos risada e tentamos agir naturalmente.

– As madames decidiram tomar um cafezinho da manhã, é? Acho justo. Depois de tantos anos se dedicando ao F&M, finalmente vocês vão poder relaxar um pouco.

– F&M? – perguntei, tentando entender.

– Tá, vocês já me falaram pra não chamar desse jeito. "Fotos na Mala." Mais sofisticado. Inclusive, parabéns pelo top dez! Eu vi o post de vocês no Instagram e fiquei orgulhosa demais.

É muito legal um aplicativo brasileiro estar entre os mais baixados do mundo todo.

Troquei olhares com a Pietra e, sem dizer nada, continuamos fazendo perguntas sem parecer duas doidas completamente perdidas na própria realidade.

– Surreal tudo isso, né? – disse Camila.

– Acordei hoje sem nem acreditar que era verdade. – respondi, tentando disfarçar.

– Mas, Ca, me conta... Vocês estão usando o app também? De verdade? Podem falar pra gente o que estão achando? – Pietra foi logo perguntando.

– Ah, usei quando estive em São Francisco. A fotógrafa era brasileira e se chamava Martha, um amorzinho de pessoa. Fez fotos belíssimas da gente na Golden Gate e depois um ensaio no centrinho de Sausalito. Mandei essas fotos para o pessoal lá em casa e eles disseram que ficaram quase perfeitas porque falta uma criança pra família ficar completa – Flávia comentou, olhando de canto para a Cami.

– Já falei que só vou começar a pensar em filho em uns cinco ou seis anos. Imagina! Gravidez na adolescência?

Gargalhamos juntas, mas não pelo mesmo motivo. Eu acho.

– Bom! Que coisa boa ouvir que vocês gostaram da experiência. Fiquei curiosa pra saber dessa Martha. Mostra pra gente no app?

– Sim, por favorrrrr! Nosso celular meio que deu defeito ao mesmo tempo, acredita?

– Credo! Mercúrio retrógrado fez suas primeiras vítimas – Flávia completou, fazendo o sinal da cruz.

Depois de mais algumas perguntas, acho que finalmente entendemos.

Naquele café, sem que a Flávia e a Camila percebessem que éramos novatas naquela vida, descobrimos que juntas criamos uma empresa chamada Fotos na Mala. Uma ideia interessante que misturava fotografia, viagem e experiências inesquecíveis ao redor do mundo. Basicamente uma plataforma on-line que conectava viajantes sedentos por registros bem-feitos com fotógrafos de outros países ou nômades.

Genial.

Com a popularização das redes sociais em todas as faixas etárias e do turismo de forma geral, a demanda de fotografia e experiências mais completas também aumentou. Lembro de uma voz na minha cabeça repetir: *Como não tinha pensado nisso antes?*, e constatar que sim, *eu pensei*! Pietra e eu tivemos aquela ideia e com os anos ela se transformou em algo incrível!

Ficamos muito entusiasmadas quando descobrimos que a nossa empresa.... Sim... *nossa empresa*... Era tão lucrativa que viajávamos com uma certa frequência para criar conteúdo para as redes sociais, recrutar novos fotógrafos e descobrir destinos que estavam prestes a se tornar tendência no mundo.

Seguimos sendo viajantes... mas de um jeito *diferente*.

Percebi que para a Pietra foi importante saber que a Itália era um dos nossos destinos mais comuns, inclusive que estivemos em Como juntas outra vez, refazendo a viagem que ficou perdida em outra linha do tempo.

Visualizei as páginas carimbadas do meu passaporte tentando imaginar todos os lugares do mundo que eu já conhecia.

– Posso falar? Danilo mandou bem demais quando acreditou e investiu na ideia de vocês naquela época. Foi visionário – disse Flávia, enquanto chamava a atenção da atendente com os braços.

– QUÊ? – Pietra e eu falamos ao mesmo tempo.

Camila estranhou nossa cara de surpresa.

– Ué, não foi você mesma que contou pra gente que esse tal de Danilo, amigo de infância da Pietra, foi quem investiu na empresa depois de ganhar uma bolada apostando no jogo da Copa de 2006?

– Ah, sim, claro. Sou grata demais ao Danilo... nossa! – Pietra tentou disfarçar.

– Sim! E o sócio dele endoidou de vez quando eles romperam a sociedade, torrou toda a grana em pouco tempo e agora mora num sítio afastado e passa o tempo na internet criando teorias da conspiração. Já até virou meme na internet.

Assim descobrimos a origem de um clássico da internet... o comentarista de portal de notícias revoltado com o mundo. Nesse caso, com um empurrãozinho nosso, já que fingimos ser jornalistas durante aquela entrevista com o Danilo, quando o convencemos a mudar de ideia e, depois disso o Cris simplesmente passou a vida culpando todos os outros profissionais da área. *Ops!*

Por mais que estivéssemos amando aquela conversa, tínhamos tanta coisa para falar uma com outra que em um momento parecia que iríamos explodir por dentro.

Na primeira brecha, fechamos a conta, e fomos em direção aos apartamentos.

– Depois do almoço vocês sobem lá no apê pra gente se arrumar juntas pro festival?

– Sim, claro! – respondi, sem fazer ideia de que festival era aquele.

Quando passamos em frente a portaria, o Sr. Manoel nos chamou. Entregou um pacote enorme, embrulhado com plástico transparente e um laço vermelho escandaloso. Não aguentamos e abrimos no elevador mesmo.

Era um lindo álbum de fotos, que deviam ter sido tiradas nos anos 1960 ou 70. Os personagens eram três adolescentes, que logo reconheci como meu pai, Milton e claro, Lúcio. Havia um cartão:

Esse é um presente para que
vocês nunca se esqueçam
do que viveram. Se um dia,
ao mostrar essas fotos num
pen drive, eu fiz a maior
bagunça, que dessa vez essas
lembranças sirvam para vocês
colocarem tudo no lugar.
Com amor, Milton.

Não conseguimos evitar a emoção. Ter aquelas fotos da juventude dos nossos pais era impagável.

– E o que será que aconteceu com o Danilo, hein? EU TENHO TANTAS PERGUNTAS! – Pietra falou, enxugando as lágrimas.

– Precisamos de um computador ou de um celular para continuar vivendo nessa realidade, Pietra.

– Será que vamos ter que ir em busca de uma lan house em pleno 2017? Será que isso ainda existe aqui em São Paulo?

– Não. Somos mulheres adultas. Empresárias. Se eu mesma não conseguir arrumar, vamos comprar dispositivos novos e pronto. Eu tô doidinha pra descobrir todos os detalhes do Fotos Na Mala.

Pietra tentou de tudo para reiniciar os computadores, mas sem sucesso. Aparentemente todos os nossos dispositivos queimaram mesmo, então pegamos o nosso cartão de crédito e fomos de metrô até um shopping na avenida Paulista. Ela continuava movimentada, barulhenta e linda. O cartão postal de São Paulo teria sempre um significado especial para mim. Lembro da primeira vez que andei sozinha por ali e o sentimento de realizar o sonho de me mudar para cidade grande. É claro que com o passar dos anos tudo foi ficando mais normal e automático, mas aquela avenida te faz acreditar que vale a pena abrir mão de tudo para estar ali.

Configuramos tudo direto na loja, inclusive a transferência do antigo chip para os aparelhos novos.

– Ainda bem que uso a mesma senha de sempre pra tudo.

– PJL366? – perguntei, com um sorrisinho no rosto. Ela arregalou os olhos.

– Como você sabe?

– Vai criar outra senha, Pietra! – falei, rindo.

Enquanto caminhávamos pelo parque Trianon, Pietra deu um berro.

– A TIMELINE DO INSTAGRAM VOLTOU A SER APENAS CRONOLÓGICA E DANILO NÃO MUDOU O NOME DAQUELA OUTRA REDE SOCIAL!

– Deixa eu ver seus últimos posts, por favor!

Ficamos alguns minutos em silêncio olhando para a tela do celular. Algo completamente justificável porque tínhamos vidas inteiras para tomar conhecimento, e não apenas isso, uma empresa que dependia da gente. *Eu acho.* Era legal e assustador ser tão relevante assim no trabalho. Quando foi que isso aconteceu?

– Tô baixando o app do Fotos na Mala. Quanta emoção!

– O site é lindo demais. Fácil de entender e prático de usar. Olha quanto sentimento essas fotos expressam. Quantos fotógrafos talentosos estão vivendo seu sonho porque juntamos nossas ideias. Eu estou tão orgulhosa da gente. De verdade!

É simples e fácil! Veja o passo a passo de como o Fotos na Mala funciona: Escolha seu destino, selecione um fotógrafo e reserve seu horário. Realize seu ensaio. Receba suas fotos em até 7 dias úteis.

– Olha só, achei o perfil do Danilo aqui – Pietra disse. – Ele se mudou para o sul do Brasil e agora cuida de um evento que nunca ouvi falar, chamado *Latinoware*. Sei lá! Não entendi direito do que se trata nem jogando no Google. É coisa de tecnologia, mas parece legal e progressista. É um congresso Latino-Americano de Software Livre e Tecnologias Abertas.

– Bom pra ele. Sinceramente, um uso bem melhor do tempo e da inteligência. Curte a foto dele aí! Espero que ele seja feliz usando os códigos do jeito certo. –brinquei.

Rimos e passamos um bom tempo descobrindo mais sobre os desdobramentos curiosos da vida das pessoas à nossa volta.

– Bom, acabei de descobrir o tal do festival que a Flávia estava falando. É apenas o LOLLAPALOOZA!

Os olhos de Pietra se acenderam. Aparentemente ela era tão fã quanto eu.

– Inclusive, Anita, tem um grupo aqui, parece que um pessoal de Imperatriz está vindo prestigiar aquele seu amigo, que tá no *lineup*.

– É quem eu tô pensando?

– Sim, o tal Rick Viana.

Pietra e eu nos entreolhamos. No meio de tantas descobertas, tantos acontecimentos e mudanças, eu não fazia ideia de que relação eu tinha com Henrique nessa linha do tempo. Até aquele momento, nós tínhamos coisas mais importantes para resolver.

Mas agora... Será que estava indo ver um artista incrível da minha cidade, meu melhor amigo... ou alguma outra coisa?

Não resisti. Tentei ver nossas conversas do WhatsApp, mas todo o backup dos chats e todos os meus contatos tinham sido apagados quando os celulares queimaram. Entrei no Facebook, mas ele não tinha um perfil privado, só uma página profissional de artista. E no Instagram, tudo o que consegui ver era que eu seguia seu perfil com quase um milhão de seguidores e, sim, ele me seguia de volta.

Pietra viu uma mensagem no seu celular.

– Ó, aparentemente foi meu irmão que arranjou os ingressos pra gente. Ele tá trabalhando nas redes sociais do Lolla. Falou que o Henrique comentou de você.

O que aquilo significava? Meu Deus do Céu!

– E agora? Eu não faço ideia do que eu sou pra ele.

– Agora vem a parte que a gente vai e descobre.

Dei um sorriso e fomos rindo juntas até o metrô. Frio na barriga bom. Enquanto as estações do metrô iam ficando para trás, eu fui me acostumando com a ideia de que eu merecia viver cada momento daquela nova vida.

***

O quarto estava um caos delicioso. Roupas espalhadas pela cama, pincéis de maquiagem e produtos com embalagens coloridas por todo canto, o som tocando uma playlist com as músicas das bandas que estávamos prestes a escutar ao vivo no festival e quatro mulheres tentando se maquiar no mesmo espelho. Nosso perfume se misturava no ar e o gosto na boca era de gim-tônica.

Pietra calçava um coturno com salto plataforma, meia calça preta fina, minissaia de couro e um *body* com decote nas costas. Seu cabelo loiro bem claro tinha um volume diferente, ondas feitas com *babyliss* e muito spray.

– Se eu errar esse delineado de novo, juro que vou de óculos escuros! – Pietra resmungou, depois da terceira tentativa de fazer o traço bem fino no estilo gatinho.

– Não seria a primeira vez que alguém vai ao Lolla com Ray-Ban e frustração, viu? – comentou a Flávia, rindo baixo enquanto fazia o contorno na pele com a precisão de quem poderia fazer isso de olhos fechados.

– Quer ajuda, amiga? Também dá para fazer um olho bem preto, mesmo com esse borrado aí. Vai ficar lindo com seu *look* e com seu olho azul. Vi um tutorial na internet outro dia e o truque é esfumar bem com tons de marrom. Fica parecendo maquiagem profissional. Tem um perfeito nessa paleta que está comigo. Pera aí...

– Eu não entendo como vocês não estão surtando com a ideia de ver The XX ao vivo – Camila disse, pegando uma pochete de couro marrom num armário alto.

– Vou entrar em surto quando eles subirem naquele palco e começarem os primeiros acordes de "Angels" – respondi, imaginando a cena.

Dentro do closet, Camila tentava fechar o zíper do vestido de Flávia, sem sucesso.

– Amor, esse vestido encolheu? – ela perguntou, fazendo um pouco mais de força.

– Ou fui eu que engordei mesmo – respondeu Flávia, com uma piscadela no espelho.

– Na bunda, talvez – Pietra gritou do quarto, e todas rimos juntas.

Flávia finalmente se virou, desistindo do vestido e colocando uma saia longa de tule preto com aplicações brilhosas e uma camiseta *cropped* dos Strokes branca, por cima de uma lingerie com renda preta que aparecia quando ela levantava os braços.

Camila pegou um chapéu enorme e enfiou na cabeça da esposa.

– Perfeita. Sexy. Revolucionária. E protegida do sol.

Eu ainda estava brigando com a trança no meu cabelo, mas satisfeita com meu *look*. Um macacão vermelho decotado e um tênis branco com detalhes da mesma cor.

– Se alguém souber fazer trança embutida em si mesma, por favor, compartilhe esse dom sagrado.

Eu queria não me preocupar tanto com os fios soltos e *frizz* ao longo do dia, então pensei num penteado. Pietra se aproximou, segurando meu cabelo com delicadeza.

– Deixa que eu faço. Fica quieta só um segundo, fotógrafa inquieta.

Senti seus dedos ágeis trançando meu cabelo como se fosse um ritual.

Camila apareceu com brilho nas bochechas, espalhando com os dedos, e depois assoprou purpurina em cima de todas nós.

– Agora sim, abençoadas com o brilho e a breguice dos festivais!

– A gente devia tirar uma foto antes de sair – eu disse, depois de prender minha franja com um grampinho dourado. – Antes que o suor, a cerveja e o sol nos transformem em versões distorcidas de nós mesmas.

Nos alinhamos diante da lente da minha câmera. Temporizador, cinco segundos, pose espontânea. No clique, a Flávia e a Camila se beijaram, a Pietra ergueu o dedo do meio, e eu dei uma piscada exagerada com língua pra fora. A primeira de muitas fotos daquele dia.

– Aumenta o som. Eu amo essa música com a Halsey.

Cantamos juntas o refrão de *Closer* da dupla The Chainsmokers com a certeza de que essa música nos lembraria para sempre daquele dia, da nossa amizade.

Na mesinha que ficava na entrada do apê das meninas, vi um flyer bem colorido com todas as atrações do evento. Enquanto esperava elas terminarem, fiquei alguns minutos olhando o *lineup*. Ver o nome do Henrique ali ao lado de bandas tão famosas quanto Metallica, The Strokes, The Weeknd me deixou cheia de borboletas no estômago. *Ele era foda*. Isso eu sempre soube. Mesmo que seu nome tivesse a algumas linhas de distância e com a letra bem menor das outras bandas mais famosas.

De repente, fiquei totalmente nervosa com o nosso encontro antes do show. Não sabia o que esperar. Pensei até em mandar uma mensagem privada pelo Instagram, mas imaginei que ele estaria ocupado com os preparativos do show e eu não saberia lidar com a ansiedade de passar horas na expectativa de uma resposta. Decidi ignorar o pensamento e focar em outras coisas. Como nas minhas amigas saindo do quarto como as Três (ou quatro) Panteras a caminho de uma nova missão.

Click.

Quando parei para pensar nos momentos mais memoráveis, difíceis e transformadores que vivi até ali, adivinha? Definitivamente não eram os caras que eu amei que estavam ali por mim, não apenas me ouvindo, mas me compreendendo de verdade. Eram as minhas amigas. Aquelas amigas. Portanto, quando escolhi com mais cuidado e me dediquei às minhas relações, também transformei as pautas das conversas de todos os anos que vieram pela frente. No fim das contas, minhas amizades se tornaram mais importantes que os meus outros amores, porque deles eu esperava apenas o que me foi ensinado.

Saímos do Copan rindo um pouco mais alto do que deveríamos, sem dar tanta importância para o que acontecia ao nosso redor ou possíveis olhares alheios. Estávamos dentro dessa bolha invisível chamada *se sentir uma parte importante de um grupo*. Cada uma com seu jeitinho, mas todas livres para falar qualquer besteira que viesse à mente.

O céu já estava limpo e o sol batia forte nas janelas espelhadas dos prédios do centro. Era sábado e a cidade estava cheia, dia de Lollapalooza. Atravessamos a calçada com passos acelerados, desviando das bancas, dos ambulantes e dos turistas meio perdidos. Chegar à Estação República foi bem fácil e para mim essa era a melhor parte de morar naquela região. Estar pertinho do metrô, da rodoviária e da parte mais viva da cidade. Em poucos minutos já estávamos espremidas no metrô com dezenas de outras pessoas que também estavam indo para o festival. Foi rápido. Lotado, abafado, barulhento, mas ninguém se importava. A cidade parecia ter um único destino naquele dia: o Autódromo de Interlagos.

Quando finalmente passamos pelos portões e revistas do Lolla, eu senti uma euforia que fez meu corpo todo arrepiar. A energia ali era absurda e vinha acompanhada com um sentimento intenso de liberdade. De vontade de descobrir novas bandas, não pela indicação de um algoritmo que sabe exatamente do que já gosto, mas abrir espaço para o diferente e inesperado porque eu estava passando na frente de um palco bem na hora que uma música linda começou a tocar. Não era minha primeira vez no festival, mas era a primeira vez que eu ia com... elas.

Era como se a gente tivesse voltado a ser adolescente com o corpo de 30 anos – mas com grana pra comprar cerveja boa e maturidade suficiente para lembrar de ir com calçados realmente confortáveis e levar capa de chuva.

Nas primeiras horas do evento as pessoas ainda estavam chegando, então tínhamos espaço para andar tranquilamente em todas as direções sem esbarrar com ninguém. As primeiras atrações eram menos disputadas, de bandas que ainda estavam começando. Decidimos aproveitar isso. Durante os shows, a gente se abraçava sem motivo, pulava junto sem combinar, gritava o nome da música antes mesmo da banda entrar no palco.

Depois de um tempo andando e reconhecendo os espaços de cada palco, minha barriga roncou, e sugeri que fossemos para a área de alimentação. Estávamos na fila para comprar pizza, quando alguém falou com a gente.

– Manaaaa! Pega um pedaço pra mim também, por favor? Eu quero a de calabresa. E uma coquinha zero, por favor.

Meu corpo soube que era ele antes mesmo de conseguir reconhecer sua voz. Primeiro eu senti o perfume e depois veio a confirmação. *Joel.*

Ele sorriu quando olhou para mim, também me reconhecendo.

– E aí, Anita? Tá se divertindo?

Será que a gente tinha se conhecido na época de Juiz de Fora? Ou Pietra tinha me apresentado ele mais tarde? Será que já tinha rolado algo entre nós?

Eu não tive medo de descobrir as respostas, apenas a empolgação de desbravar o desconhecido.

– Oi, Joel! Super, tá incrível!

– Que bom que estão curtindo! Tô muito feliz que deu certo conseguir os ingressos pra galera de Imperatriz. Aproveitem muito!

– Você sempre me ajudando, hein?

Dei um sorriso e pisquei, tentando fazer charme. Ele deu um sorriso de lado que me derreteu só um pouquinho.

Pietra apertou os lábios, como se tivesse segurando a vontade de rir. Apesar do Joel não se lembrar daquela época em que ele apareceu na minha vida, ela sabia todos os detalhes do vizinho-resolvo-todos-os-seus-problemas.

Naquela altura, percebi que não havia sobrado nenhum rancor sobre ele ter se aproximado de mim só porque precisava da minha ajuda. Até porque este Joel nunca tinha feito isso. Aparentemente, naquela vida tudo era mais simples, menos embaraçado. O festival estava cada vez mais lotado, mas quando ele se aproximou, foi como se todos os outros barulhos diminuíssem de volume.

– Quando essa loucura do Lolla passar vamos no Ibira correr de novo? Foi tão bom aquela vez. Temos que repetir e fazer não ser apenas um evento anual.

Eu não fazia a menor ideia do que ele estava falando, mas... a ideia de descobrir em algum momento do futuro me deixava empolgada. Pela primeira vez eu o enxergava sem as camadas das decisões que tomamos no passado, mas com o frescor de uma possibilidade desconhecida e que poderia me levar para um lugar completamente novo. Não havia tantas expectativas. Que contaminavam a ideia de que Joel precisasse ser exatamente tudo o que me faltava, que chegasse e me salvasse de uma realidade onde me sentia infeliz. *Ele não precisava me salvar de nada.*

O que eu tinha era a curiosidade de saber como me sentiria ao escolher passar mais tempo ao lado dele, não performando, mas sendo quem eu era de verdade. Joel continuava extremamente charmoso. E cheiroso. Ainda tinha suas tatuagens, o cabelo penteado para um lado só e um topete teimoso que insistia em cair sobre a testa.

Enquanto fazia meu pedido, deu pra ver que ele estava me olhando.

– Ah, mais uma coisa – ele deu a primeira mordida na pizza – O Henrique tá esperando você dar um pulo lá no *backstage* antes do show. Ele está animadão! Consegue vir em quinze minutos? Dou uma carona.

Não tinha motivo nenhum para eu ficar constrangida, talvez não houvesse nem um pouco de ciúmes na fala dele, mas mesmo assim não pude deixar de pensar nisso. Imaginei um cenário em que eles disputavam meu coração. Podia parecer infantil, mas quando o assunto era vida amorosa, adorava romantizar as coisas. De criar pequenas histórias. Claro, sabendo que tudo não passava de coisas da minha cabeça.

Depois de terminar a pizza, segui o Joel pelos bastidores do festival. Ele mostrava a credencial a cada segurança que surgia em nosso caminho. Por trabalhar na produção, com as redes sociais oficiais do evento, obviamente ele tinha acesso a todas as principais áreas. Usamos um carrinho de golfe para ir do lugar em que estávamos até o camarim dos artistas.

Mais uma vez, meu coração acelerou. Então era isso, eu finalmente iria descobrir qual o caminho definitivo de uma das relações mais importantes da minha vida. Uma pessoa que já tinha amado de várias maneiras diferentes, e que sabia que nunca deixaria de amar. Mas, pensando melhor, talvez não fosse sobre o que nossa relação era atualmente, mas sobre todas as possibilidades que ela poderia ser. Essa ideia era extremamente empolgante.

– Pronto, senhorita. Entregue! – disse Joel.

Agradeci com um sorriso. Ele se despediu e me deixou na frente da porta do camarim com o nome "Rick Viana". Antes de bater, olhei meu reflexo através da câmera do celular. Organizei meu cabelo, peguei um chiclete que estava no fundo da bolsa e respirei fundo para organizar os pensamentos. Mas ele deve ter ouvido o barulho, porque antes de eu bater na porta ele abriu.

– Anita!

E me abraçou.

Há quanto tempo eu não sentia o abraço do meu melhor amigo? Eu o apertei, me sentindo envolver por seus braços fortes e familiares. Quantas versões da Anita e do Henrique nós vivemos até chegarmos ali?

Eu estava em casa.

Tive que me segurar para não chorar de emoção. Independentemente do que aquele abraço significava, nós nos conhecíamos e tínhamos afeto um pelo outro. Era suficiente.

Nos afastamos depois de um tempo. Olhei para ele, tentando entender e prever o que viria depois. Estávamos em uma pequena sala com um frigobar vermelho, sofás de couro gasto e uma mesa baixa coberta de copos plásticos, garrafas de água pela metade e um pote de frutas cortadas já começando a escurecer.

O espelho iluminado refletia o vaivém dos bastidores, com assistentes apressados, maquiagens espalhadas e instrumentos largados em cantos improvisados. Apesar do caos ao redor, havia uma estranha calmaria naquele momento, um sentimento de reencontro.

– Tô tão feliz que você veio! Por que as mensagens não estavam chegando no Whatsapp, hein? Te mandei uma logo que cheguei em São Paulo. Outra na manhã seguinte. Estava com medo de você não vir.

– Ah... meu celular deu problema, um leve caos. Como sempre. Depois te conto os detalhes. O que você precisa saber é que com ou sem a sua mensagem, eu estaria no meio da multidão torcendo muito por você. Mais uma fã na multidão, mas feliz demais por você estar vivendo seu sonho também.

– Você é minha melhor amiga, Ani. Nunca seria mais uma na multidão. Acho que entre todas as pessoas do mundo você é a que mais entende o significado de cada uma das músicas que eu já escrevi até hoje.

Quando ouvi essas palavras, meu corpo relaxou inteiro. *Melhor amiga*. Aquilo soava certo. Soava natural. A nossa amizade, embora por um caminho diferente, tinha desembocado no lugar que mais fazia sentido. Ele era minha pessoa de novo e eu era a dele. E ao mesmo tempo, nenhum de nós era o centro da vida um do outro. Nós dois tínhamos nossas carreiras, nossas amizades, nossa vida. Mas agora, eu sabia que poderia procurar seu olhar e que ele me entenderia sem palavras, que eu poderia mandar um meme idiota no meio da noite ou simplesmente mandar mensagem para falar que algo me lembrou dele.

Bem quando achei que minha vida não podia ficar mais perfeita, ela me enviou a melhor versão de Anita e Henrique que eu podia querer.

– Enfim, eu estava louco pra mostrar o *setlist* pra você, fiz a ordem pensando no horário do show e o nível de energia, mas estou em dúvida, e você conhece as músicas, então...

– Lógico! – foi o que consegui dizer. – Me mostra, então!

Henrique tirou um caderninho todo rabiscado onde ele tinha escrito à mão com a lista das músicas. Algumas setinhas indicando a ordem invertida, e outras canções riscadas e adicionadas. Ele começou a falar sobre coisas que eu deveria saber, mas não fazia ideia. A versão estrela dele ainda era novidade para mim, mesmo que ela se parecesse muito mais com a que veio de surpresa para o casamento da minha irmã do que com aquela de Paris. Tudo o que eu tinha eram recortes das outras versões do Henrique, uma música que ele cantou para mim e que agora provavelmente nunca tenha sido escrita, os nossos dias em São Paulo, as lembranças novas dos nossos rolês na UFJF. Mas todas aquelas versões montavam um mosaico chamado Henrique, e eu entendia exatamente quem ele era. Inclusive aquele jeito inseguro, mas que ficava empolgado ao falar sobre assuntos que dominava.

Ele começou a ficar ansioso sobre o *setlist*, sobre tudo dar errado, sobre o público brasileiro não se identificar mais com o som dele ou a ideia de todos estarem em outro palco.

– Henrique, respira fundo. Se permita olhar em volta enquanto faz isso. Esse é o seu momento. Aproveite para curtir. Esses detalhes provavelmente não vão fazer diferença nenhuma no final das contas, tá?

– Você tá certa. Pra variar. Eu tô hiperventilando nível hard. É que eu sinto que estou vivendo uma daquelas noites que vão mudar tudo na minha vida, sabe?

– Posso te contar uma coisa que aprendi e que me ajuda a manter a calma nesses momentos? A gente nunca sabe de verdade quais serão as noites decisivas. A gente acha que sabe, mas não. Faça o melhor que você puder, o resto simplesmente vai acontecer. – Arrumei o cabelo dele com a ponta dos dedos. – Eu vou estar lá torcendo e gritando por você, com toda a voz que tenho. Além de todos os amigos e o pessoal de Imperatriz e de Juiz de Fora também. Pensa em fazer o show só pra gente, como se fosse na época da ocupação.

Henrique sorriu e acho que se acalmou de verdade com as minhas palavras.

– A turnê só está começando. Meu empresário quer usar a visibilidade do Lolla aqui e na Argentina para conseguirmos fechar agenda no Brasil até o fim do ano. Mas…

– Meu deus, meu melhor amigo está virando uma superestrela. Daqui a pouco vai estar comendo coxinha com o Bruno Mars.

– Não acabei, calma aí! – Ele riu. – Mas já avisei que no dia do seu aniversário não estou disponível em hipótese alguma. Nossa viagem anual juntos é inadiável, incancelável e insubstituível.

– Então quer dizer que… nós viajamos juntos todo ano? Só nós dois?

– Óbvio! Esse foi nosso combinado, lembra? A questão é só decidir se vai ser no meu ou no seu aniversário esse ano. Ano passado foi viajamos no meu e você planejou tudo, portanto esse ano tenho que já ir pensando no roteiro legal para o seu. Pensei em Lake Tahoe, na Califórnia ou Mallorca, na Espanha. Também queria muito bom ir pra Maragogi, em Alagoas ou Itacaré, na Bahia.

Eu dei um sorriso e concordei com a cabeça, tentando não parecer surpresa ou animada demais com todas aquelas possibilidades.

Estar ao lado do Henrique me proporcionava um tipo de confiança rara, sem fazer esforço para imaginar o que todos a minha volta estavam pensando. Eu sabia que ele me achava legal, porque *eu* me achava legal primeiro. Sabia que juntos faríamos qualquer roubada se transformar em uma verdadeira aventura. Podia ser um destino nacional ou internacional, um lugar paradisíaco ou um ponto turístico abarrotado de gente. Se tivéssemos juntos tudo se transformaria em uma boa história.

– Bom, você sabe o quanto eu amo viajar… com você e com essa câmera aqui eu vou para qualquer lugar do mundo. Falando nisso…

Click.

Continuamos o papo até a hora que a produção o chamou para passar o som. Dei mais um longo abraço nele e um beijinho em sua bochecha, desejando boa sorte mais uma vez. A verdade é que parecia que nem um minuto havia passado desde o nosso encontro no casamento da minha irmã, há quase dois anos.

Aquele Henrique, o meu melhor amigo, era o meu Henrique verdadeiro, e nunca deixaria de ser.

***

Entre o show da Tove Lo e o da dupla canadense Tegan and Sara, que eu estava especialmente ansiosa para ver, Pietra e eu subimos no morro que dava vista para o Autódromo inteiro. Eu queria encontrar um jeito de fotografar a multidão, de capturar as pessoas superanimadas migrando de um palco para outro. Minha câmera digital tinha um filtro analógico que simulava filmes antigos, e eu conseguia olhar em volta e escolher a cena que tinha as cores perfeitas para o registro.

A luz do fim da tarde dourava tudo, espalhando um brilho aquarelado nas nuvens que começavam a se formar no céu. O som dos palcos chegava ali e se confundiam, meio abafado, misturado com gritos e risadas. Um cheiro leve de grama seca, poeira, suor e cerveja subia do chão.

Click.

Descemos, conversando animadas, distraídas com as fotos no visor da câmera e comentando o fato da poluição deixar o céu mais alaranjado. Mas, ao virar numa rampa errada, acabamos entrando numa tenda coberta – uma área de ativação de uma marca, com iluminação baixa e aquela luz vermelha que deixava tudo da mesma cor. O som lá dentro era outro: abafado, um pouco misterioso, com o zumbido da agulha de tatuagem marcando a pele.

No canto, um tatuador fazia *flash tattoos*, aquelas rápidas, com desenhos simples, feitas na hora. A gente se olhou, e o silêncio falou por nós. Sem precisar de palavras, só com um sorriso e um olhar cúmplice, já sabíamos o que viria.

A ampulheta.

– Primeira tatuagem?

O tatuador perguntou para Pietra, que engoliu seco e balançou a cabeça, meio tímida. Eu já tinha uma na costela, então puxei a mão dela, firme.

– Vamos fazer o mesmo desenho, aqui no braço.

Enquanto o tatuador preparava a agulha, Pietra virou para mim e falou baixo, meio pra si mesma:

– Eu acho que perdi o medo das coisas definitivas.

Olhei nos olhos dela, sorrindo.

– Porque mudar de ideia não apaga nossas escolhas, não é?

Ela assentiu, puxando o ar fundo.

– Quero me orgulhar das escolhas que fiz, até das que eu me arrepender depois. Não quero precisar apagá-las.

Segurei o braço dela.

– Essa tatuagem vai sempre nos lembrar disso.

Quando a agulha começou a marcar nossa pele, o barulho do festival lá fora parecia distante, quase um pano de fundo suave. Pietra fechou os olhos, respirando devagar.

– Nunca pensei que faria isso aqui, agora. Sem pensar muito.

– Nem eu. Ainda bem que tivemos coragem.

Saímos da tenda com o céu ainda mais pintado de laranja e rosa, todos a nossa volta pareciam viver suas melhores versões. Com o som da música *Back in Your Head* da dupla Tegan and Sara começando a invadir todo o espaço, senti aquela ardência leve na pele de que algo além daquela tatuagem duraria para sempre.

***

Viver o presente sem saber ao certo o que estava por vir era estranhamente... *bom*. Porque não precisava me preocupar tanto com cada detalhe e as consequências deles. Faz sentido? Em vários momentos no festival eu me permiti relaxar. Esquecer um pouco de tudo. Ao mesmo tempo, reparar no jeito que o cantor segurava o microfone ou o casal ao lado se beijava. Era muita informação, mas elas não estavam mais apenas dentro da minha cabeça. Eu estava completamente distraída, olhando na direção do telão, quando ouvi alguém gritar meu nome de longe.

– ANITAAAAAA!!!

Virei na hora. No meio da multidão, um grupinho se aproximava, rindo, pulando, acenando bem felizes por finalmente terem me encontrado. Não foi difícil. Um pontinho todo vermelho no gramado verde.

No centro da pequena bagunça, minha prima Carol. Ela usava um look que só alguém que entende de moda teria confiança para usar. Um top de crochê, equilibrado por um kimono transparente que esvoaçava com o vento enquanto ela andava. Também vestia um short jeans de cintura alta com a barra desfiada que deixava à mostra um cinto de fivela prata. Nos pés, uma botinha de bico fino estilo *western*. Seu cabelo estava preso em dois coquinhos altos e, mesmo com os óculos de lente rosa espelhada, dava para ver o glitter no canto dos olhos brilhando sob o sol. Tão linda. Tão alegre e vibrante. Tão ela.

Minha irmã Luiza usava um conjuntinho azul royal e um All Star branco de ano alto. Douglas vestia uma blusa azul mais lavadinha e uma calça caqui. Preciso confessar, juntos eles combinavam bastante. Mas o que me fez travar por um segundo foi a visão de quem vinha um pouco atrás, mais quieto, com as mãos no bolso da calça jeans e um sorriso de canto.

Fabrício.

Eu ainda não conhecia a versão mais velha dele, e talvez tenha ficado reparando mais tempo do que deveria. Porque os traços de adolescente desapareceram e deram lugar para um rosto mais definido, barba rala e o cabelo raspado. Ele não era bonito de um jeito óbvio. Era bonito de um jeito que fazia você querer olhar de novo. E de novo.

Da última vez que vi o Fabrício, ele ainda era aquele cara intenso, meio perdido, que vivia entrando em encrenca. Até acho que a rebeldia ainda estava lá, escondida em algum lugar, mas agora transformada em experiência. Ao sorrir algumas rugas se formavam ao lado do olho dele, o que o deixava ainda mais charmoso.

Agora ele estava ali, oficialmente fazendo parte do nosso grupinho, como se o tempo tivesse dobrado e jogado todos eles no mesmo lugar – só que em versões mais velhas, mais cheias de histórias.

– Eu só vim para ver Metallica – Fabrício disse, como se continuasse uma conversa antiga.

– Eu tinha certeza de que você ia dizer isso – respondi, meio rindo.

– Talvez seja a única banda que eu conheça no *lineup* todo. Tem uns nomes aqui que parecem marca de energético. Juro pra você!

Dei uma gargalhada alta.

– Tem um lugar aqui em São Paulo que é mais a sua cara. Só toca sertanejo.

– Algo me diz que você tá tirando sarro de mim.

– Eu tô. É que uma das últimas memórias que eu tenh... Quero dizer, uma das coisas que me lembro da nossa época de faculdade é você dirigindo um carro velho e escutando sertanejo universitário.

– Nem vem que você também curtia – brincou Fabrício.

– Meio difícil nascer em Minas e não saber cantar os clássicos, né? – resolvi jogar um verde. – Lembra daquela carona que você me deu até o aeroporto do Rio? Foi sertanejo o caminho inteiro.

– Lógico que lembro. Especialmente das reais que você me mandou no carro. Você foi a primeira pessoa que me mandou a real sem me diminuir. Eu fiquei querendo te impressionar por um tempo, sabia? E isso fez de mim uma pessoa melhor, mesmo depois tendo nos afastado pela distância.

– Você ficou em Juiz de Fora?

– Voltei pra Imperatriz. Fui eleito como vereador.

– VEREADOR?

– Por que a surpresa?

– Não sei, achei curioso.

– Comecei a me envolver com a causa animal logo depois daquela época, primeiro oferecendo meus serviços como advogado. Depois entendi que para conseguir mudar o jeito que as coisas funcionavam lá no interior eu precisava não apenas estar ao lado das ONGs, mas tentar mudar a lei.

– Cara! Isso é bem maneiro, mesmo.

Nesse momento, Camila completou:

– Ele foi o vereador mais votado de Imperatriz – Camila jogou, surgindo do nada. Tomei um susto como se tivesse sido pega no flagra, mesmo numa conversa "inocente".

– De onde você veio, sua louca?

– Vim falar oi para o meu priminho, pô! Ele movimenta uma galera na internet toda vez que tentam fazer besteira com o dinheiro público. É o mais odiado da prefeitura, mas a população adora ele.

– Sua bio no Tinder deve ser curiosa. Bad boy, amigo dos animais, fã de sertanejo, Metallica e *hater* de político corrupto.

– Ah, e nos finais de semana eu gosto de andar de skate.

Aquela figura improvável, viva e curiosa que ocupava o espaço ao meu lado fazendo sombra no sol que já começava a descer, me intrigava.

Fiquei pensando no impacto que tivemos um na vida do outro sem nem perceber. Não falo sobre aqueles momentos decisivos, mas nas breves conversas afetuosas em que nos atrevemos a dizer algo que desafia e acolhe ao mesmo tempo. Dar ao outro a possibilidade de escuta é muitas vezes mais importante do que o conselho que temos para dar.

Quando olhei pra Carol ela estava posando para um fotógrafo perto da parede de lambe-lambe, provavelmente porque o look dela iria parar em algum blog de moda ou matéria sobre looks legais para usar em um festival. Dei um sorriso porque era exatamente assim que eu imaginava a minha prima no presente. A mesma Carol que eu vi crescer, mas potencializada.

– O divórcio me valorizou demais, né?

– Você parece que está mais jovem do que na época da faculdade.

– Prima, sabe de uma coisa? Ser mãe é muito melhor quando você não é também mãe do seu marido. Quando o Eduardo, e aquela risada irritante dele, saíram da minha vida, sobrou muito mais do que eu imaginei!

– E como tá a marca, amiga? – Camila perguntou.

– Tá indo super bem! Estamos pensando em abrir uma loja em Juiz de Fora agora. Quem sabe daqui a uns anos a gente não abre uma filial em São Paulo?

– Não ia duvidar se você abrisse uma filial em Milão, Carol. Que orgulho! – Não me contive e abracei minha prima.

Se antes eu acreditava que o que mudaria a vida da Carol seria nunca ter se envolvido com o Eduardo, como se apagar aquele encontro fosse libertá-la para viver todo o seu potencial, agora entendia o quanto estava enganada. Aquela história nunca foi minha para consertar. Mas Carol precisava, por si mesma, encontrar a coragem e a confiança para tomar a decisão de deixá-lo. E aquela ruptura, que eu tanto temi, não era o fim de nada. Era o começo de tudo.

Imagino que tenha sido difícil. Doloroso, até. Mas foi exatamente nesse processo que ela encontrou a força que precisava não só para seguir em frente, mas para se reinventar. Mais criativa, mais resiliente e mais corajosa. Não apesar dos filhos, mas justamente graças à existência deles.

Vendo de fora, é difícil descrever a força silenciosa que uma mulher ganha ao se tornar mãe. Ter filhos não a impediu de viver a própria vida. Ao contrário, trouxe mais profundidade para tudo. Foi esse caminho, cheio de curvas e tropeços, que deu a Carol mais clareza sobre quem ela realmente é. E a certeza de que nunca mais deixaria que alguém lhe dissesse quem deveria ser.

A verdade é que só porque algo aconteceu cedo, não significa que vá durar para sempre. Nosso passado não determina o nosso destino. Nosso histórico não é uma previsão se quisermos recontar nossa própria história de uma forma diferente. E vê-la ali, tão livre, leve e feliz, me fez ter ainda mais certeza disso.

***

Quando o Henrique surgiu no palco, estávamos todos reunidos naquele espaço entre o palco e a grade de proteção, uma área geralmente reservada para amigos dos artistas, fotógrafos e imprensa.

Vê-lo daquele ângulo, sob as luzes multicoloridas que preenchiam o palco, me fez prender a respiração por alguns segundos. Enquanto o céu mudava de cor, tudo parecia estar acontecendo em câmera lenta. Nossos movimentos pareciam deixar rastros.

Todos gritavam muito. Meu corpo se arrepiou inteiro.

Os olhos do Henrique varreram o público com um brilho de quem estava realizando um sonho, como se estivessem procurando algo, e por um segundo acreditei que tinham me encontrado. Era bobo pensar assim, mas meu coração deu um pulinho involuntário porque eu me senti importante.

Henrique era tímido, mas quando estava com a sua guitarra ou violão, se transformava completamente. Ficava à vontade. E ao mesmo tempo... continuava sendo aquele cara que eu um dia pude contar sobre cada acontecimento bobo do meu dia.

Enquanto um grupo de fãs gritavam seu nome, me lembrei de todas as vezes que eu o disse ao longo da vida. Sim. Ele era apaixonante, mas o que sentia naquele momento era ainda mais complexo que isso. O nível de intimidade que tínhamos seria sempre maior do que todo o resto, porque estar por perto era confortável e leve. Mas ali, vendo ele alcançar o próprio sonho, entendi que algumas histórias não precisam de continuação. Algumas terminam num capítulo bonito. E tudo bem.

Eu olhei ao redor. Pietra dançava sem nenhuma vergonha, com os braços livres e os olhos fechados. Flávia e Camila cantavam em coro, cada uma com um copo de cerveja na mão. Carol filmava tudo com o celular, gritando "de Imperatriz para o mundo!". Luiza estava sentada no ombro do Douglas, rindo enquanto ele tentava se equilibrar no meio da multidão. Eles pareciam estar curtindo mais a companhia um do outro, imagino que porque esses momentos ficaram raros desde que o meu sobrinho nasceu. Felizmente minha mãe adorou a missão de cuidar do Bernardo por uns dias e mandavam foto no grupo da família de quinze em quinze minutos.

Joel ia de um lado para o outro, inquieto, isso porque ele era responsável por liberar o acesso de algumas celebridades e influenciadores que chegavam quase sempre segundos antes do início do show.

Fabrício, do meu lado, balançava a cabeça, com aquele sorrisinho de quem se sente exatamente onde deveria estar. Entre uma música e outra ele me olhava, eu fingia que não estava percebendo nada.

– Ei, Anita, você sabia que o símbolo do rock se parece com o gesto de "eu te amo" na linguagem de sinais? Só muda o polegar.

Não tinha nenhum outro lugar onde eu gostaria de estar além do presente. Nenhum.

***

Cheguei em casa exausta, meu corpo inteiro doía como se eu tivesse participado de uma maratona ou treinado pesado pela primeira vez na vida na academia. Tirei o tênis e joguei longe, estalando os dedinhos do pé.

Eu ainda estava um pouco bêbada e tonta. Meu corpo queria dormir, minha mente queria processar todas as coisas vividas nas últimas vinte e quatro horas de uma vez só. Sabia que não dava para simplesmente me jogar na cama e descansar. Eu ficaria horas olhando para o teto do meu quarto, então decidi seguir o ritual que a Anita do futuro me agradeceria por ter feito.

Passei uma água no corpo, tirei com cuidado a maquiagem e depois procurei algo bem confortável no guarda-roupa para vestir.

Era curioso olhar as peças e não reconhecer quase nada. Aquela versão de mim mesma era muito mais autêntica e divertida. Vi várias peças estampadas, transparentes, com volume, decotes e texturas. Sabe aquela roupa que você vê na vitrine e pensa: que roupa linda, pena que eu não usaria. Bom, todas elas estavam ali no meu guarda-roupa e aparentemente eu usava tudo aquilo na rotina. Mas naquele momento o que eu queria mesmo era um pijaminha confortável. Aquela peça que você veste e sente que a vida voltou a fazer sentido.

Fui abrindo gaveta por gaveta até descobrir onde eu guardava meus pijamas com estampas coloridas, duvidosas e infantis.

Só tem lingerie nessas gavetas, Meu Deus?

Abri um sorriso quando encontrei, no fundo da última gaveta, aquele moletom branco, com o abraço pintado do meu pai. Isso significava que aquele dia que eu revivi realmente aconteceu. Eu ainda tinha aquela peça comigo. No fundo sabia que tudo o que o pai ensinou estaria sempre presente nas minhas atitudes.

Com o corpo quentinho e confortável dentro do moletom, e uma intuição, talvez da voz do meu pai na minha mente, digitei o endereço do meu blog. Aquele que há alguns anos me fez viajar no tempo pela primeira vez.

A música *The Call* da Regina Spektor começou a tocar automaticamente. Aumentei o volume porque eu não escutava essa cantora há anos. A página tinha um plano de fundo que lembrava a textura de uma calça jeans azul. No cabeçalho, a ilustração de um bolso e dentro dele, uma sequência de fotos impressas, daquelas tiradas em cabine. Ao lado, uma câmera analógica com estampa floral, o selo postal de Paris, um olho preto e branco recortado, o desenho de um batom bem vermelho, alguns balões de festa coloridos e uma folha de caderno com o título "Meu Primeiro Blog". Todos esses elementos se misturavam como em uma colagem com recortes de revista. Fui rolando a página até o fim.

Meu coração começou a bater mais forte lendo cada palavra que eu escrevi, mesmo sem me lembrar de tê-las escrito. Eu sorria ao ver as fotos, não sabia direito se estava me lembrando ou imaginando como foi viver aquele momento. De alguma forma, ao fazer aqueles posts, estava me contando sobre a minha própria vida, me lembrando do que foi importante e de alguma forma seria para sempre.

Nessa realidade, felizmente nunca parei de registrar minhas lembranças no blog. Bullying nenhum me impediu de continuar escrevendo e fotografando sobre os acontecimentos mais banais da vida ordinária de uma garota no interior até uma adulta descobrindo o mundo em São Paulo.

Respirei fundo. Olhei em volta. *Funcionou!*

Lendo aquilo, minha consciência não seria mesmo mais arremessada de volta para o passado, mas ainda sim, de alguma forma, eu conseguiria me lembrar de todas as coisas que eu vivi e me fizeram estar exatamente ali naquele momento.

Tirei o cartão de memória da minha câmera e comecei a passar as fotos do nosso dia para o computador, organizando as minhas favoritas e as que mais traduziam meus sentimentos ao viver tudo aquilo.

Tinha uma foto do Henrique no palco, sorrindo enquanto cantava com os olhos fechados, minha irmã dando um beijo no meu cunhado com uma multidão ao fundo, Flávia e Camila deitadas de mãos dadas no gramado, curtindo o sol, eu e Pietra mostrando as tatuagens da amizade, ainda levemente avermelhadas, Joel e Fabrício fazendo o símbolo do rock com as mãos e caras engraçadas e, por último, uma foto minha, voando no ar segundos antes de despencar num colchão inflável, com o cabelo já totalmente fora da trança.

Entrei no painel de controle e apertei o nostálgico botão: "Novo post". Escrevi cada palavra que foi surgindo na minha mente, no ritmo da música, meus dedos sabiam exatamente a posição de cada letra no teclado e a sensação era de que por alguns instantes algo mágico estava sendo criado ali. Tudo de mais abstrato na minha mente se materializa digitalmente em uma tela, em um novo post.

Quando terminei, encarei a tela e sorri aliviada. Como se a vida fizesse ainda mais sentido. Sabia que quando quisesse, a Anita de 40, 50 ou 70 anos poderia olhar aquele post e vivenciar toda a magia daquele dia tão especial. Não precisava mais esperar uma segunda chance da vida.

Tinha descoberto um novo jeito de viajar no tempo.

Epílogo

Eu tive um sonho,
e nesse sonho eu tive tudo,
e então eu me dei conta:
o que mais sentia falta,
era ter com o que sonhar
e pra quem contar.

Por um tempo acreditei que eu tinha nascido diferente. Meio ao contrário, meio quebrada. No lugar errado. Sempre distraída. Cresci com uma mania estranha e silenciosa de reparar demais nos pequenos acontecimentos à minha volta. No começo me sentia meio boba por ficar presa tanto tempo nessas insignificâncias. Uma mania solitária. Era como se tivesse dentro de mim um mecanismo que me permitia olhar de novo, mais de perto, mudar o ângulo, mediar os encontros entre as cores e traduzir em um disparo o que o silêncio queria tanto me dizer.

Lembro da sensação de ganhar minha primeira câmera e capturar um momento pela primeira vez. Depois, poder mostrar para alguém o porquê da minha atenção ter ficado tanto tempo só ali. Provavelmente a primeira pessoa a elogiar uma foto minha foi meu pai. Isso mudou para sempre a química do meu cérebro porque o que antes me fazia ser estranha, diferente dos outros, passou a me conectar com o resto do mundo. Meu passatempo da adolescência foi a minha pista do que me faria feliz de novo na vida adulta.

Através da fotografia, descobri um jeito novo de perceber a passagem do tempo. De existir um pouco menos em mim, de me diluir gradualmente no mundo, no encontro com o outro. Foi assim, entre um disparo e outro, que aprendi a estar nos lugares de verdade. A observar sem interromper. A registrar sem controlar. A deixar as coisas acontecerem como precisavam acontecer.

A mudança, que antes me assustava tanto, depois de tantas viagens solitárias, parecia fazer parte de mim. E talvez seja minha parte favorita nessa arte: ela me fez companhia.

Sinto que, nos últimos anos, a ansiedade drenou aquilo que antes era pura fantasia. No lugar, deixou um tipo de medo que só sabe antecipar o pior. E eu não quero que a minha imaginação, que sempre foi um refúgio, se transforme em uma ferramenta de previsão de tragédias. Isso não me protege de nada. Só me paralisa. A realidade, por mais dura que seja, às vezes também pode ser um alívio. É nesse ponto que eu paro de fugir para dentro da minha cabeça, paro de tentar criar uma outra linha do tempo que já não me pertence. Começo a enxergar uma certa beleza, e até um caos necessário, na desordem da vida real. E isso me afasta um pouco da ansiedade de querer prever e controlar tudo. Quando olho através do visor da minha câmera, percebo: aquela cena, ali na minha frente, muito provavelmente aconteceria com ou sem a minha presença. Não poder controlar o tempo deixa de ser um problema e passa a ser uma nova forma de olhar para tudo.

Não sou mais alguém tentando controlar o movimento das coisas, sou parte dele. Também não estou mais em busca de certezas. O que me interessa mesmo são as possibilidades. E desde então escolhi aprender o máximo possível sobre mim, mesmo não sendo o caminho mais fácil. Esse papo todo de autoconhecimento com leveza não existe. Quanto mais a gente se conhece de verdade, mais enxergamos nossas partes boas e ruins. Quis me conhecer de verdade para nunca mais aceitar que outro alguém queira me ensinar quem eu sou. Gosto da ideia de não saber tudo. De ter espaço para tentar, errar, tentar de novo.

A impermanência, que antes me parecia um castigo, virou uma nova perspectiva para tudo. Quando eu era mais nova, acreditava que o amor romântico poderia preencher os espaços vazios dentro de mim, mas essa ideia não era exatamente minha. Foi algo que me ensinaram. Entendi que o amor não salva por trazer respostas, certezas ou garantias. Ele salva porque nos devolve a coragem de continuar tentando. Hoje eu mudo como quem se reencontra. Sem fugir. Sem negar. Só aceitando que existem versões minhas que ainda não tive a oportunidade de conhecer. E que vale a pena me arriscar e conhecê-las.

O amor vem sempre primeiro, mas em suas variações.

Quanto mais amo o outro, mais eu me permito amar a mim mesma. É que no fim das contas, entre todos os sentimentos, o amor é quem mais nos dá notícias sobre quem estamos realmente nos tornando. É por meio do olhar do outro que, muitas vezes, conseguimos ver aquilo que esquecemos em nós. Eu só percebi que as coisas mais horríveis que um dia pensei sobre mim não eram totalmente verdade quando me vi através dos olhos do meu pai, da Luiza, dos que me amavam. Pessoas que me amam apesar dos meus erros. Ou talvez justamente por eles.

Com essas rugas e essas linhas evidenciam – um efeito colateral dos meus melhores sorrisos e das lágrimas que eu deixei escapar –, eu estou envelhecendo. Digo isso com alívio, porque significa que ainda estou viva. Ainda assim, a cada novo parágrafo, eu me sinto cada vez menos parada na vida.

Um pouco depois dos 30, eu sei, mas está só começando.

Playlist da Anita

- **Memórias** – Pitty
- **The Call** – Regina Spektor
- **Mice** – Billie Marten
- **Best Guess** – Lucy Dacus
- **Scott Street** – Phoebe Bridgers
- **When We Were Young** – Lost Kings, Norma Jean Martine
- **Amber** – Tom the Lion
- **Heartthrob** – Indigo De Souza
- **Part Of The Band** – The 1975
- **Used To Be Young** – Miley Cyrus
- **Old Phone** – Ed Sheeran
- **Moves** – Suki Waterhouse
- **Vienna** – Billy Joel
- **We Used To Be Friends** – The Dandy Warhols
- **Come A Little Closer** – Cage The Elephant
- **The Cave** – Mumford & Sons
- **Telescope** – Cage The Elephant
- **Never Be Like You** – Flume, Kai
- **Undercover Martyn** – Two Door Cinema Club
- **Soldier On** – The Temper Trap
- **Georgia** – Vance Joy
- **We're Going Home** – Vance Joy
- **Grizzly Bear** – Angus & Julia Stone
- **I Can't Believe** – Cyn
- **Closer** – Tegan and Sara

Agradecimentos

A Luzia Vieira, por não ter desistido de lutar e ter me ensinado a ser forte. A Auana Sonsin, por ser a amiga divertida com o cabelo colorido que eu sempre quis ter. A Ivani Mendes, por me ajudar com todo o resto enquanto pensava apenas nesse livro. A Ariane Freitas, por sempre acreditar nas palavras que escrevo. A Fernanda Meirelles, por ouvir a minha história mesmo antes de ser escrita. A Matheus Rocha, por me lembrar diariamente o poder das palavras.

Ao meu vizinho, que se tornou meu namorado, e que agora ocupa o assento ao meu lado no voo e me deixa ficar na janela toda vez. Ao meu pai, que sobe em árvores e telhados para provar que o tempo é só um detalhe.

A família Ruiz, especialmente Carolina Minardi e Alessandra Ruiz, que acreditaram nessa ideia lá no começo e me ajudaram a contar essa história em três diferentes fases da vida. A toda equipe da Editora Gutenberg, por nunca desistirem do universo da Anita.

Conheça outros livros de Bruna Vieira:

Este livro foi composto com tipografia Electra e impresso
em papel Off-White 80 g/m² na Formato Artes Gráficas